路易斯岛三部曲
The Lewis Man
路易斯人
Peter May
〔英国〕彼得·梅 著
朱银涛 译
译林出版社

图书在版编目（CIP）数据

路易斯人 /（英）彼得·梅（Peter May）著；朱银涛译．—南京：译林出版社，2018.5

书名原文：The Lewis Man

ISBN 978-7-5447-7294-5

Ⅰ.①路… Ⅱ.①彼… ②朱… Ⅲ.①长篇小说－英国－现代 Ⅳ.①I561.45

中国版本图书馆 CIP 数据核字（2018）第 035222 号

The Lewis Man by Peter May

First published under the title "L'Homme de Lewis"

著作权合同登记号　图字：10-2014-422 号

路易斯人〔英国〕彼得·梅 / 著　朱银涛 / 译

责任编辑　陆元昶
特约编辑　时音菠
装帧设计　灵动视线
校　　对　刘文硕
责任印制　贺　伟

原文出版　Editions du Rouergue，2011
出版发行　译林出版社
地　　址　南京市湖南路 1 号 A 楼
邮　　箱　yilin@yilin.com
网　　址　www.yilin.com
市场热线　010-85376701
排　　版　灵动视线
印　　刷　三河市冀华印务有限公司
开　　本　960 毫米 ×640 毫米　1/16
印　　张　20.5
版　　次　2018 年 5 月第 1 版　2018 年 5 月第 1 次印刷
书　　号　ISBN 978-7-5447-7294-5
定　　价　32.80 元

那是他们生活的地方：

不是此时此刻，但是一切都曾在那里发生过。

——菲利普·拉金《老傻瓜》

序　言

乘船从苏格兰西北海岸出发，大约三小时的路程，有这样一座被暴风雨肆虐的岛屿，岛上贫瘠的土地带给人们食物和温暖，也带给人们死亡。死亡是很偶然的，就像今天。

在这座岛上，采泥炭是一种群体活动，一家人、邻居们、孩子们，全都聚集在沼泽地里。和煦的西南风吹干了草地，蠓虫胡乱地飞来飞去。安娜刚刚五岁，这是她第一次参加采泥炭，也是让她永生难忘的一次。

整整一个早上，安娜都在厨房里，看着祖母用老式的女巫炉煮鸡蛋，炉膛里烧的还是去年的泥炭。现在，女人们挎着大篮子出发了，安娜光着脚丫跟着她们，穿越荒野，兴奋地在多刺的石楠花间奔跑，沼泽地褐色的泥浆在她的脚趾之间漫溢，发出咯吱的声响。

她的眼中是一望无际的天空，云朵被风撕成碎片，偶然间有阳光洒下来，掠过枯萎的草地，白茫茫的羊胡子草在狂风中摇曳。要不了几天，春天和初夏的野花就会使褐色的冬季原野变成一片姹紫嫣红，只是此时，它们仍处于休眠状态。

在远处，炫目的阳光中，隐约可以看见五六个男人，穿着工装裤，戴着布帽子，海水拍打着傲然屹立的黑色片麻岩峭壁。安娜抬手遮挡着眼睛，看向远方。大人们正弯腰弓背，用铁锹切割着柔软的黑色泥炭，湿漉漉的方块被翻转过来。这片土地因为世代的泥炭采割而伤痕累累，挖出来的沟有十二至十八英寸深，刚刚切下来的泥炭晾在顶部。几天后，这些切削工将会返回，把这些泥炭收集起来，码成小小的三角垛，使风畅通无阻，彻底吹干它们。

再过一段时间，他们会用小推车把风干的泥炭运回家，再将这些干燥易碎的泥炭像砖块一样堆成人字形的炭垛，确保整个冬天都有取暖和烹饪所需的燃料。

路易斯岛位于苏格兰赫布里底群岛最北端，几个世纪以来，岛上的人们就是这样生存下来的。在这个金融动荡时期，随着燃料成本的上升，那些开放式的壁炉和火炉又大批地返回到人们的生活中，祖先的传统生活方式得以传承。在这里，让家温暖的唯一成本就是劳动和对上帝的虔诚。

对于安娜而言，这只是一次冒险之旅。她迎着风奔跑欢笑，呼唤着父亲和祖父，母亲和祖母在她后面什么地方大声地交谈着。前面的泥炭切削工们突然停止了工作，她根本没有感觉到骤然而起的紧张气氛。以她有限的人生经验，她不可能从那些蹲伏在沟壁周围的男人们的肢体语言中读懂什么。泥炭垒起的墙已经在他们的脚下倒塌。

父亲看见了奔跑过来的她，朝她大声叫喊，企图阻止她过来。但为时已晚，她已经不可能停止向前冲的势头，也不可能对他声音中的惊慌做出反应。男人们突然站起来，转向她，她看见阳光下哥哥的脸，像一张被漂白的纸。

她顺着哥哥的目光朝倒塌的泥炭墙看过去。一只手臂伸向她，皮革般的皮肤像棕色的羊皮纸，手指拳曲着，就像握着一只无形的球，一条腿蜷缩着，与另一条腿缠在一起，头朝沟渠倾斜着，好像在寻找一个失去的生命，两个黑色的洞穴，应该原本是他的眼睛之所在。

有一瞬间她迷失在困惑的海洋里，但很快就意识到发生了什么，她惊恐的尖叫声被风撕裂了。

一

甘恩看到了不远处停在路边的车辆。天空是灰蓝色的，阴郁的乌云低悬在海面上，不断翻滚。雨刷刮去了第一场落在挡风玻璃上的雨水。十到十五英尺高的白色海浪就像是打在青灰色大海上的标点符号。紧挨着救护车停靠的警车开着蓝色的闪光灯，天地浩渺，这束光是多么微不足道。

在这些车辆的另一侧，是希亚德村那片杂乱无章的粗灰泥房子，迎接着即将到来的风雨。它们虽然看起来有些衰败，却也充满了希望，似乎是习惯了恶劣天气的无情侵袭。远远望去，没有一棵树，只有路边一排排腐朽的篱笆桩，以及被遗弃的院子中锈迹斑斑的拖拉机和汽车残骸。枯萎的灌木丛中露出充满生机的绿色小枝，不屈不挠的根部紧紧附着在贫瘠的土地里，期待着更美好的时光。茫茫一片羊胡子草波浪般起伏，就像风在水面吹起的涟漪。

甘恩把车停在警车旁，走进风雨中，已刻上皱纹的前额上是一个 V 形发尖，浓密的黑发向后生长，在风中飞舞。他紧了紧身上的黑色棉夹克，小心翼翼地踏进松软的泥土中，沼泽水很快就渗进鞋里，浸透了袜子，他感到一阵刺骨的寒意，很后悔没有多带一双靴子。

他来到第一个泥炭堤，沿着上面的小径走过去，避开干燥的泥炭垛。身穿制服的警员已经在松软的土地上钉进了金属桩，用蓝白相间的警示带把犯罪现场围了起来，警示带在风中扑棱棱摆动着。最近的农舍在靠近悬崖那边，大约半英里以外，从那里飘来了烧泥炭的烟味。

一群人围绕着裸露在风中的尸体，穿着黄色荧光服的救护人员正准备把尸体抬走。警察则身穿黑色防水服，头戴方格帽子，直到现在，他们还以为这不过是一起司空见惯的案子。

他们一言不发地为甘恩让开路。法医蹲下来，靠近尸体，用戴着乳胶手套的手指轻轻地抹去尸体上的泥炭屑，当甘恩突然出现在他头顶上方时，他抬起了头。甘恩看见了死者干枯的棕色皮肤，不免皱起眉头，“他是……有色人种？”

“只是泥炭造成的，我认为是个白人，相当年轻，十几岁或二十岁出头。一具典型的沼泽尸体，几乎保存完好。”

“你以前见过这样的尸体？”

“从来没有，但是我看过这方面的书。从海面吹来的风中含有盐分，使泥炭苔藓在这里繁茂生长，苔藓的根部腐烂后形成了酸，尸体因此得到保护，差不多就和浸在酸水里一样。他的内脏实际上应该是完好无损的。”

甘恩紧盯着这具几乎已变成木乃伊的尸体，毫不掩饰他的好奇，“死因是什么，默多？”

“表面看来死于暴力袭击，胸部有好几处刺伤，喉咙也被割断，但是准确的死因还是需要等做完病理分析后才能知道。”他站起来，脱掉手套，“最好在大雨到来之前把他拉走。”

甘恩点点头，但是眼睛已经无法离开这个被困在泥炭中的年轻人的脸。尽管他的面部已经有些萎缩，但认识他的人一定还是能认出他来，毕竟只有眼部柔软的裸露组织腐烂了。“他在这里已经多久了？”

默多的笑声消失在风中，“谁知道呢？一百年？也许一千年？你需要一个专家给你答案。”

二

我不需要看钟就能知道时间。

在清晨，天花板上的褐色污渍似乎总是并不那么明显，这很奇怪。接缝间透明凝胶的痕迹似乎更白了。更加奇怪的是，我总是在同一时刻醒来。这并非由于透过窗帘边缘渗透进来的光，而是因为在一年中的这个时节只有短短几个小时的黑暗。一定是我体内的生物钟在作怪。在过去的那些岁月里，我总是在黎明的第一缕曙光出现时起床挤牛奶，然后做我在清醒的白天应该做的每件事。现在一切都变了。

我挺喜欢凝视天花板上的这片污渍。不知道为什么，在早上，它看起来总是那么像一匹马，带鞍的马，随时准备把我带向更美好的未来。然而在晚上，光线昏暗时，它看起来又是另外一个样子，就像有角的怪兽，准备把我带向无边的黑暗。

我听到了开门的声音，转过头去，看到一个女人站在那里。她看似很眼熟，但我想不起来她是谁，直到她张口说话。

“哎，托尔莫德……”

当然，这是玛丽，无论在哪里我都能听出她的声音。我不知道她为什么看起来这么悲伤。还有，是什么让她耷拉着嘴角？是什么让她如此厌恶？我知道她过去很爱我，虽然我不确定我是否爱过她。

“怎么了，玛丽？”

“你又尿床了。”

我闻了闻。突然间，几乎是让人无法忍受的味道向我袭来。为什么我以前没有注意到？

“你就不能起来吗？不能吗？”

我不知道为什么她要责怪我。我并不是故意的。我从来没有故意这么做。当她拉开我的被子时，味道更加难闻了，她用一只手捂住了鼻子。

“起来，”她说，“我必须换床单了。起来，穿上你的睡衣，冲个澡去。”

我双腿着地，等着她扶我站起来。过去从来都不是这个样子的。我一直很强壮的。我记得有一次要剪羊毛，她赶羊时扭伤了脚踝，不能走路，我不得不背她回家。几乎两英里的路，我的两只胳膊疼死了，但是我没说半句抱怨的话。为什么她从不记得这些？

她不知道这有多么丢脸吗？我转过头去，不想让她看到我眼中涌出的泪水。我能感觉到自己在拼命地眨眼，以免泪水流出来。我深吸一口气，“唐老鸭。”

“唐老鸭？”

我看了她一眼，她眼中的愤怒吓了我一跳。我是这么说的吗？唐老鸭？那不可能是我的意思。但我现在想不起来我原本打算说什么了，所以我又说了一遍。我很坚定地说：“是的，唐老鸭。”

她拉我站起来，几乎是很粗暴地把我朝门边推过去，“不要让我看见你！”

她为什么这么生气？

我摇摇晃晃地朝浴室走去，任凭身上的睡衣滑落。她说我应该把衣服放哪里？我把睡衣遗弃在地板上，朝镜子里瞅去。一个老人，长着一头稀疏而蓬乱的白发，用一双空洞的眼睛盯着我。有一片刻我不知道他是谁，于是我扭头朝窗外望去。在通向海岸的沙质低地，我能看见正在又甜又咸的草地上吃草的羊。我看见风儿吹皱了羊身上厚重的冬衣，但是我听不见风声。我也听不见海水拍打海岸的声音。泛着白色泡沫的海水虽然气势汹汹，携带了大量沙子，但也招人喜爱。

窗户一定是双层玻璃的，在农场我们从来没有这种东西。在那里，当风呼啸着穿过窗框，把泥炭灰从烟囱上吹下来时，你知道你还活着。那是可以呼吸、可以生活的房子。这里的房间太小，太封闭，与外界隔绝，让你感觉就像生活在一个泡沫里。

镜子里的老人又在看着我，我微笑，他也朝我微笑。当然，我一直知道那就是我。我很好奇彼得这些天在做什么。

三

芬终于关了灯，天很黑。但是那些证词还在那里，在他的视网膜中燃烧。黑暗中他无处可遁。

除了莫娜的话，还有其他两个证人的证词。他们都没有把车牌号记下来。莫娜没有看见，这不足为奇。她先是被汽车撞飞到空中，摔落在发动机盖和挡风玻璃上，随即又因巨大的冲击力被甩了下去，在碎石路面上翻了几个滚。她能捡回一条命已经算是奇迹了。

罗比的重心较低，摔下来后直接被碾在了车轮下。

每当读到那些证词，他都会想象自己在那里，看见了事情的经过。每一次他都感到要呕吐。这一切在他的脑海里是如此栩栩如生，就像他真实的回忆一样。而对莫娜来说，尽管只是瞬间的一瞥，但方向盘后的那张脸已深深烙印在她的脑海里：一个中年男子，长长的灰褐色头发，两三天没有刮过胡子。她怎么能看到的？但毫无疑问，这一切就在她的脑海中。他甚至让模拟画像师根据她的描述画了一张草图，一张停留在文件上的脸，一张即使九个月过去了，仍然在他的梦境中反复出现的脸。

他翻了个身，闭上眼睛，想要睡去，却是徒劳。旅馆房间的窗户在窗帘后半开着，空气得以流通，但是街上的汽车喧嚣声也一并传进来。他把膝盖蜷缩到胸部，肘部贴在身体两侧，双手合十抱于胸前，像一个正在祈祷的胎儿。

明天，他自成年后所熟知的一切生活都将结束。他曾经拥有的一切和做过的事，以及可能要做的事，都将结束。就像很多年前从姨妈那里得到父母死亡的消息时的感觉一样，那是他有生以来（还很年轻的生命中）第一次感受到的透彻心扉的孤独。

白天的到来也不能让他安心，他只是默默地决定要度过这一天。温暖的微风吹过布里奇斯城堡，阳光照在城堡下面的花园里，芬迈着坚定的步伐穿过嘈杂的人群。人们已经迫不及待地穿上了轻便的春装，长辈关于五月之前不可减衣的警告已被这一代人遗忘。别人的生活一如既往，这似乎不公平。然而谁又知道在他正常的面具下面的疼痛？所以谁又知道其他人外表下隐藏的惶恐？

他在尼克森街的复印店前停下来，复印了几份文件，然后塞进皮包，朝东向圣伦纳德街走去。过去十年的大部分时光，他就是在位于那条街的警察局总部工作的。两天前他已经开过告别派对，是与几位同事在洛锡安路的一家酒吧举办的。派对的氛围很伤感，充满了回忆和遗憾，当然，也有一些真诚的关爱。

一些人在走廊里向他点头，一些人与他握手。他来到自己的办公桌前，只花了几分钟就把个人物品装进了一只纸箱，都是他在这种不安的职业生涯中所累积的悲伤的碎片。

“我要收回你的警察证，芬。”

芬转过身，总督察布莱克仿佛一只饥饿的秃鹰，紧紧盯着他，一副趁火打劫的样子。芬把证件递给了他。

“看到你要走，我很难过。”布莱克说，但是他看起来一点也不难过。他从未怀疑过芬的能力，只是怀疑他能否做长久。直到现在，这么多年过去了，芬终于承认，布莱克是对的。他们都知道他是个好警察，只是芬花了更长的时间才意识到这一行不是他的专长。是罗比的死亡让他明白的。

“我看过提取记录，你三周前把你儿子的肇事逃逸案的文件拿走了。”布莱克停顿了一下，也许是在等候对方的确认，看到芬没有回应，他补充道，“他们要把文件拿回来。”

“当然可以，”芬从包里取出文件，放在桌子上，“可能再没有人会打开它了。”

布莱克点点头，“有可能。”他犹豫了一下，“该尘封起来了，它在从内到外吞噬你，它会毁掉你的一生。过去的事就让它过去吧，伙计。”

芬无法直视对方的眼睛，他搬起装着他个人物品的纸箱，“我做不到。”

他来到外面，绕到大楼后面，打开一个巨大的绿色回收箱，把纸箱里的东西全倒了进去，然后把纸箱也丢弃了。他再也不需要这些了。

他站了一会儿，抬头看了看自己办公室的窗户。在所有那些虚度的岁月里，他经常站在那里看阳光，看雨，看铺满索尔兹伯里山坡的雪。然后，他悄无声息地来到圣伦纳德街，挥手拦下了一辆出租车。

出租车把芬带到皇家英里大道铺满鹅卵石的陡坡上，就在圣吉尔斯大教堂下面，他发现莫娜正在国会广场等他。她仍然穿着那一身单调的灰色冬装，几乎迷失在了北部雅典风格的古典建筑群中，砂岩砌成的大楼已被时间和烟雾熏黑，他猜想这种色调正好反映了她的心情。但是用“沮丧”这个词已不足以描述她的心情了，她很明显情绪激动。

“你迟到了！”

“对不起。”他挽着她的胳膊，匆匆穿过空旷的广场，穿过高大的石柱拱门。他不知道自己的迟到是不是潜意识里故意做的。与其说是不愿意放下过去，不如说是对未知的恐惧，是对离开安全而舒适的婚姻生活独自面对未来的恐惧。

当他们迈进曾经是苏格兰议会总部的法院大楼时，他瞥了一眼莫娜。三百年前地主和商人们坐在这里，他们本应该是人民的代表，却因为没有抵挡住英国人的贿赂，把自己所代表的人民出卖了，卖给了人们不想加入的联盟。芬和莫娜，也曾经是个联盟，为了便利、为了无爱的友谊而组成的联盟，是受偶然而随意的性爱驱使，因为对儿子共同的爱而组合在一起的。而现在，没有了罗比，一切行将结束，结束在这个法院。一张判决书将为他们共同书写的十六年画上句号。

他看到了她脸上的痛苦，所有的遗憾和悔恨袭上心头。

到最后，只花了几分钟就把这些年的一切——那些美好的、糟糕的时光，那些挣扎，那些笑声，那些争吵——全都扔进了历史的垃圾堆。他们一起出现在皇家英里大道上，灿烂的阳光洒在鹅卵石上，隆隆的车流从身旁经过，其他人的生命在这里流淌，而他们的已从暂停变成了结束。他们站在那里，宛如一尊延时拍摄的电影里的静态雕像，世界围绕着他们，像高速旋转的涡流。

十六年后，他们又变成了陌生人，不知道该说什么，除了再见。其实连“再见”也不敢大声说出来，尽管那张纸就握在他们手中。因为除了再见，还剩下什么？芬打开公文包，将判决书放了进去，那些复印文件从米色文件夹中滑了出来，散落在他的脚边。他迅速弯腰去捡，莫娜蹲下来帮他。

她拾起了几张纸，他意识到她的头转向了他。她其实只需一瞥就明白这些是什么。她自己的证词就夹在其中。几百个字，描述了一个被夺去的生命和一段结束的婚姻，还有一张根据她的描述画的头像速写，那是芬无法摆脱的噩梦。但她什么也没说，只是站起身，把拾起来的纸递给他，看着他把它们放回包里。

他们来到街头，离别是不可避免的，她说：“我们会保持联系吗？”

“有什么意义吗？”

“我想没有。”

简短的一句话，使这些年他们为彼此付出的一切，他们共同的经历，无论是快乐还是痛苦，都像飘落在河上的雪花，永远地消失了。

他看了她一眼，“房子卖了后你怎么办？”

“我要回格拉斯哥，和爸爸待一段时间。”她看着他的眼睛，

“你呢？”

他耸了耸肩，“我不知道。”

“不，你知道，”她几乎是指责的语气，“你会回到岛上去。”

“莫娜，我的大半生都在逃避那个地方。”

她摇了摇头，“但你还是会回去的，你自己知道，你永远无法逃避那座岛。这些年那座岛一直像无形的影子，横亘在我们之间，把我们分开。它是我们永远无法共同拥有的东西。”

芬深吸一口气，抬起头，仰望天空，感觉到阳光照在脸上的温暖，然后，他看着她，“有一个阴影，是的，但不是那座岛。”

当然，莫娜是对的，除了回到孕育他的子宫，回到哺育他、孤立他，最后又逼走他的地方，他没有别的地方可去。他知道，如果还有机会让他重新找回自己，那是唯一的地方。回到自己的族群中，用母语说话。

船在异常平静的明奇海峡破浪而行，他站在路易斯岛号渡轮的前甲板上，看着船头柔和的曲线。大陆的山脉已经消失很久了，路易斯岛的东海岸笼罩上了一层迷蒙的雾，渡轮的汽笛声听起来是那么凄凉。

芬凝视着灰色的迷雾，感受着雾气在脸上留下的潮湿，直到一道模糊的阴影从昏暗中显现。这是一道失落的地平线上最微不足道的污迹，诡异而永恒，就像是他过去的鬼魂又回来和他纠缠。

当迷雾中的岛屿轮廓渐渐清晰，他感到脖颈处毛发倒竖，一种近乡情更怯的焦虑攫住了他。

四

甘恩坐在办公桌旁，眯眼盯着电脑屏幕。他下意识地感觉到了不远处明奇海峡的雾笛声，知道渡轮很快就会靠岸。

他在第一层的办公室是与另外两个警员共用的，从窗口能很清楚地看到教堂街另一侧的布莱茨伍德护理机构的慈善商店。那是治愈身体和灵魂的基督教护理机构。如果愿意，他可以伸长脖子看到道路尽头印度餐馆的孟加拉香料以及其色彩斑斓的酱汁和诱人的蒜蓉炒饭。而现在，电脑屏幕上的东西已经打消了他对于食物的所有欲望。

沼泽尸体，也被称为沼泽人，指的是在欧洲北部、英国以及爱尔兰地区的苔藓沼泽地发现的保存完好的尸体——他在维基百科上阅读这个词条——因为沼泽水呈酸性，温度较低，再加上缺氧，这几种条件使尸体的皮肤和器官得以完好保存，有时候甚至可能采集到指纹。

他想到躺在医院验尸房冷柜里的尸体。离开了沼泽地，它会迅速开始腐烂吗？他向下滚动页面，看着一张照片。那是一具尸体的头部，是六十年前从丹麦的一个泥炭沼泽地里发现的。一张巧克力色的脸，轮廓非常清晰，半边脸颊挤到了早已不再呼吸的鼻子上，上嘴唇以及下巴上的一抹橙色胡子茬儿仍然清晰可见。

“啊，对了，托兰人。”

甘恩抬头看到一个又高又瘦、头发稀疏的男人正俯身凑过来，紧紧盯着屏幕。

“根据他的头发碳素测定，这个人大约生活在公元前四百年。那些验尸的白痴把他的头部割下来，除了双脚和一根手指，至今仍保存在福尔马林中，其余部分全扔掉了。”他咧嘴一笑，伸出一只手，“科林·马尔格鲁教授。”

他握手的力度让甘恩感到惊讶，因为他看起来像根柳条。

马尔格鲁教授仿佛会读心术一般，或者从他的退缩中看出了他的疑惑，微笑着说：“病理学家需要有一双好手，探长，我们要用手切割骨头，撬开骨架，你一定会非常惊讶这需要多大的力量。”他的口音略带一点有教养的爱尔兰人的味道，他把话题又转回到托兰人身上，“非常神奇，不是吗？两千四百年后，仍然有可能看出来他是被绞死的，最后一餐吃的是杂粮粥。”

“你也参与验尸了吗？”

“很遗憾，没有，那是很久以前的事了。我的研究对象是老克罗根人，是二〇〇三年从爱尔兰的沼泽里挖出来的。当然，这具尸体和托兰人差不多一样古老，绝对超过两千年。个子很高，足有六点六英尺，想象一下，对于那个时候的人来说，应该算巨人了。”他挠着头笑了笑，“那么，我们给你的这具尸体起个什么名字？路易斯人吗？”

甘恩在椅中转过身子，示意教授坐下来，但是病理学家摇了摇头。

“我已经坐了好几个小时，飞机上连伸腿的地方都没有。”

甘恩点点头，他自己个子偏矮，所以从来没有发现伸腿是个问题，“那么你的老克罗根人是怎么死的？”

“谋杀。先折磨，他的两个乳头下都有很深的伤口，胸部也有刺伤，头部被斩，身体被切成了两半。”教授徘徊到窗边，边说边扫视着街道，“真的有一点神秘，因为他有精心修剪过的指甲，所以不是一个苦力。毫无疑问，他平时大鱼大肉，但他最后一顿饭吃的是小麦和脱脂乳的混合品。我的老朋友内德·凯利在爱尔兰的国家博物馆工作，他认为这个人是用来祭天的牺牲品，祈求皇家领地附近的玉米丰收和牛奶增产。”他转身对甘恩说，“路北的印度餐厅有好吃的吗？”

甘恩耸了耸肩，“不算差。”

“好，已经很久没有吃一顿像样的印度餐了。我们的尸体在哪里？”

“在医院验尸房的冷柜抽屉里。”

马尔格鲁教授搓搓手，“我们最好在尸体开始腐烂之前去看看，然后一起吃午饭。我快饿死了。”

尸体被放在了解剖台上，看起来似乎缩小了很多，体格健美，只是有些干瘪了，皮肤是茶色的，整个看起来就像是用树脂雕刻出来的。

马尔格鲁教授穿着一件深蓝色的连身服，外面套着一件手术袍，明亮的黄色面罩盖住了嘴巴和鼻子，鼻梁上架着一副超大号玳瑁护镜，使头部似乎小了一圈，这种装扮让他看起来就像一个奇怪的漫画人物。对于自己可笑的样子他似乎并不在意。他身手敏捷地围着桌子测量，白色网球鞋上裹着绿色塑料鞋套。

他走到白板前，潦草地记下初步统计数字。伴着毡头笔发出的吱吱声，他说："这个可怜的家伙重量仅有四十一公斤，对于一个身高一百七十三厘米的人来说，有点太轻了。"他从镜片上面看着甘恩，"按照你们的说法，就是只有五英尺八英寸。"

"你觉得他是生病了吗？"

"不，不一定。虽然他的身体保存完好，但这些年还是失去了大量体液。对我而言，他看上去是一个相当健康的样品。"

"什么年龄？"

"我猜十八九岁或者二十岁出头。"

"不，我的意思是，他困在泥炭里多少年了？"

马尔格鲁教授扬起眉毛，头歪向甘恩，"请有点耐心，我不是一台碳十四年代测定机器，探长。"

他把注意力重新放回到尸体上，把尸体翻到正面，俯身刷去上面棕色和黄绿色的泥沼苔藓。

"发现尸体时没有看到衣服吗？"

"没有，什么也没有。"甘恩走近一点想看看是什么吸引了马尔格鲁的注意，"我们把整片区域挖遍了，没有衣服，没有任何配饰。"

"嗯，那样的话，我想他在被埋之前可能被裹在了某种毯子里。他一定是被毯子包裹了好几个小时。”

甘恩惊奇地瞪大了眼睛，“你怎么判断的？”

“是这样，甘恩先生，在死后的几个小时，血液会流到身体的下半身，导致皮肤出现紫红色的变色现象，我们称之为尸斑。如果你仔细观察他的背部、臀部和大腿，你会发现那里的皮肤颜色较深，但是尸斑处有一种颜色稍淡的发白图案。”

“什么意思？”

“这意味着他死后至少有八到十个小时是仰面躺着的，包裹在某种粗糙的织毯中，在颜色深些的变色部位留下了毯子的图案。如果你愿意，我们可以提取图案，拍下照片，让画师重新画出毯子的图案。”

他用镊子提取了好几根附着于皮肤上的纤维。

“可能是羊毛的，”他说，“应该不难确认。”

甘恩点点头，至于说辨别出一张编织于几百甚至几千年前的毯子的图案到底有什么意义，他决定先不去探究了。病理学家再次对尸体的头部进行检查。

“两只眼睛已经过分分解了，不能确定虹膜的颜色。这深棕红色的头发也根本不能表明它原来是什么颜色，因为已经被泥炭染过了，就像他的皮肤一样。”他用手指戳了戳尸体的鼻孔，“但这很有趣，”他看了看乳胶手套的指尖，“他的鼻子里有大量的银色细沙，这些沙很明显和他的膝盖以及脚背上擦伤处的沙一样。”他指尖挪到额头，然后，轻轻地擦掉左侧太阳穴处以及头发上的一些污泥。

“真是见鬼！”

“怎么啦？”

“他的左前颞头皮处还有一个弧形伤口，长约十厘米。”

“伤口？”

教授若有所思地摇了摇头，“不，看起来像一个外科手术疤痕，我猜是这个年轻人曾因为脑损伤做过手术。”

甘恩惊呆了，“那么，这意味着这具尸体并非我们想象的那么古老，是不是？”

马尔格鲁的笑容带着一丝傲慢和嘲弄，“取决于你是怎么定义古老的，探长。脑外科手术可能是最古老的实践医学，有充足的考古证据证明脑外科手术可以追溯到新石器时代。”

他把注意力转向了脖子，这里有一道更宽更深的伤口，他量了量，有十八点四厘米长。

“那是一道致命的伤口吗？”甘恩问。

马尔格鲁叹了口气，“我猜，探长，你并没有参加过多少次验尸。”

甘恩脸红了，“是没有多少次，先生。”他不想承认事实上此前他只参加过一次。

“在做解剖之前，我几乎不可能得出他确切的死因；即使做了解剖，我也不能保证。他的喉咙被割断了，是的，但是他的胸部有多处伤口，右肩胛骨后面也有一道。他的脖子上有擦伤，可能被绳子勒过，他的手腕和脚踝处也有类似的擦伤。”

“你是说他的手脚可能都被捆绑过？”

“正是，他可能是被勒死的，因此他的脖子上有擦伤，或者他可能是被同一条绳子沿海滩拖曳过，这可以解释在他的膝盖和脚背处的破损皮肤中的细沙。无论如何，现在下结论还为时过早。有多种可能性。”

右前臂上的一块暗斑吸引了他的注意。他用药签擦了擦，然后转身从后面的不锈钢水槽中取出一块擦洗海绵，开始粗略地擦拭皮肤。“仁慈的上帝！”他说。

甘恩歪着头，试图看得更清楚一些，“什么情况？”

马尔格鲁教授沉默良久才抬头迎接甘恩的目光，“你为什么这么想知道这具尸体在沼泽里埋藏了多少年？”

“这样我就可以把他从我的工作任务中排除，把它交给考古学家，教授。”

“恐怕你不能这样做，探长。”

“为什么？”

“因为这具尸体在沼泽里埋藏的时间最多不超过五十六年。”

甘恩气得脸色都变了，“不到十分钟之前你才告诉我，你不是一台测定机器。你怎么可能知道？”

马尔格鲁笑了，“仔细看看右前臂，探长，我想你会看到，这里是一个粗糙的猫王肖像文身，肖像下面刺的字是‘心碎旅馆’。现在，我很肯定猫王不是生活在公元前，作为一个坚定的猫王粉丝，我可以告诉你，非常肯定地告诉你，《心碎旅馆》是一九五六年的榜首热门歌曲。”

五

午餐时间，马尔格鲁教授去印度餐馆吃了一份洋葱圈加羊肉咖喱米饭，再加一个印度冰激凌，乔治·甘恩则只是在办公室里吃了一块奶酪三明治，感觉难以下咽。午饭后马尔格鲁教授又差不多花了两个小时才做完尸检。

像皮革一样的皮肤使他无法用简单的外科手术刀打开胸腔，最后这位病理学家不得不用上一把沉重的剪刀，剪开后再用他惯用的手术刀把肋骨上残余的皮肤和肌肉剥离开。

现在这具剖开的尸体躺在那里，就像屠夫刀下的牺牲品。但这是一个曾经强壮健康的年轻人，他的体内什么也没有发现。他的死亡除了是一起残忍的谋杀外，还可能是什么？而凶手很可能还活着。

“非常有意思的尸体，探长，”汗珠子聚集在他额上的皱纹处，但是马尔格鲁教授很兴奋，“很久没有遇到这么有趣的案子了，就像我刚吃的那顿饭一样，柔软的肉片，半透明的像鱼骨一样的纤维状微小材料，可能是鱼和土豆。”他咧嘴笑道，“无论如何，现在我很高兴我终于能给出一个死因假设了。”

甘恩听了这话有些惊讶。根据之前的经验，这位病理学家几乎总是不愿承诺什么，但马尔格鲁显然是一个非常自信的人。他合上胸腔，让皮肤和组织还原到最初的切口处，并用手术刀戳弄着伤口。

“他的胸部被刺了四次。从这些朝下的伤口来看，我想说的是，要么他的袭击者比他高很多，要么受害者是跪着的。我赞成后一种假设，我们会证实这个结论。伤口是一把又长又细的双刃匕首造成的，类似于费尔拜恩-塞克斯格斗匕首，或者是一种短剑。比如说，这一处，”他指着最上面的那道伤口，“大约八分之五英寸长，指向两个尖端，几乎可以肯定，这是一把细长的双刃武器。伤口有五英寸深，穿过左肺顶点和右心房到达心室膈膜，与其他三处伤口相比，这一道最长最典型。”

“这是致命的一刀？”

“其中的任何一刀都可能在几分钟之内让他丧命，但是我怀疑是划过前颈的这一刀。”他把注意力转向脖子处的伤口，“这一道伤口超过七英寸长，从耳朵下面的左侧乳突区一直延伸到右边的胸锁乳突肌。”他抬起头对甘恩说，“你看看，”然后微笑着将视线转向伤口，“这一刀几乎完全切断了左颈静脉和动脉，右侧颈静脉也被割伤了，伤口最深处约有三英寸，甚至切到了脊柱。”

“这一点重要吗？”

“在我看来，切割的深度和角度说明袭击者是从后面发起袭击的，几乎可以肯定是不同的凶器，这一点可以从后背上的刀伤得到证实。这是一道一点五英寸长的伤口，有一个方形的主尖和一个尖形的次尖，这表明这是一把大单刃刀，更适合于深深地切入颈部。”

甘恩皱了皱眉头，“我被你搞糊涂了，教授。你是说凶手使用了两种凶器，先用一种刺中他的胸部，然后从后面抓住他，再用另一种割断了他的喉咙？”

教授露出温和而谦虚的微笑，“不，探长，我是说，有两名袭击者，一个从后面抱住他，迫使他跪下，另一个刺中了他的胸部。后背的伤口可能是第一个袭击者准备从喉部拔出刀子时偶然碰到的。”

他绕着桌子移到死者的头部前，开始从最初的切口处着手，剥离皮肤和肌肉。

“这可能是你应该记住的一点：这个人的手腕和脚踝是被绑着的。他的脖子上有一根绳子，如果这根绳子是用来绞死他的，那么擦伤处应该是倾斜向上，朝向悬挂点的，但事实不是这样，所以我猜他们是用这根绳子把他沿着海滩拖过来的。他的鼻子和嘴部有银色细沙，膝盖破皮处以及脚背处也有。在某一时刻，他们强迫他跪下，向他扎下数刀后，割断了他的喉咙。”

病理学家用语言描绘出的画面突然生动地出现在甘恩面前。不知道为什么，他想象那是一个夜晚，月光下的大海波光粼粼，海浪拍打着熠熠生辉的银色沙滩，然后血液把白色的浪花染成了深红。他简直不敢相信，就在这个地方，路易斯岛上，曾经发生过如此残酷的谋杀。一百多年以来，这个地方仅仅发生过两起谋杀案。

他说：“有可能提取指纹吗？我们得确认他的身份。”

马尔格鲁教授没有立即回答，他正在观察头皮，虽然从颅骨上脱离开了，但他并没有撕开它。“这么干，”他说，“快干成粉了。”他抬起头，“由于液体流失，指尖都有点皱缩了，但我可以注入一点福尔马林补充水分。你应该可以得到完整的指纹，不妨也提取一下 DNA 样本。”

“法医已经派人把做分析的样品送走了。”

“哦，是吗？”马尔格鲁教授看上去不是很高兴，“不太可能提供任何启示，当然，但你永远不知道，啊……”他的注意力突然转移到颅骨上，剥回来的那块头皮引起了他的兴趣，“有意思。”

“怎么了？”甘恩不情愿地靠近了一点。

“在这个小伙子的伤疤下，这里……有一小块金属片，是用来保护大脑的。”

甘恩看见一个暗灰色的长方形铁片，约两英寸长，两端各有一小孔，用金属线缝在颅骨上，一部分被一层浅灰色的疤痕组织掩盖着。

“某种创伤，很可能有轻微的脑损伤。”

在马尔格鲁的要求下，甘恩走了出去，来到走廊，从开向解剖室的窗户往里看去。病理学家拿起一把锯子，从头骨顶部移除了大脑。他再走进来时，教授正在一个不锈钢碗中观察它。

“是的……我想……这里……”他用手指戳着碗里的东西，“左额叶囊性脑软化。”

“什么意思？”

“意思是，我的朋友，这个可怜的家伙运气真的很差。他曾经头部受伤，导致左额叶受损，并且很可能使他……怎么说呢……野餐中缺了一块三明治？”他回到头骨前，用手术刀轻轻刮掉生长在金属片上的组织膜，“如果我没弄错的话，这是钽。”

“是什么？”

“一种高度耐腐蚀的金属，在二十世纪上半叶开始应用在颅骨修补术上，第二次世界大战期间经常用来修复弹片伤。”他靠得更近一点，刮得更深一些，“高度的生物相容性，但往往会导致可怕的头痛，我想，与这种金属的导电性有关。六十年代随着整形外科技术的发展，这种金属被别的材料取代了。现在钽主要用于电子工业。啊哈！”

“什么？”甘恩战胜了自己沉默寡言的本性，靠得更近些。

但是马尔格鲁教授却转过身去，走到了水池旁的柜台边。他的工具包放在上面，他在那里翻找着，带着一枚三平方英寸的放大镜回到颅骨前，拇指和食指捏着放大镜举到钽片上面。

“我早就想到了。”这是一种胜利的信号。

“想到了什么？”甘恩的声音里充满了困惑。

“这些金属片的制造商常常会在上面刻上产品序号，在这个产品上面，是生产日期。”他后退几步，邀请甘恩看看。

甘恩接过放大镜，小心翼翼地把它举到颅骨上面，扭曲着脸，靠得更近一些，放大镜下面出现了一系列罗马数字——MCMLIV。

病理学家笑容满面地说:“如果你还没搞明白，我可以告诉你，那是一九五四年。大概比他的猫王文身早两年。从上面生长出的组织判断，大概在他被杀害在沙滩上之前三四年。”

六

起初芬完全迷失了方向。在他的耳中，是风声、水声以及断断续续的拍打声。他很热，被子下的他浑身是汗，但脸和手都是冷的。他睁开眼睛，一束奇怪的蓝光使他头晕目眩。他花了足足三十秒钟才想起来自己在哪里。他看到帐篷的白色衬里胡乱地鼓动着，就像一个到达终点的运动员在大口喘息。他周围是一堆凌乱的衣服、一个半开的帆布挎包、笔记本电脑，还有一沓散乱的文件。

他在黑暗中选择了一块相对平整的空地，刚好够安置下双人帐篷，但现在他意识到这块地其实朝悬崖和大海那边倾斜着。他坐直身子，支帐篷的拉索发出吱吱嘎嘎的声音。他从睡袋中溜出来，换上新衣服。

他拉开帐篷外层的拉链，爬到山坡上，刺目的光线让他睁不开眼。晚上下过雨，但是风已经吹干草地。他赤脚坐在草地上，穿上袜子，眯着眼睛，看海上日出。从云层间露出一圈似乎刚刚燃烧过的冷光，短暂地照耀后，又被云层遮蔽，就像是电灯的开关被关闭了一样。他坐着，双膝拢向胸前，前臂放在上面，呼吸着咸咸的空气，闻着泥炭的烟味和潮湿的土地。风吹动着他短短的金色鬈发，使他突然有一种很美好的感觉，一种简单的活着的美好。

他回头越过左肩，看到父母古老的白房子已经成了一片废墟。再远一点是祖辈们生活了几个世纪的黑房子，也成了一片废墟。童年时，他在那里玩耍，快乐而安全，从来没有想象过等待他的未来会是什么。

房子上方，有一条弯弯曲曲通向山下的路，沿路是一排风格和类型各异的房屋，组成了克罗伯村。老织机棚上的红色锡制屋顶，粉刷成白色或粉色的房子，不规则的篱笆墙，铁丝网上一簇簇在风中飘动的羊毛，共同编织出了克罗伯村的独特画卷。窄窄的条状农田沿着山坡向下，一直通向峭壁，一部分被耕作过，用来种植基本农作物、谷类以及根茎类蔬菜，另一部分是用来牧羊的草地。古老的农耕技术已被丢弃，那些生锈的拖拉机和收割机四周杂草丛生，一幅衰败的景象，过去的繁荣早不见一丝痕迹。

越过山坡，芬可以看到克罗伯教堂的黑色屋顶，它向上划破天际线，向下俯视着生活在它的阴影中的人们。牧师住宅里有人挂出了洗过的衣物，白色床单在风中猛烈飘摆，像是在急切地召唤上帝。

芬厌恶教堂以及和教堂相关的一切，但是这熟悉的景象让他感到安慰，不管怎样，这里曾经是他的家。他感到一下子来了精神。

他听到风中有人在呼唤自己的名字，忙穿上靴子站起来，看到一个年轻人站在他昨晚停在房前的汽车旁。他吃力地穿过草地，朝年轻人走过去。越来越近了，他看到了来访者脸上的微笑以及微笑中的那丝犹豫。

年轻人大概十七八岁，差不多是芬一半的年纪，金色的头发抹过发胶，一簇簇竖立着，一双淡蓝色的眼睛像极他的母亲，这让芬的心里咯噔了一下。他们一时陷入尴尬，沉默地打量着对方，然后芬伸出一只手，男孩紧紧地握了一下，旋即松开。

“你好，芬利克斯。”芬主动开口道。

年轻人抬起下巴指向淡蓝色的帐篷方向，“只是路过这里？”

“暂时住下来。”

“你离开这里有一阵子了。”

“是的。”

芬利克斯停顿片刻，强调了一下，“九个月了。”他的语气中无疑带着责备。

“我要把一生都好好整理整理。”

芬利克斯稍稍歪了歪头，“你是说这次要留下来吗？”

“也许，”芬凝视着远处的小农场，“这里是故乡，是你无处可去时可以回来的地方。是否留下来……我还不确定。”他收回目光，绿色的眼睛转向男孩，“大家知道了吗？”

他们默默地对视了几秒，沉重的历史横亘在两人中间。“大家都知道的事实是我父亲在去年八月捕猎塘鹅时死在了安斯格尔岛。”

芬点点头，“说得对。”他转身打开院门，沿着长满杂草的小路走向老朽的白房前门，前门早就不见了，只有几块腐烂的门框仍然依附在砖墙上。他父亲曾把每一块木头包括地板都涂过一层紫色的油漆，现在仍然斑驳可见。

屋顶大部分还很完整，但是木材已经腐烂，雨水在每面墙上刻下了条纹，地板也没有了，只留下几根顽固的托梁。一个空壳，曾经温暖过这里的爱一丝痕迹也没有留下。听到芬利克斯走近的脚步声，他转过身，“我准备把老房子扒了，原址重建。也许暑假时你可以过来帮帮我。”

芬利克斯含糊地耸耸肩，“也许吧。”

“秋天你就该上大学了吧？”

“不上。”

“为什么？”

“我需要找到一份工作。我现在是一个父亲了，得对我的孩子负责。”

芬点点头，“孩子怎么样？”

“她很好。谢谢你的关心。”

芬无视他语气中的嘲讽，继续问：“唐娜呢？”

“与她父母一起待在家里，还有我们的宝宝。”

芬皱起眉头，“那你呢？”

“我还和妈妈住在山下的平房里。”他朝山下平房的方向微微点了点头，那套房子是马萨丽从阿泰尔那里继承来的，“默里牧师不让我去他们家看她们。”

芬感到不可思议，“为什么不让？看在上帝的分上，你是孩子的父亲！”

“我这个父亲没有能力养活孩子和她的母亲。有时唐娜可以溜出来到我家来见我，但是通常情况下，我们不得不在城里见面。”

芬强忍住心头的怒火。没有必要把火发到芬利克斯身上。有的是发火的时间，可以换一个地方，针对另一个人。“你妈妈在家吗？”这是一个十分天真的问题，然而他们两个都感受到了这句话充满的感情。

“她去格拉斯哥了，参加大学入学考试。”芬利克斯感到了芬的惊讶，“她没有告诉你吗？”

“我们一直没有联系。”

“哦。”他的目光游离到山下，朝麦金尼斯家的平房看过去，“我一直以为你和妈妈还会重新走到一起。”

芬的笑容中带着悲伤，也许是遗憾。“许多年前马萨丽和我就没有办法成功地生活在一起，为什么现在会有所不同？”他犹豫了一下，问道，“她还在格拉斯哥吗？”

“不，她早上回来了，今天早上回来的，家里有急事。”

七

我能听见她们在门厅讲话，好像我是聋子，好像我不存在，好像我是个死人。有时我倒希望这些都是真的。

我不知道为什么要穿上外套。屋内温暖如春，根本不需要多穿件外套，也不需要戴帽子。我那顶可爱的旧棒球帽软软的，戴在头上可暖和了。

这些日子，每次从卧室出来，我总不确定会遇到哪一个玛丽。有时是一个好玛丽，有时是一个坏玛丽。她们长得一样，却是不一样的人。今天早上是坏玛丽。她抬高嗓门，告诉我该做什么，让我穿上外套，坐在这里等着。等什么？

行李箱里装的是什么？她说是我的东西，但她到底是什么意思？如果她的意思是说里面是我的衣服，那我有一衣柜的衣服，这个箱子怎么可能装得下。或者是我所有的文件、多年的账本、照片，以及一切的一切。这么多东西，一个箱子是不可能装得下的。也许我们是要去度假。

我听到了马萨丽的声音，“妈妈，这不公平。”

妈妈，当然，我总是忘记玛丽是她的妈妈。

玛丽说：“公平？你以为这对我就公平吗？马萨丽，我已经七十岁了，我再也不能忍受了。他一星期至少尿两次床，如果让他一个人出去，他肯定会走失，就像一只笨狗一样。我没有办法相信他。邻居们把他送回来后，我说白他就说黑，我说黑他就说白。”她说的当然是英语，因为她永远也学不会盖尔语。

我从来没有说过黑或白，她在说什么？这是坏玛丽在说话。

“妈妈，你们已经结婚四十八年了！”这又是马萨丽的声音。

玛丽说：“他已不是我嫁的那个男人了，马萨丽，我在和一个陌生人一起生活。无论我说什么，我们肯定要争吵。他就是接受不了自己得了老年痴呆症的事实，不承认现在记不住事了，什么事都是我的错，对已做的事情从不承认。那天他把厨房的玻璃打碎了，我根本不知道为什么。他是拿锤子把玻璃打碎的，说要把狗放进来。马萨丽，我们自从离开农场后就没有养过狗了。五分钟后他又问我是谁打碎了窗户。我告诉他是他自己打碎的，他说他没有，一定是我打碎的，是我！马萨丽，我受不了了！”

“日托中心怎么样？他不是一星期去三次吗？也许我们可以说服日托中心，让他一星期去五次，甚至六次。”

“不行！”玛丽开始大喊大叫了，“把他送到日托中心只会让情况更糟！每天留给我的不过是几个小时的清静。我待在这所房子里，唯一思考的事情是他在晚上还要回来，再次把我的生活带进地狱。”

我能听见她的哭泣声，可怕的折磨人的哭泣。我不确定她现在是不是那个坏玛丽了。我不喜欢听到她哭，那让我心烦意乱。我探过身子朝门厅看过去，但是她们现在不在我的视线范围内。

我想我应该过去看看能不能帮帮她们，但是坏玛丽告诉过我要待在这里。我猜马萨丽会安慰她的。我不知道是什么让她这样生气。我记得我们结婚的那天，那时我只有二十五岁，她才二十二岁，一个身材苗条的小姑娘，她当时也哭了。她是个可爱的姑娘，英格兰人，但是她忍不住要哭。

哭声终于停止了，我得竖起耳朵才能听见玛丽的声音。“我想让他搬走，马萨丽。”

“妈妈，这太不现实了！你让他去哪里？我无力照顾他，把他送到私人疗养院，我们又负担不起。”

“我不管！”我能听见她此刻的声音有多么冷酷，既自私又充满了自怜，“你必须想办法，我只是想让他从这里搬走，现在！”

“妈妈……”

“他已经穿好衣服，可以随时走人。他的行李也收拾好了，我已经下定决心，马萨丽，他在这所房子里再待一刻钟也不行。”

现在是长久的沉默。她们到底在说谁？

然后突然，我抬起头，看到马萨丽站在门口望着我。我不知道她是什么时候过来的。我的小姑娘，我爱她胜过这个世界上的一切，有一天我一定要告诉她。但是她看起来很疲惫，很苍白，我的小姑娘，她正泪流满面。

“别哭，”我告诉她，“我只是去度假，我很快就会回来的。”

八

芬站在那里，检查着他的劳动成果。他刚刚徒手拆掉了所有腐烂的木头，和生锈的锡皮屋顶一起堆放在院子里，就在房子与破旧的石棚之间。只要短期内不下雨，风会吹干它们，然后他会用锡皮屋顶把木头盖起来，留作十一月的篝火燃料。

墙壁和地基还很牢固，但是屋顶必须换掉，这样房子才能既通风又防雨。首先他得移除那些石板瓦，把它们堆放好，但是他需要一架梯子才能办得到。

风撕扯着蓝色工装裤和格子衬衫，吹干了脸上的汗水，但他似乎并没有觉察到风有多大。如果你生活在这里，只有当风停了时你才会注意到刚刚吹过多么大的风。他向山下马萨丽的家看过去，门口没有车，她一定还没有回来。芬利克斯要去斯托诺韦上学。他一会儿下去问问能否借一架梯子。

吹的是西南风，空气仍然很温和，但是他能闻到雨的味道。在遥远的地平线上，蓝黑色的云团正在聚集，而在眼前，阳光时不时穿过云层照耀着大地，两者形成了生动而鲜明的对比。听到汽车的引擎声，他转过身去，看见马萨丽坐在阿泰尔的那辆老沃克斯豪尔雅特里。她已在路边停下车，正朝他这边看过来。车里还有一个人。

他站在那里，远远地看着她。似乎过了很久，她才从车里出来，沿着小路朝他走来。她的金黄色长发随风飘动，人似乎更瘦了。等她靠得更近，他看见她没有化妆的脸在太阳的直射下显得异常苍白。

她在距离他约一码远的地方停下来，两人默默对视了片刻，然后她说："我不知道你回来了。"

"我几天前才决定的。离婚手续办完了。"

她似乎感到很冷，拽了拽身上的防水夹克，双臂抱在胸前，使衣服紧贴在身上，"你这次是要留下来吗？"

"还不知道。我准备先修好房子，再看看。"

"你的工作怎么办？"

"我已经辞去了警局的工作。"

她似乎很惊讶，"那你准备做什么？"

"我不知道。"

她笑了，仍是他曾经非常熟悉的嘲讽的微笑，"还是那个芬·麦克劳德，他总是不知道。"

他报以微笑，"我有计算机专业的学位。"

她挑起一侧眉毛，"是吗？这会使你在克罗伯村大有作为。"

他大笑起来，"是的，"她总是有能力使他大笑，"是的，我们再看看，也许我最后会去阿尼什工作，就像我父亲或者阿泰尔一样。"

在他提到阿泰尔时，她的脸上布上了一层阴云。"你永远也不会去做那种工作的，芬。”对于这座岛上的男人们，去阿尼什总是最后的选择。即使报酬丰厚，他们也宁愿在一艘渔船上找到一份工作，或者逃离这里，去大陆上大学。

“不会的。”

“所以不要说废话。我们年轻时，你就把一生的废话都说完了。”

他笑了，“我猜是这样的。”他朝雅特车看过去，“车里是谁？”

“我父亲。”她听起来有些恼怒。

“哦，他怎么样？”这本是一个礼节性的问题，但是当他收回目光看着她时，他发现这个问题激起了她强烈的反应，她的眼里涌满了泪水。他很震惊，“出了什么事？”

但是她紧闭双唇，就好像不相信自己的嘴巴似的，过了良久，才终于开口：“我母亲把他踢出来了，说她再也不能忍受他了。现在是我在照顾他。”

芬困惑地皱起眉头，“为什么？”

“他得了老年痴呆症，芬，你上次见到他时状况还没有这么糟，但却在迅速下滑，几乎是一天不如一天。”她的目光瞥向汽车，潸然泪下，“但是我没有办法照顾他，我没有办法！我刚刚找回了自己的生活。我忍受了二十年，与阿泰尔一起生活，还有他母亲，接下来我还有好多考试，我还要为芬利克斯的未来考虑……”她用绝望的眼神看着芬，“听起来很可怕，不是吗？很自私。”

他想张开双臂把她抱在怀里，但那是很多年以前的事了。“当然不。”他只说出了这几个字。

“他是我父亲！”她的痛苦和内疚是那样强烈。

“我确信社会福利机构可以帮助他，哪怕是临时性的。为他找个护理院怎么样？”

“我们负担不起。农场不是我们的，只是租来的。”她擦了擦泪水，努力抑制住感情，“我在妈妈家就给福利机构打过电话，向他们解释，但是他们说我必须亲自过去和他们谈。我正打算把他带到日托中心，后面我再好好考虑。”她摇摇头，几乎又要失控了，“我只是不知道该怎么做。”

芬说：“我去换身衣服后和你一起进城。我们先把你父亲带到餐馆吃午饭，再把他送到日托中心，然后我们一起去找福利机构。”

她泪汪汪的蓝色眼睛里充满了疑惑，“你为什么要这么做，芬？”

芬咧嘴笑了，“因为我需要休息一下，喝几杯啤酒。”

王冠饭店坐落在南沙滩的一块狭长地段上，正好把斯托诺韦的内外港口分开。大堂酒吧在第一层，在那里内外两个海港都能看见。一排排的渔船停泊在内港，随着涌进来的潮汐轻轻摇晃。生锈的拖网渔船以及破旧的捕蟹小船，都曾被喷上过亮丽的颜色，就像是上了年纪的女人，努力隐藏岁月的痕迹，可惜却是徒劳。

一脸茫然的托尔莫德刚开始根本就认不出芬来，直到芬讲起他的童年，讲起他经常去农场找马萨丽。农场早没了，就好像未来的痛苦是命中注定的。托尔莫德的脸上渐渐放出了光芒，似乎他也清晰地记起了童年时的芬。

“你长得这么快，孩子，”老人摸着他的头发，好像芬还是个五岁的孩子，“你父母怎么样？”

马萨丽很难堪地瞥了一眼芬，小声说：“爸爸，芬的父母三十年前就在一场车祸中丧生了。”

托尔莫德的脸上顿时充满了悲伤，镶着银边的圆框眼镜下，蓝色的眼睛湿润了。他看着芬，有那么一会儿，芬在他的眼中看到了他的女儿，她的儿子。三代人迷失在他困惑的眼神里。“听到这些我很难过，孩子。”

芬把他们安排在窗边的一张桌子旁坐下，然后去吧台取菜单，为每人点了份饮料。他回来时托尔莫德正使劲从裤兜里掏什么东西，身体扭动着。“该死！”老人说。

芬看了马萨丽一眼，“他在找什么？”

马萨丽沮丧地摇摇头，“他又开始抽烟了。他二十多年前就戒了的！他的裤兜里有一包烟，但是他好像掏不出来。”

“麦克唐纳先生，你不能在这里抽烟，”芬告诉他，“如果你想抽烟，必须到外面去。”

“在下雨。”老人说。

“没有，”芬轻声纠正他，“还没有下。如果你想抽烟，我陪你一起到外面去。”

“我掏不出这个该死的东西！”托尔莫德提高嗓门，几乎是在叫嚷了。餐馆里坐满了正在吃饭的本地人和游客，他们纷纷扭头转向这边。

马萨丽的声音就像是舞台上的高声耳语，“爸爸，没必要大喊大叫。来，让我来帮你拿。”

“我完全有能力自己拿！”更多人转过头来。

餐馆服务生送来了他们的饮料。这是一个二十岁出头的年轻人，波兰口音。

托尔莫德抬起头看着他说：“做点正事去！”

“我想他的意思是让你去拿打火机来。”马萨丽带着歉意对服务生解释，接着对芬说，“他没有火柴，我母亲把火柴都藏起来了。”

服务生只是笑了笑，把饮料放在桌子上。

托尔莫德的手仍然在裤兜里划拉着，“就在里面，我能摸到，但就是掏不出来。”

邻近的桌旁传出窃笑声。芬说：“让我来帮帮你，麦克唐纳先生。”老人虽然不肯接受马萨丽的帮助，却很高兴让芬试试。芬抱歉地看了一眼马萨丽，在她父亲身旁跪下，注意到餐馆里许多人正看着他们。他的手滑进托尔莫德的裤兜。他也能摸到那包烟，可是和托尔莫德一样，他也拿不出来，感觉手和烟隔着一层东西，但是芬想不明白怎么会这样。他掀起老人的套衫，检查腰带，看是不是有什么隐藏的口袋，然后情不自禁地笑了。他抬起头说：“麦克唐纳先生，你穿了两条裤子。”他的话引起了一场哄堂大笑。

托尔莫德皱起眉头，“是吗？”

芬看向马萨丽，“烟在里面那条裤子的兜里，我最好还是把他带到卫生间帮他脱掉一条。”

在卫生间，芬把老人带到一个小隔间里，先说服他脱掉鞋子，然后费力地帮他把外面那条裤子脱了下来。待他重新穿好鞋子，芬让他坐在台基上，蹲下身子帮他系鞋带，然后把脱下的裤子叠好，扶托尔莫德再次站起来。

托尔莫德对芬十分顺从，像个受过良好训练的孩子，除了一个劲儿地向他表达感激之情外。“你是个好小伙，芬，我一直都很喜欢你。孩子，你很像你爸爸。”他一边说一边抚摸着芬的头发，然后说，“我想小便。”

“好吧，麦克唐纳先生，我等着你。”芬转身去打开水龙头，让水先流一会儿，这样老人过来洗手时就可以用上热水了。

“啊，该死！”

他顺着托尔莫德诅咒的声音看过去，老人的眼镜从鼻尖滑落下去，掉进了便池里。然而，这个意外并没有减少或阻止他的黄色尿液继续从膀胱流向便池。如果是什么事使他惊叫，好像就是那副眼镜。芬叹了一口气，很明显他必须帮老人把眼镜捡起来。等托尔莫德终于尿完了，芬俯下身子，小心翼翼地拾起浸在尿液中的眼镜。

芬先用水龙头流出的水彻底冲洗眼镜，然后双手打了香皂，把泡沫涂在眼镜上，用力搓洗，最后冲干净。托尔莫德站在一旁默默地看着。“洗洗你的手，麦克唐纳先生。”芬说完探身去小隔间里取了一些柔软的厕纸擦干眼镜。等托尔莫德也擦干双手，芬帮他重新戴好眼镜，稳稳地架在鼻梁上。“最好不要把它再弄掉了，麦克唐纳先生。你也不想让我们看到你尿湿裤子，是吧？”

不知怎么托尔莫德觉得芬的话十分滑稽，开怀大笑起来，随即跟着芬回到餐桌前。

马萨丽正昂首期盼他们回来，看见大笑着的父亲，笑容也不禁回到了脸上，“发生什么了？”

芬扶老人坐下，“没什么，”他说着，把叠得整整齐齐的裤子递给她，“你爸爸还是幽默得很，就这样。”

芬坐下来，看到了托尔莫德眼中感激的神情。芬不知道老人在想什么、有什么感受、是否在意身边的一切。他似乎迷失在自己云山雾海的精神世界里。芬知道，也许这些云雾有时会消散一些，但有时又会像夏日的阴霾遮蔽所有的光芒和理性。

索拉斯日托中心位于斯托诺韦东北郊区的西部观景平台，是一栋现代化的单层建筑，前后都是停车位。由议会管理的丹爱斯丁护理院就在其隔壁，被大树和修剪整齐的草坪包围着。远处，是布满白色斑点的泥炭沼泽，在午后的最后一缕阳光下闪闪发光。在倾斜的黄色光芒下，这片沼泽看起来仿若金色的田野，一直从艾尔德延伸到布罗德海湾。乌云正随着强劲的西南风席卷而至，一场倾盆大雨即将到来。

马萨丽把车停在后面，正对着一排活动板房。当她和芬一起扶着托尔莫德匆匆走向入口时，豆大的雨点已经落了下来。他们来到门口，大门刚好从内向外推开，一名身穿黑色棉夹克的黑发男子帮他们扶着门。直到从雨中冲进屋内，芬才意识到这个人是谁。

“乔治·甘恩！”

在这里碰到芬，甘恩似乎同样感到惊讶。他愣了愣，很快回过神来，礼貌地说：“麦克劳德先生，”他们握了握手，“我没有想到你也在岛上，长官。”他向马萨丽点头致意，“麦金尼斯夫人。”

“我现在是麦克唐纳了，我改回娘家姓了。”

“我也不再是‘长官’了，乔治，叫我芬就好。我已经辞职了。”

甘恩挑起一侧眉毛，“哦，那真是太遗憾了，麦克劳德先生。”

一位上了年纪的银发妇人走过来，挽住托尔莫德的胳膊，温柔地把他带向里面，“你好，托尔莫德，没想到你今天会过来。来，我给你倒杯茶。”

甘恩看着他们走远，然后对马萨丽说：“事实上，麦克唐纳女士，我正想找你的父亲谈谈。”

马萨丽惊讶地睁大了眼睛，“你想和我父亲谈什么？再说他根本就没法与人正常交流了。”

甘恩严肃地点点头，“我知道。我已经去米兰尼斯找过你母亲，但是既然你在这里，如果你能帮我确认几件事情，对我也会有很大的帮助。”

芬的一只手放在甘恩的前臂上，“乔治，到底是什么事？”

甘恩小心地把自己的胳膊从芬的手中挪开，“长官，请耐心一点……”芬于是明白这不是什么普通的例行询问。

“哪一类事情？”马萨丽问。

“有关家庭的事。”

“比如说？”

“你有叔叔伯伯吗，麦克唐纳女士？或者说堂兄弟？有什么亲戚？近亲或者你的直系亲属之外的旁系血亲？”

马萨丽皱起了眉头，“我想我妈妈有一些远亲，在英格兰的南部什么地方。”

“你父亲这边的。”

“啊，”马萨丽更加困惑了，“据我所知没有，我父亲是独生子，没有兄弟姐妹。”

“叔伯的兄弟姐妹呢？或者表亲？”

“我想没有。他来自哈里斯的塞乐博斯村，但据我所知，他是他们家族中唯一还活着的人。他曾带我们去看过他成长的农场，当然，现在已经被遗弃了。我们还去看了他小时候上的学校，塞乐博斯小学。那是一所很棒的学校，坐落在一片狭长的沙地上，可以看到最美丽的路斯肯特尔沙地景观。但是我们没有听说过他有任何亲戚。”

“直说吧，乔治，到底是怎么回事？”芬已经失去了耐心。

甘恩看了芬一眼，似乎感到十分难堪。他向后捋了捋前额的V形发尖，犹豫了片刻，终于决定说出实情。“几天前，麦克劳德先生，我们在西海岸的希亚德泥炭沼泽地发现了一具尸体，是一具保存完好的青年尸体，不到二十岁，死于暴力袭击。”他停顿了一下，“一开始，我们以为这具尸体可能是几百年前的古尸，也许是挪威占领时期，甚至更早以前的石器时代，但是我们在尸体的右前臂上发现了一个猫王文身，这个发现推翻了我们之前的判断。”

芬点点头，“那是当然。”

“不管怎样，长官，病理学家已经得出结论，这个年轻人可能死于二十世纪五十年代末期，也就是说凶手可能还活着。”

马萨丽惊恐地摇着头，“但这和我父亲有什么关系？”

甘恩紧闭牙关，长长吸了一口气，“嗯，情况是这样的，麦克唐纳女士，因为没有衣服或任何别的东西帮我们确认死者的身份，我们刚发现尸体时，法医提取了一些体液和组织样品做分析。”

“他们与数据库的DNA做了比对？”芬问。

甘恩稍微有些脸红，点点头，“你一定还记得，”他说，“去年，为了排除天使麦克里奇谋杀案的嫌疑人，克罗伯的大多数男子都提供了DNA样品。”

“那些样品到现在应该已经被销毁了。”芬说。

“那需要样品提供者专门提出要求，麦克劳德先生。如需销毁，他们要在一份表格上签字，好像麦克唐纳先生没有签。工作人员应该解释给他听，但很显然，当时要么是没有跟他解释，要么是他没有听明白。”他看着马萨丽，“不管怎样，数据库中出现了与尸体相匹配的DNA。无论沼泽地的这个年轻人是谁，他与你的父亲有血缘关系。”

九

雨水像锤子一样击打着窗户，有点太吵人了！当然，如果在沼泽地，你永远也不可能听到这样的声音，除了风声，你什么也听不见，但是你感觉很舒服。十级大风扑过来，刺痛你的脸，有时是横向的，我喜欢那种感觉。在荒野，只有我和伟大的天空，还有雨，燃烧我的脸。

但是这些天他们总把我关在家里，坏玛丽说，让我出去太让人不放心了。

就像现在，在这个空荡荡的休息室里，椅子被拉到一起，每个人都看着我，我不知道他们想要什么。他们是来带我回家的吗？当然，我认出了马萨丽。旁边这个金色鬈发的年轻人看起来也很面熟，稍后我会想起他的名字的，通常是这样的。

但是另一个家伙是谁，长着一张圆圆的红脸，亮闪闪的黑头发，我根本就不认识他。

马萨丽朝我探过身子，说：“爸爸，你的家人出了什么事？你有没有什么从来没有告诉过我们的叔叔或堂兄弟姐妹。”

我不知道她什么意思。他们全都死了，难道不是每个人都知道吗？

芬！就是这个名字，这个鬈发的年轻人叫芬。我想起来了，他过去常常来农场勾引我的小马萨丽。他们俩那时那么小，几乎连数都还数不清。他的家人现在怎么样了？我喜欢他爸爸，他是一个善良靠谱的家伙。

我一点也不记得我父亲，只是听说过他。当然，他是个水手。那个时候，所有值得尊敬的人都是水手。那天妈妈把我们召集到起居室，透露了一个十分可怕的消息。那是圣诞节前夕，她已经努力装扮过房子，使家里看起来有些节日的气氛。我们在乎的只是将会得到的礼物。我们并没有期望太多，只是喜欢那种惊喜的感觉。

街道上铺了层雪，并不是很厚，所以很快就化掉了。但是伴随着这场雪而来的是空气中那种灰绿色的阴郁氛围，更何况那些旧式公寓之间并没有多少光。

她是一个可爱的女人，我的母亲，我记得是这样的。我记得的并不多，只是她抱着我时的那种温柔，还有她身上的气息或香水味。她总是系着一条蓝色印花围裙。

不管怎样，她让我们在长椅上并排坐下，随即跪在我们面前。她把手放在我的肩上，脸色很可怕，是那种会迷失在雪中的苍白，然后开始哭泣。我只知道这么多。

我那时只有四岁，彼得比我小一岁，一定是母亲在父亲出海前匆忙间怀上的。

她说："孩子们，你们的爸爸不会再回来了。"她突然住嘴不说了，这一天接下来的事情我都不记得了。那一年的圣诞节一点也不好玩。一切在我的脑海中都是深灰色的，仿佛一张曝光了的黑白底片，呆滞而压抑。后来，长大一点后，我才知道他的船被一艘德国潜艇击沉了。那些担负护航任务的潜艇常常在英国与美国之间的大西洋发起袭击。我有一种与他一起下沉的奇怪感觉，在水中沉入无边无际的黑暗。

“你在哈里斯还有什么亲戚，麦克唐纳先生？”这个声音吓了我一跳。芬正非常认真地看着我，绿莹莹的眼睛甚是可爱。这个小伙子，我不知道为什么马萨丽没有嫁给他，而是选择了那个阿泰尔·麦金尼斯，我从来没有喜欢过那个废物。

芬还在看着我，我在努力回忆他刚才问的是什么，好像是关于我的家人。

“母亲去世的那一晚上我和她在一起。”我告诉他，突然我能感到眼中涌出了泪水。为什么她必须死？那间房里是那么黑，那么热，散发着疾病和死亡的味道。她躺在床上，床头柜上有一盏灯，灯泡发出可怕的惨白的光，照在她的脸上。

那时我多大？我现在记不太清了。十一二岁，也许。已经足够懂事了，这一点是肯定的，但是还不足以承担责任，更没有准备好被抛弃在这个世界独自漂泊。那是一个我从没有梦到过的世界。那个时候我还没有开始做这样的梦。那个时候我唯一知道的事情是家的温暖和安全，还有母亲的爱。

我不知道那一晚上彼得在哪里，可能已经睡了。可怜的彼得，自从那天从游乐场的旋转平台上摔下来后，他就再也不是从前的彼得了。真愚蠢！一个粗心的瞬间，在那个该死的东西还没有完全停稳时迈出了一步，然后你的一生被永远改变了。

母亲的眼睛是最黑的眼睛，床头灯在她的眼珠中闪烁，但是我可以看见这点光芒在消逝。她的眼中透着深深的悲伤，我知道她是在为我悲伤，不是为她自己。她的双手露在被子外面，她伸出右手，摘下左手上的结婚戒指。我从来没有见过这样的戒指，是银的，有两条巨蛇纠缠在一起，是我父亲的哪个叔叔从海外带回来的，然后就成了我家的传家宝。他们结婚时父亲没有钱，所以把这枚戒指给她作婚戒。

她拉过我的手把戒指放到我的手心里，帮我合上手指。“我希望你能照顾彼得，”她对我说，“他自己无法在这个世界上生存。我要你向我保证，约翰尼，你会永远照顾他。”

当然，那时的我完全不知道责任是什么，但那是她对我最后的要求，所以我庄严地向她点头，告诉她说我会的。她笑了，轻轻捏了捏我的手。

我看到她眼中的光芒暗淡下去，然后她闭上了眼睛，手也松开了。牧师十五分钟后才过来。

从哪里传来的铃声？该死的！

十

马萨丽在手提包里摸索着手机。“对不起。”她说，被这突如其来的手机铃声弄得慌乱而难堪。并不是因为她父亲讲了许多，或者不再胡言乱语，而是因为当他讲到母亲去世时的情景，豆大的泪珠静静地流到他的脸上。在这些眼泪后面，是他内心强烈的情感波动，但是却被她的手机铃声中断了。

“到底是怎么回事？”他说，显然被惊扰了，“在家里也得不到清静吗？”

芬向前靠了靠，一只手放在他的胳膊上，“没事，麦克唐纳先生，是马萨丽的手机响了。”

“请稍等。”马萨丽对着手机说，随即用手罩住手机，“我去大厅打。”她站起身，匆匆离开了空荡荡的休息室。大多数日托中心的病人都乘小巴士外出一日游了，所以这个地方差不多只有他们几个人。

甘恩朝门口点头示意，芬和他一起站起来，离开了低声咕哝着的托尔莫德。甘恩比芬大六七岁，但是他的头上没有一根白发，芬不知道他是不是染过了，看样子不像。他的脸上也没有一丝皱纹，除了像现在这样因为担心而皱眉头时。他说：“他们肯定要从大陆派人过来，麦克劳德先生，像这样一起谋杀案，他们不会委托一个小岛上的警察来做调查。你懂的。”

芬点点头。

“不管他们派谁过来，在处理这个案子时肯定不会像我这样敏感。对于这个死者的身份，我们现在掌握的唯一线索是他与托尔莫德·麦克唐纳先生的血缘关系。”他停顿了一下，咬了咬嘴唇，在芬看来似乎是在表达歉意，“这条线索正好使托尔莫德与这起谋杀案有了关联。”

马萨丽从大厅回来，把手机放进手提包。“是社会福利机构打来的，”她说，“很明显还有一个床位，至少可以临时过渡一下，在老年痴呆症部门，正好紧挨着丹爱斯丁护理院。”

十一

这个地方比我家里的房间小一些，但是看起来刚刚粉刷过。天花板上没有污点，白墙很干净，玻璃也是双层的，听不到风声或雨打窗户的声音，只能看见雨水顺着玻璃静静地流下去，就像眼泪，雨中的眼泪，谁能看得出来？但是如果你打算哭，就自己哭吧，让大家看到你坐在那里流泪是很难为情的。

现在没有眼泪，虽然我真的感到了一种悲伤。我不知道为什么。我不知道马萨丽什么时候过来带我回家。我希望我们回到家时，是一个好玛丽在等着我们。我喜欢好玛丽。有时候她看着我，抚摸我的脸，就像她曾经有多么喜欢过我一样。

门开了，一个亲切的年轻女士向里面看了看。她让我想起一个人，但我不确定是谁。

“嘿，”她说，“你还穿着外套，戴着帽子呢，麦克唐纳先生。”她停顿了一下，“我能叫你托尔莫德吗？”

“不行！”我能听见自己的叫喊声，像一只狗一样。

她似乎吓了一跳，“啊，好吧，麦克唐纳先生，我们在这里都是朋友，我来帮你把外套脱下吧，我们会把它挂在衣柜里。我们还要帮你打开行李箱，把你的东西放进抽屉里。你可以决定什么东西放在哪里。”

她来到床边想扶我站起来，但是我甩掉了她的手，拒绝这种帮助。“我的假期结束了，”我说，“马萨丽会来接我回家的。”

“不，麦克唐纳先生，她不会来的，没有人会来的，这里现在是你的家。”

我坐在那里很久。她是什么意思？她的意思是什么？

现在我什么也没做，没有阻止她取下我的帽子，没有阻止她扶我起来，脱掉我的外套。我简直不敢相信。这里不是我的家。马萨丽很快会过来，她永远也不会把我扔在这里的，不是吗？我的亲骨肉不会这么做的。

我再次坐下来。我感觉床很硬。还是没有马萨丽的影子。我感到……我感到了什么？背叛！被玩弄！他们说我是来度假的，然后把我扔在这里，就像那天他们把我送到迪恩孤儿院一样。狱友，我们这样称呼自己，就像囚犯。

我们到达迪恩孤儿院是十月底，我和彼得一起。你不会相信他们竟会为我们这样的孩子建一个那样的地方。它坐落在山上，一处长长的三层石头建筑，两边都有侧楼，每一侧的中央高处都有一个四角钟塔，但是上面根本没有钟，只有一个石瓮。主入口有一个门廊，由一个三角形的屋顶与四根巨大的圆柱构成。门廊的墙上挂着一面大钟，金色的指针嘀嘀嗒嗒，数着我们在那里越来越少的时光，就像是在倒着转一样。也许那只是我们的年龄在作怪。当我们年少时，一年给我们的感觉很长很长，似乎永远也没有尽头。当我们年老时，岁月一下子加快了步伐，一年又一年眨眼间就过去了。我们成长缓慢，却匆匆奔向死亡。

那天我们乘坐的是一辆黑色汽车，不知道是谁的。天很冷，雨夹着雪从天空飘下来。我站在台阶顶端回头看，可以看见下面山谷中工人的公寓楼，冰冷的灰色石板屋顶以及铺着鹅卵石的街道。更远处，是城市的天际线。在这里，我们被绿色包围着，有树，有一个巨大的菜园，还有一个果园。我们离市中心很近，很快我就会知道，在安静的夜晚，可以听到车流声，有时可以看见远处红色的汽车尾灯在黑暗中闪烁。

我后来才意识到，那是我投向自由世界的最后一瞥，因为一旦我们跨进这扇大门，所有的舒适和仁慈都被留在了外面，我们从此进入了一个悲惨世界，在这里人类最黑暗的一面像影子一样笼罩着我们。

黑暗的一面是那里的主管最先让我们领教到的，人们叫他安德森先生，一个你很难找到的野蛮、冷酷的人。我常常自问，什么样的人会在虐待无助的孩子中寻找满足感？惩罚，他称之为惩罚。

他房间的抽屉里放着一条皮鞭，大概十八英寸长，足足半英寸粗，还有两个尾穗。在鞭打你之前，他会先押你游行，沿着底层的走廊来到通往男生宿舍的楼梯脚下。他逼迫你站在第一级台阶上，弯身把手撑在第三级台阶上，屁股翘得老高。然后他会用鞭子抽打你的屁股，直到你倒下。

他并不是一个大个子，尽管对我们而言，他很高大。事实上，在我的记忆中他简直是个巨人，但实际上他比女总管高不了多少。他头发稀疏，烟灰色，油乎乎地盖在狭窄的头骨上，犹如刷上去的油漆。银黑色的短须像一根根刺一样扎在嘴唇上面。他身穿深灰色的西装，厚底黑皮鞋在地砖上发出咯噔咯噔的响声，就像是小说《彼得·潘》中吞下闹钟的鳄鱼从肚子里发出的嘀嗒声，所以你总会知道他什么时候过来了。他的烟斗散发出一种酸臭的难闻味道，萦绕在他周围。他的嘴角总是聚集着唾沫，说话时，唾沫星子在上下嘴唇间移动，随着他吐出的每一个字，变得越来越黏稠，越来越像奶油。

他从不喊我们的名字。我们是“小子”，或者“你，小姑娘”。他总是喜欢用一些我们听不懂的词，比如，当他说“食品”时，他的意思是“糖果”。

那天，把孩子送往迪恩孤儿院的人将我们领到他的办公室，我第一次见到了他。他始终和蔼可亲的样子，满口保证我们将在那里得到精心呵护。其实大人们几乎刚走出门，我们就发现“精心呵护”实际上是什么意思。首先，他发表了一场简短的演说。

我们站在擦得锃亮的宽大办公桌前面，吓得直哆嗦，他则双臂交叉着坐在桌后。他身后高大的方形窗户一直通到天花板。

“先说最重要的事，无论什么时候，你们都要叫我‘先生’，明白吗？”

“是的，先生。”我说。彼得没有作声，我用胳膊肘捣了他一下。

他瞪着我，“怎么了？”

我朝安德森先生点点头，“是的，先生。”我又说了一遍。

彼得过了一会儿才明白过来，然后微笑道："是的，先生。"

安德森先生冷冷地盯了他良久，"在这里天主教是不受欢迎的，没有时间给天主教徒。你们将不会受邀参加我们的唱诗或诵经活动，你们要待在宿舍里，直到晨祷结束。你们不必费心适应这里，因为幸运的是，你们不会在这里待多久。"他俯身向前，握紧拳头搁在桌子上，苍白的指关节清晰可见，"但是，只要你们在这里一天，记住，只有一个规则，"他停下来，以强调规则的重要性，然后清晰地、一字一顿地说，"叫—你—们—做—什—么—就—做—什—么！"他再次站起来，"如果你们破坏了这个规则，后果自负，明白吗？"

彼得瞥了我一眼以寻求确认，我几乎让人觉察不到地微微点了下头。"是的，先生！"我们异口同声地说。彼得和我有时候几乎有心灵感应，只要我确实是为我们两个着想的。

然后我们一起去女总管的房间。我想她是一个未婚的中年女人。我记得她的嘴角总是朝下撇着，那双阴沉的眼睛似乎总是浑浊的，你永远也不知道她在想什么。她那张总是愠怒的嘴巴代表着她一贯的心情，即使在她笑的时候，她其实几乎没有笑过。

我们不得不在她的办公桌前站立很久。她先查看我们的文件，然后让我们脱衣服。彼得似乎并不介意，但是我感觉很难为情，害怕自己会勃起。并不是说女总管有一点点性感，只是你永远也不知道这个该死的东西什么时候会勃起。

她检查我们的身体，我猜是在找标记，然后又仔细地在头发中寻找虱子。很明显她没有找到，但是她说我们的头发太长了，必须剪一剪。

接下来是检查牙齿。她撬开我们的嘴巴，粗短的手指有一股防腐剂的苦味，在口腔中戳来戳去，就好像我们是集市上待价而沽的牲口。

我清楚地记得我们是怎样一路走向卫生间的。我们一丝不挂地抱着叠起来的衣服，她在后面戳着我们的屁股，连声催促。我不知道那天其他孩子在哪里，可能上学去了。我很高兴没有人看见我们，那情形实在太丢脸了。

镀锌的大浴盆里倒进了约六英寸深的温水，我们一起坐在里面，用粗糙的石炭酸皂用力搓出肥皂泡，在女总管警惕的目光下，洗干净身体。这是我在迪恩孤儿院第一次也是最后一次仅仅与另外一个人共用一只浴盆。以后每周一次的洗澡日，我们是四个人一起洗，一样的六英寸深的满是浮渣的水。所以说这一次很奢侈。

男生宿舍在东侧附楼的第二层，一排排床铺沿着墙排满长长的房间，房间两头有高高的拱形窗户，外墙上则是一排较小的矩形窗户。以后，这里会洒满春天的阳光，温暖而明亮，但是今天，这里的氛围是忧郁而阴暗的。我和彼得的床在宿舍的最里头，两张床紧挨着。经过别人的床铺时，我注意到所有叠得整整齐齐的床上都有一个小帆布袋，就放在床头，但是走到我们的床前时，我看见两个空袋子放在我们共有的一只箱子上，没有床头柜、抽屉和衣橱。我们——我很快就会明白——是不允许积攒太多个人物品的，与过去的联系会让他们不悦。

安德森先生在我们后面跟过来了。“你们可以清空行李箱，把物品放在袋子里，”他说，“这些东西应该总是放在你们的床头，明白吗？”

“是的，先生。”

箱子里的一切都被人有条不紊地折叠好了。我仔细地把我和彼得的衣服分开，分别放进我们的袋子里。彼得坐在床沿翻阅唯一一件让我们想起父亲的东西——一本他在战争前就开始收集的香烟盒，就像一本集邮册，只是他用烟盒代替了邮票。有些上面注有奇异的名字，如“控制杆”“浮云”“玫瑰露”。所有的烟盒上都印着色彩艳丽的青年男女的头像，他们拿着塞满烟叶的烟斗，心醉神迷地吞云吐雾。

彼得永远也看不够这些东西。其实我认为这本册子是我的，但是我很高兴让他拿着。我从没有问过他为什么喜欢这本烟盒册，也许是因为那些烟盒让他以某种方式与父亲产生了直接的联系。

而我则感到与母亲联系更强烈。她给我的戒指是让我怀念她的最重要的东西，我会用生命来捍卫。连彼得都不知道我拿着这枚戒指，我不相信他能保守秘密。他很可能脱口就讲给别人听了，所以我把它藏在一双卷起的袜子里。我觉得它就是那种容易被没收或被偷走的东西。

餐厅在第一层，在这里我们第一次见到了大多数放学回来的孩子。他们有五十多人，男孩住在东侧附楼，女孩住在西侧附楼。当然，我们幼稚懵懂的样子吸引了这群世故老练的孩子们好奇的目光。我们新来乍到，最糟糕的是，我们是天主教徒。我不知道他们是怎么知道的，但是好像他们都知道，这使我们无法融入人群。没有人想和我们说话，除了凯瑟琳。

那时她还是一个十足的假小子，棕色头发剪得短短的，白色衬衫外面是一件深绿色的套头衫，灰色百褶裙，灰色袜子边裹着脚踝，笨重的黑色鞋子。我想那时我应该差不多十五岁，她大概比我小一岁，但是我记得我注意到她衬衫下的乳房已经很丰满了，可是她真的还没有什么女人味。她喜欢骂人，笑起来大大咧咧。她刻薄的小嘴从来没有放过任何人，甚至是比她大的男孩子。

孩子们应该系着领带去上学，但是那晚第一次见到她，我就注意到她没有系。在她裸露的脖子上，我看到一条银链上挂着圣克里斯托弗像章。

“你们是佩普人，对吗？”她直截了当地问。

“天主教徒。”我纠正她。

“我就是这个意思，佩普人。我叫凯瑟琳。过来，我告诉你们该怎么做。”

我们跟着她来到厨房的一张桌子旁，取过木盘子，排队盛晚饭。

凯瑟琳压低声音说：“这些食物都是屎，但是不要担心，我的一个姨妈会经常给我送些食物包裹来，我猜这样她就不会心怀愧疚了。有许多孩子并不是真的孤儿，只不过来自破碎的家庭。有好些孩子都能收到食物包裹。当然，每次包裹一到得赶紧吃掉，被那些混蛋发现后会被没收的。”她诡秘地笑了笑，把声音压得更低，“午夜的筵席在屋顶。”

关于这里的食物，她说得没错。凯瑟琳带着我们来到大厅的一张桌边坐下，四周全是孩子们的喧哗声。我们啜饮着水一般乏味的蔬菜汤，像小鸟一样小口小口啄食绿色的土豆，油乎乎的肉块硬得无法下咽。我陷入深深的沮丧中，但凯瑟琳只是一个劲儿地笑。

“不要担心，我也是一个佩普人。他们不喜欢天主教徒，所以我们不会在这里待太久，”这和安德森先生说的一样，“神父随时都有可能过来接我们。”

我不知道她被这个念头迷惑了多久，但是距离终于带来一个神父的大桥事件，还有整整一年。

在学校他们也不喜欢天主教徒。村子里的这所学校是一栋简朴的灰色花岗岩和砂岩建筑，高大的拱形窗户嵌入石头屋顶。塔楼上挂着一只召唤我们上课的铃铛，下面的墙上雕刻着校董事会的徽章，徽章下是一位穿着袍子的和蔼女教师，正在给一个小学生讲述世界奇迹。那个学生剪着短发，穿着裙子，让我想起了凯瑟琳，但是我猜他应该是一个古典时期的男孩，上面雕刻的时间是一八七五年。

身为天主教徒，我们是不允许参加晨祷的，那是新教徒的事。并不是说我有多在乎与上帝共处的时光。我是在很久以后才找到上帝的。太奇怪了，一个新教徒上帝。但是我们不得不站在外面的操场上，无论是什么天气，直到他们结束。有许多次我们被淋透了后才允许进入冰冷的教室，坐在课桌旁瑟瑟发抖。我们没有冻死真是奇迹。

更糟的是，我们是迪恩孤儿院的孩子，这使我们与他们再次分开。放学后，其他孩子可以自由地跑到大街上，跑回有父母和兄弟姐妹的家里，而我们必须两个一组排成队，忍受别人的吆喝和取笑。我们列队回到山上的迪恩孤儿院，接下来必须默默地写两个小时的作业，只有吃饭的时候才有自由。在短暂的自由时间之后，我们会被迫回到寒冷黑暗的宿舍，早早睡觉。

在冬季的几个月，那些“自由”的时间被安德森先生的高地舞蹈课填满了。尽管这似乎有些不可思议，他非常热爱跳舞，希望圣诞晚会到来之前我们都能完美地跳几曲苏格兰高地舞。

夏季时，天总是亮得让我们睡不着觉。到六月份，天能一直亮到夜里十一点钟。我有一颗不安分的灵魂，我不能睁眼躺在床上空想外面的世界有多精彩，我应该去冒险。

我很早就发现有一部后楼梯，从东侧楼的第一层通到地下室，在那里我可以打开后墙上的一扇门，逃往暮霭沉沉的黄昏，然后可以想去哪里就去哪里。我并没有跑多远。我总是一个人。彼得永远是倒头就睡，也没有迹象表明其他人发现了我的行踪。

然而我一个人的冒险之旅在第三次或第四次外出时就戛然而止了。那一晚上我发现了墓地。

天一定很晚了，因为我溜出宿舍时，暮色已经散去，外面一片黑暗。我在门口停了一会儿，倾听其他男孩的呼吸声。有人在轻轻地打鼾，像打呼噜的小猫。有一个小一点的孩子在梦中呓语，讲述着隐藏在心中的恐惧。

我沿着石头台阶向下走向黑暗，能感到从石阶上散发出来的寒气。地下室散发着一股潮湿而酸腐的味道，神秘的阴暗之地。我从来都没有搞清楚那里到底存放着什么，总是不敢逗留。门闩有点紧，我用力拉开，从后门溜出去，迅速扫视了一下各个方向，顺着柏油路朝树林奔去。通常我会直接奔向山顶，然后向下朝着村庄那边跑。街灯映照在水面上，曾经有十多家工厂的水车在河里抽水。现在这里一片寂静，水车都被遗弃了。为工人建的公寓里有几扇窗户灯光闪烁，树木和房子矗立在陡峭的河道两岸，大桥高高地横跨在河上，距离河面至少有一百英尺。

但是今晚，为寻找不一样的东西，我拐向另一个方向，很快就发现了紧挨着花园东侧的高墙上有一扇大铁门。因为隐藏在高大的树木之下，从迪恩孤儿院根本看不见，我完全不知道这里会有一块墓地。我打开铁门，感觉有点像爱丽丝从镜子的一侧走进另一侧，所不同的是，我是从活人的世界走进了亡者的世界。

墓碑竖立在林荫道两边，几乎消失在柳条的庇护下，低垂的柳条似乎在为逝者哭泣。紧挨着我的左边躺着弗朗西斯·杰弗里，死于一八五〇年一月二十六日，享年七十七岁。我不知道为什么这些名字就像刻在墓碑上一样清晰地印在我的脑海里。丹尼尔·约翰·卡明，他的妻子伊丽莎白和他们的儿子艾伦。看到他们像活着时一样在一起，我感到一种奇妙的欣慰。我羡慕他们。我父亲的遗体埋藏在深深的海底，我不知道母亲被埋在了哪里。

有一整面嵌进墙体的墓碑，碑前是修剪整齐的长方形草坪，蕨类植物沿着墙角生长。

我很惊奇我竟一点也不害怕。夜色下的墓地。黑暗中的小男孩。还有，我一定感觉活人比死人要可怕得多。我很确定我当时的感觉是对的。

我沿着一条粉白色的小路漫步，墓碑和十字架在路两边黑乎乎挤成一团。月亮升起来了，天空很明亮，所以我能看清楚这一切。我沿着弯曲的小路向南拐，就在这时突然听到了什么声音。我停下脚步。很难说我听到的是什么声音，我感觉像是砰的一声，然后在我左边的什么地方，草丛里传来沙沙作响的声音。有人咳嗽。

我听说狐狸的咳嗽声听起来差不多和人一样，所以也许是狐狸发出来的。但是又传来一声咳嗽，不知什么东西在树的阴影下穿行，比任何一种狐狸能闹出的动静都大。我的心顿时停止了跳动。又是砰的一声，我撒腿便跑，像风一样。我在月光造成的斑影中奔跑，那一片片银色的月光让我目眩神迷。

也许一切只是我的想象，但是我可以发誓我听到了追赶的脚步声。空气中突然有一股寒流，我脸上的汗变得凉飕飕的。

我不知道我在哪里，也不知道怎样才能回到墓地门口。我绊倒了，膝盖磕破了皮。我慌忙爬起来，离开小路，跑进森然矗立的石墓阴影中。有一个比我还高的大坟墓，上面有一个石十字架，我蹲下来，藏在坟墓后面的阴影中。

我努力屏住呼吸不发出任何声音，但是我听见了自己咚咚的心跳声，膨胀的双肺逼迫我换气吸氧。我上气不接下气，整个身子都在颤抖。

我仔细聆听脚步声，但是什么也没有听见。我刚刚准备放松下来，诅咒自己过分活跃的想象力，突然又听见小心轻柔地踩在碎石上的脚步声。我唯一能做的就是不让自己发出尖叫。

我谨慎地从十字架后探出头偷看。不到二十英尺远的地方，一个男人正一瘸一拐地走过来，似乎是拖着左腿在走。又走了几步，他从一棵巨大的紫叶山毛榉的阴影中走到月光下，我第一次看见他的脸，像幽灵一样苍白，像母亲告诉我们父亲死讯的那一天她的脸一样苍白。他突出的眉毛下面几乎是两个空空的黑洞，双眼消失在黑洞中。他穿着一件破旧的夹克，灰色的衬衫领口敞开着，裤子撕烂了，左手上挂着一小袋子东西。一个想在死人堆中找到睡觉地方的流浪汉？我不知道。我不想知道。

我等待着，直到他一瘸一拐地走远，再次被夜色吞没。我从藏身的坟墓后面走出来，看到了刻在墓碑上的名字，不禁浑身毛骨悚然。

玛丽·伊丽莎白·麦克布莱德。

我母亲的名字。当然，我知道，躺在地底下的不是她，这个玛丽·伊丽莎白已经躺在这里快二百年了。但是我有一种无法摆脱的感觉，是母亲把我带到了这个藏身之处。她赋予了我照顾弟弟的责任，而她自己又承担了保护我的责任。

我转身向来时的方向逃去，紧张得心脏都快跳出胸腔了，直到看见涂了黑漆的墓地铁大门半开着。我像幽灵一样穿过去，在通往迪恩孤儿院后门的沥青路上全速奔跑。我想，这是我平生唯一一次为进到迪恩孤儿院里面感到高兴。

回到床上，我继续颤抖了很久，直到进入梦乡。我不确定是什么时候被彼得弄醒的。他俯身看着我，照进宿舍的月光正好投在他身上。我可以看见他眼中的担忧，他正在抚摸我的脸。

“约翰，”他对我耳语，“约翰尼，你为什么哭了？”

我们的屋顶冒险活动最后变成了一场灾难，都是亚历克斯·柯里的错。这家伙生性残暴，年龄比我们都大，待在这里的时间也最长。他差不多和安德森先生一样高，可能还要更强壮些。据说他一直是个叛逆者。在迪恩孤儿院，他屁股挨的鞭子比任何人都多，但是最近三年，他的身体疯长，已经可以与他反叛的个性相匹配了。这对安德森先生来说一定是个威胁。最近他拒绝剪掉浓密的黑发，还把前额的头发整得和猫王一样，后脑勺的头发则搞得像鸭屁股。我想我和彼得正是从他那里第一次知道猫王的存在。我们几乎是刚刚开始意识到外面世界的精彩。亚历克斯挨鞭子的次数渐渐少了，有传言说他会被送到青年旅社。对于迪恩孤儿院来说，他年纪太大，安德森先生已经对付不了他了。

凯瑟琳头一天来找过我们，微笑着挤眉弄眼，神秘兮兮的样子。她和其他好几个女孩子那一星期都收到了食品包裹，第二天晚上会在屋顶举行午夜宴会。

“我们怎么才能上到屋顶？”

她看着我，摇摇头，眼中充满了对我的无知的同情。“两边的附楼都有通往屋顶的楼梯，”她说，“到时你一去就知道了。楼梯平台的尽头有一扇门，门后面有一架窄窄的木头楼梯。那扇门从来没有锁过。屋顶是平的，只要你不到平顶边缘，就没有安全问题。只有在那时孩子们才可以不在那些嗜血者的监视下聚到一起。”她有些挑逗地咧嘴一笑，“可能很有趣哦。”

我立即感到耻骨深处的什么地方动起来了，像条虫子翻了个身。我早就学会了自慰，但从没有吻过一个女孩。凯瑟琳的眼神让我热血澎湃。

第二天一整天我几乎都不能控制自己的兴奋之情。学校的时间变得无比漫长，让人度日如年。下午的最后一堂课，我完全不记得老师教过什么了。晚饭大家吃得很少，都要把好胃口留给午夜的盛宴。当然不是每个人都去，有些孩子年龄太小，还有一些则胆小如鼠。但是野马中怎么可能没有我，连彼得也是无畏的。

快到午夜时，我们大约十个男孩溜出了宿舍，来到楼梯平台，亚历克斯·柯里带路。我不知道他从哪里弄来了二十多瓶淡啤酒。他分给我们每人几瓶，一起运到屋顶。

我永远也不会忘记从黑暗狭窄的楼梯井爬到空旷明亮的屋顶时的感觉，月光慷慨地铺满了涂着焦油沥青的屋顶，那是一种成功越狱的喜悦。即使是后来一个人外出，我也从来没有感到那么欣喜过。我想冲着天空大声呼喊，但是，当然，我没有。

我们齐聚在屋顶中央的大钟后面，紧挨着照亮下面一层楼的巨大天窗。女孩子带来了食物，男孩子带来了啤酒。我们围成一个松散的圆圈，吃着奶酪、蛋糕以及饼干，直接把手指伸进果酱罐里蘸酱。一开始我们还是轻声低语，但是随着几瓶啤酒下肚，我们开始变得大胆和随意起来。那是我第一次喝酒，我喜欢那种温和、苦涩的液体在舌头上发泡的感觉。它轻而易举地就悄悄偷走了所有的压抑。

我不确定是怎么发生的，不管怎样，我发现自己就坐在凯瑟琳旁边。我们紧挨着，肩膀和胳膊碰到了一起，腿也越靠越近。我可以透过她的套头衫感到她的温暖，如果可以，我愿意永远都呼吸着她的味道。我不确定那是一种什么样的味道，总是萦绕在她周围，是淡淡的芳香。我猜一定是某种香水，或者是她使用的香皂的味道，也许是她的姨妈送给她的。那种味道总是让我心醉神迷。

啤酒已经让我头昏脑涨，我从来不知道自己会这样有勇气。我伸出手臂，拥着她的肩膀，她靠在了我的身上。

“你的家人出了什么事？”我问。我们几乎从来没有问过对方这个问题，沉湎于过去在迪恩孤儿院是一种禁忌。她过了很长时间才回答我。

“我妈妈死了。”

“你爸爸呢？”

“他没过多久就另外找人了，一个可以给他生一群孩子的女人，标准的好天主教徒。我妈妈生我时出现了并发症，不能再生孩子了。”

我很困惑，“我不明白，为什么你不能待在家里？”

“她不想要我。”

我从她的声音中听到了痛苦。因为死亡而失去父母是一回事，被父母抛弃、拒之门外则是另一回事，尤其是被自己的亲生父亲。我偷偷瞥了她一眼，月光下她银白色的泪滴顺着脸颊流下来。我很震惊。小小的、坚强的凯瑟琳。刚刚被激起的性欲消散了，我真正想做的事是抱着她，安慰她，让她知道还有人要她。

就在此时，我察觉天窗另一侧一阵骚动。有人把彼得手中的啤酒抢走了。那瓶酒还没有开启，几个男孩正在扔来扔去，逗弄他，使他跟着跑来跑去，转着圈圈试图接住瓶子。亚历克斯·柯里好像是罪魁祸首，他在起哄、嘲弄、怂恿其他人。每个人都知道彼得有点傻，没有我为他撑腰，他很容易成为别人捉弄的目标。

当然，就身板来说，我肯定不是亚历克斯·柯里的对手，但是只要事关彼得，我的精神力量可以与任何人抗衡。我对母亲承诺过，我不会食言的。

我立即站了起来，“住手！”我几乎是吼出来的。人群立即安静下来，那几个家伙不再扔瓶子了，一两个人发出示意我安静的“嘘嘘”声。“都他妈的滚开。”我的声音听起来比我感觉的更勇敢。

“你打算和谁一起让我滚开？”

“我不需要帮助就能踢烂你的屁股，柯里。”

我知道如果不出意外，谁的屁股会挨踢。在柯里做出反应之前，彼得突然冲向他，想抢回自己的啤酒。啤酒瓶从柯里的手里飞出，在空中翻转着。

瓶子击碎天窗玻璃的声音划破了寂静的夜空。片刻的沉寂后又是一声巨响，是瓶子从天窗掉下去落在大厅发出的声音。更多的碎玻璃随后像倾盆大雨一样哗啦啦落下去，听起来宛如引爆了一枚炸弹。

“哦，天哪！”我听见凯瑟琳低声惊叹。然后每个人都站起身来逃窜，食物和啤酒在慌乱和恐惧中被丢弃，屋顶一片狼藉。

黑暗的楼梯井里挤满了人，大家互相推挤冲撞，急切地想快点下去。我们像老鼠一样拥向宿舍大门，迅速冲向各自的床。

当门突然打开，所有的灯都亮起来时，每个人都蜷缩在被子下假装睡觉。当然，安德森先生是不可能被愚弄的。他站在那里，脸色发紫，黑色的眼睛里燃烧着怒火。相比而言，他的声音几乎是镇定的、克制的，也正因为如此，显得更加让人生畏。

然而，他过了一会儿才开始说话。他等着，直到所有假装睡觉的人从被子下面露出脸，接着又抬起脑袋，耸起肩膀。

“当然，我知道你们并不是每个人都参加了，但是我希望没有参加的人现在也不要辩解，除非你想和其他人一样接受惩罚。”

门卫出现在他身后，仍然穿着睡衣和拖鞋，头发乱蓬蓬的。所有员工中，门卫是对孩子们最好的。但是今晚他的脸色苍白得可怕，圆睁的棕色眼睛里透着惊恐。安德森先生凑近他，快速私语了些什么，我们根本听不清。

安德森先生点点头，门卫退步离开。安德森先生说：“食物和酒还在屋顶，你们这些蠢货！绝对的灾难性食谱。来吧！没有参加的举起手。”他双臂交叠等待着。过了一会儿，一只只犹豫的手举起来，用排除法区分我们当中有罪的人。安德森先生冷酷地摇摇头，“那么是谁弄来的酒？”

这次是死一般的沉寂。

“来吧！”他的声音像投向夜空的炸弹，“如果你们不是每个人都想承受同样的处罚，无辜的人最好站出来举报有罪的。”

一个叫汤米·杰克的少年，想必是迪恩孤儿院最小的孩子之一，开口说道：“先生，是亚历克斯·柯里。”你能听到英格兰一枚针落地的声音。

安德森先生的目光闪电般投向一脸不在乎的亚历克斯。柯里从床上坐直了身子，双手放在膝盖上，“你打算怎么办，安德森？抽我吗？你他妈的试试看。”

一丝邪恶的微笑浮现在安德森先生的嘴角，“你会看到的。”他只说了这几个字，然后转向小汤米，用蔑视和嘲讽的口吻说，“我不喜欢出卖朋友的孩子，我确信天亮之前你就会学到这一课。”

他关掉灯，走出去，拉上了身后的门。一段长久的沉默后，汤米惊恐的声音在黑暗中颤抖，“我不是故意的，真的。”

亚历克斯·柯里咆哮道：“你这个小蠢货！”

安德森先生说得没错。那天晚上，小汤米以最残酷的方式学到了一课：出卖同伴是不被容忍的行为。而且，那些举起手来的孩子，即使不是全部，也有大多数，得到了同样的教训。

对于我们其他人，则只能在惴惴不安中等待早晨的到来，准备接受安德森先生的惩罚。

让我们惊讶的是，第二天什么也没有发生。早饭时迪恩孤儿院弥漫着紧张的气氛，餐厅里异常安静，似乎无论是这里的“囚犯”还是员工，都一样不敢说话。到我们排好队下山去上学时，焦虑感开始一点点消散。到这一天结束时，我们差不多已经忘了这件事。

我们像平常一样放学回来，似乎没有什么与平时不同，只是亚历克斯·柯里走了，永远地离开了迪恩孤儿院。我们回到宿舍，发现放在床头的个人物品袋不见了，所有的都不见了。我慌了，母亲的戒指就在袋子里。我满腔怒火地冲下楼梯，在走廊上一头撞进了门卫的怀里。

“我们的东西在哪里？”我冲他大喊，“谁拿去了？”

他面如死灰，眼圈发青，眼中充满了忧虑和愧疚。“我从没见过安德森先生那个样子，约翰尼，”他说，“你们全都上学去了后，他从房间出来，像着了魔一样，在宿舍里乱转，把所有的袋子收起来，让我和其他人帮忙拿着，”他这些话是颤抖着蹦出口的，犹如从桶里倒出一只只苹果，“他把所有的袋子都拿到地下室，让我拉着中央加热炉的门，把袋子都扔了进去，一次扔一个，一个不剩。”

愤怒使我头晕目眩。母亲留给我的一切都没有了。那枚巨蛇缠绕的戒指永远地失去了，还有彼得的烟盒纪念册。所有与过去相连的东西都被永远切断了，被心胸狭窄的安德森先生烧毁了。

如果我能够，我会毫不犹豫地杀死那个人，永远也不会后悔。

十二

芬有点不舒服。回到这所房子的感觉很奇怪，充满了太多童年的记忆。在这所房子里，麦金尼斯先生为他和阿泰尔辅导功课。在这所房子里，孩提时代的他们一起做游戏，他和阿泰尔自开始学步起就是彼此最好的朋友。这所房子充满了他们两个心照不宣、守口如瓶的秘密。

对马萨丽来说，这所房子只是她居住的地方。在这里，她嫁给了一个她不爱的人，照顾多病的婆婆，抚养儿子成人，任劳任怨地度过了二十年没有回报的光阴。

从斯托诺韦回来后，她邀请芬过来与她以及芬利克斯一起吃饭，他很感激地接受了邀请。这免去了自己做饭的麻烦，他原本打算用野营小气炉热一罐汤了事。

尽管外面天还亮着，但低沉的乌云使这一天提前结束了。凶猛的狂风扫打着门窗，倾盆大雨无情地冲刷着窗玻璃，烟囱中的烟被倒吹回起居室，房子里充满了刺鼻的烤泥炭的味道。

马萨丽一言不发地准备着晚饭。芬猜测她满脑子充满了对父亲的内疚，总觉得不该把他丢在一个完全陌生的地方。

“你和他很合得来。”她突然头也不回地说，注意力还在炉盘的锅上。

芬端着一杯啤酒坐在餐桌边，“什么意思？”

“你和我爸爸。好像你应对老年痴呆很有经验。”

芬抿了一小口啤酒，“莫娜的母亲患过早发性老年痴呆症，马萨丽，这种病会不断恶化。她开始时不严重，但是后来摔了一跤，臀部粉碎性骨折。他们把她送进了格拉斯哥的维多利亚护理院治疗，安排在老年病房。”

马萨丽吸了吸鼻子，“我肯定这对她来说不好受。”

“那个地方令人作呕，”他声音中强烈的情绪使她转过身来，“就像是狄更斯在小说中描述的情节。夜间，那里充满了大小便的恶臭和哭喊声。护工坐在她床上，挡住了付费电视，自顾自地看着肥皂剧，任凭结肠造瘘袋满溢。”

“啊，天哪！”马萨丽一脸惊讶。

“我们不可能让她继续待在那种地方。一天晚上，我们带着包过去，收拾好她的东西，把她带回了我们家。我花钱雇了一个私人护士，她和我们一起生活了六个月。”他又喝了一口啤酒，沉浸在回忆里，“我必须学会如何和她相处，忽略矛盾，从不与她争论，懂得是挫折使她发怒，是健忘造成了她的执拗。”他摇摇头，“她的短期记忆几乎完全不存在，但是她能非常清晰地记得童年的事情。我们可以一起谈论过去，一聊就是好几个小时。我喜欢莫娜的妈妈。”

马萨丽默默思忖了片刻，然后说：“你为什么要和莫娜分手？”也许是觉得这个问题太直接了，她又补充了一句，“仅仅是因为那场事故吗？”

芬摇摇头，“那只是一个断裂点……在舒适的谎言中生活多年以后。如果不是为了罗比，我们可能早就分手了。我们是朋友，我也不能说我不幸福，但是我从来没有真正爱过她。”

他迎着她的目光，想了想，也许是第一次逼迫自己面对事实，“可能是因为你嫁给了阿泰尔。”

她凝视着他的眼睛。他们之间只有几步远，但把两人分开的却是这些年荒废的岁月。她无法面对自己内心的情感，转身再次看着锅，“你不能怪我，是你把我赶走的。”

屋门开了，风雨随着芬利克斯一起飘进屋内。他迅速关上门，站在那里，粉红的脸蛋上还在滴水，夹克湿透了，长筒雨靴上沾满了泥巴。看到芬坐在桌边，他似乎很吃惊。

“快把衣服和鞋子脱了，”马萨丽说，“过来坐，我们准备吃饭了。”

芬利克斯踢掉靴子，挂起雨衣，从冰箱里拿出一瓶啤酒放到桌上，“外公怎么样了？”

马萨丽把散落到脸上的头发往后拢了拢，端上三盘加了香辣肉酱的米饭，“你外婆不让他住在家里，所以他现在暂时待在丹爱斯丁护理院，直到我想出别的办法来。”

芬利克斯扒了一口饭，“为什么你不把他接到这里来？”

马萨丽迅速瞟了一眼芬，他看到了她眼中的内疚，于是说道：“因为他现在需要专业的照顾，芬利克斯，无论是身体上还是精神上。”

但是芬利克斯的注意力仍然集中在母亲身上，“你照顾了阿泰尔的母亲那么久，她甚至和你没有任何血缘关系。”

马萨丽把二十年的怨气撒在了儿子身上，“是的，那么，也许每次他尿床时，你应该帮他换尿布，每次他走失了，你去把他找回来。也许每顿饭你来喂他，每次他弄丢或忘记什么，你都能在他身边。”

芬利克斯没有回答，只是耸了耸肩，不停地用叉子往嘴里送辣酱。

芬说：“事情有点复杂，芬利克斯。”

“是吗？”芬利克斯不情愿地瞥了他一眼。

“几天前，在希亚德附近的泥炭沼泽地里挖出了一具尸体，一个年轻人，和你差不多大年纪。据警方推测，他自从二十世纪五十年代末期就躺在那里了。”

芬利克斯的叉子停在半空中，“还有呢？”

“他是被谋杀的。”

他把叉子放下，“这和我们有什么关系？”

“好像他与你外公有某种血缘关系，也就是说，他和你以及你妈妈也有关系。”

芬利克斯皱起了眉头，“他们是怎么推测的？”

“DNA。”马萨丽说。

他疑惑不解地看着她，然后突然明白过来，“我们去年提供过血样。”

她点点头。

“我他妈的就知道会是这样！那些数据应该被销毁才对。我在一张表格上签过字，拒绝把我的血样留在数据库里。”

“其他人也是这样做的，”芬说，“只是很明显，除你外公以外，他可能当时没弄明白。”

“所以他们就把他的资料输入电脑，像对待罪犯一样吗？”

马萨丽说：“如果没做什么亏心事，你有什么好害怕的？”

“这是侵犯个人隐私，妈妈。天知道谁会获得这些信息，它们又会被拿去做什么。”

“你说得很有道理，”芬说，“但是现在，这不是重点。”

“那么，什么是？”

“是谁杀了那个人，他和你外公到底是什么关系。”

芬利克斯看着母亲，“简单，他一定是个堂表兄弟或什么亲戚。”

她摇摇头，“我们知道是没有的，芬利克斯。”

“一定有你不知道的什么人。”

她耸耸肩，“看来是这样。”

“那么，不管怎样，这个人是外公的亲戚，那又怎么样？”

芬说：“从警方的角度来看，这种情形使托尔莫德成了最有可能杀死他的人。”

他们惊愕得说不出话来，屋里死一般寂静。马萨丽看着芬，这是她第一次听到这种说法，“是吗？”

芬缓缓地点点头，“等首席调查官从大陆过来正式开始调查时，你父亲将是主要嫌疑犯，而他们的嫌疑犯名单上只有他一个，”他喝下一大口啤酒，“所以我们最好现在就开始搞清楚死者到底是谁。”

芬利克斯吃完盘中最后一口饭，“好吧，这个事情可以交给你来做，我还有其他事情要考虑。”他穿过厨房，取下防水夹克，重新穿上那双沾满泥巴的靴子。

“你要去哪里？”马萨丽担忧地皱起眉头。

“我要去克罗伯联谊会上见唐娜。”

“噢，那么她父亲实际上允许她晚上出去了？”马萨丽的语气中充满了嘲讽。

“你又来了，妈妈。”

“如果那个女孩稍有一点勇气，她应该告诉父亲她要去哪里。我告诉过你无数次了，你们可以待在这里，你和唐娜，还有孩子。”

“你不知道她父亲是个什么样的人。”芬利克斯的话中带着怨气。

“哦，我想我知道，芬利克斯。我和他可是在一起长大的，记得吗？”马萨丽迅速瞥了一眼芬，然后又看向别处。

“没错，但那个时候他并不信教，不是吗？你知道这些皈依基督教的人会变成什么样子，妈妈。他和他们谈不来的。如果上帝已经跟他们说话了，他们为什么要听你或我的？”

芬感到一股奇怪的寒意流遍全身，就像这话是他自己说的。父母去世后这么多年来，他的生命一直是一场信仰与愤怒间的持续战斗。如果他信教，那么他只会感到对上帝的愤怒。上帝应该对那场事故负责，所以他最好不信教。他对那些信教的人也没有什么好感。

“是时候了，你该勇敢地面对他了。”马萨丽的声音中透着疲惫。她的不够坚定使芬意识到，她并不相信芬利克斯真正有勇气与唐纳德·默里对抗。

芬利克斯也听见了，辩解道："你要我告诉他什么？我有什么伟大的前途？我能给他的女儿和外孙女多么美好的未来？"他转身朝门口走去，最后一句话差点消失在风中，"让我清静清静！"他狠狠地关上了身后的门。

马萨丽尴尬地红了脸，"我很抱歉。"

"千万不要这么想。他只是个孩子，过早背负了他不该承担的责任。他应该上完中学，再去上大学，这样也许他真的能给她们一个未来。"

马萨丽摇摇头，"他不愿这么做，害怕会失去她们。他想这学期结束就不再上学了，而要去找份工作，让唐娜·默里看到他能认真地履行自己的责任。"

"通过放弃改变人生的唯一机会吗？我肯定他不想像阿泰尔那样生活一辈子。"

愤怒的火焰在马萨丽的眼中燃烧了片刻，但是她什么也没说。

芬说得很快，"还有一件事毋庸置疑。如果他是那个样子，唐纳德·默里永远也看不上他。"

马萨丽收起餐桌上的盘子，"感谢你这次回来告诉我们应该过一种怎样的生活。"盘子在案台上发出哗啦的声响，她双手平放在案台上，身子前倾，重心落在手上，低着头，"我受够了，芬。受够了这一切。受够了唐纳德·默里的道貌岸然。受够了他的欺凌。受够了芬利克斯的不争气。受够了我自己愚蠢的想法。我还以为可以通过学习获得一个我永远也不可能拥有的未来。”她颤抖着深吸了一口气，强迫自己站直身子，“还有，还有，”她转身面对芬，他看到她已处在失控的边缘，“我的父亲该怎么办？”

此时芬应该站起来，把她拥在怀里，告诉她一切都会好起来。这貌似很容易，但对芬来说并非如此，没有必要假装。他说：“过来坐下吧，把你所知道的有关父亲的一切都告诉我。”

她拖着疲惫的身体离开案台，沉重地坐在椅子上。她的面容紧张而憔悴，在刺目的灯光下显得异常苍白。然而他还是在这张脸上看见了许多年前那个一开始就吸引了他的小姑娘。那个扎着金色马尾辫的小姑娘，在开学的第一天坐在了他旁边。年幼的芬不明白为什么父母要把只会说盖尔语的他送去上学，他什么也听不懂，身旁的那个小姑娘主动为他翻译。现在，他把手伸到桌子对面，替她抚去遮住蓝色眼睛的发丝。她抬起一只手，摸了摸他的手，那种许多年以前曾有过的奇妙感觉如电流般一闪而逝。她缩回手，再次放在了桌子上。

“爸爸十几岁时就从哈里斯来到了这里，我想大概是十八九岁。他在米兰尼斯农场找到了一份工作。”她站起来，从厨房的操作台上拿来半瓶红酒，给自己倒了一杯，又举起酒瓶给芬，但是他摇摇头拒绝了，“过了一段时间他遇到我母亲。我母亲的父亲那时仍然在巴特看守灯塔，当时一家人都住在那里。很显然，爸爸每天下班后就去灯塔看她，哪怕只是相见几分钟，然后又走回去，风雨无阻，每个单程都要走四英里半。”她喝了一大口红酒，“那一定是爱。”

芬微笑道："一定是的。"

"他们一起参加所有的舞会，所有的农民活动。到米兰尼斯农场的主人去世时，他们已经稳定交往了大约四年。然后农场要被租出去，爸爸提出了租赁申请，他们同意了，前提是他必须结婚。"

"那一定是为了促成一个浪漫的求婚。"

马萨丽情不自禁地笑了，"我想妈妈一定很高兴终于有什么事情促使他求婚了。他们在克罗伯教堂举行了婚礼，是唐纳德·默里的父亲主持的。上帝知道接下来他们有多少年是依靠那片土地来维持生计，养育我和妹妹的。在我的记忆中，爸爸从来没有离开过这座小岛。这是我知道的一切，真的。"

芬喝掉最后一口啤酒，"明天我去和你妈妈谈谈，她知道的一定比你多得多。"

马萨丽给自己的杯子加满红酒，"我不希望这事耽误你的工作。"

"什么工作？"

"翻修你父亲的房子。"

他略带悲伤地笑了笑，"它已经被遗弃了三十年，马萨丽，再等等也不要紧。"

十三

我可以看见从门缝底下透进来的一束细长的黄色灯光。时不时有人经过走廊，影子从门缝底下一闪而过。我注意到我听不见任何脚步声，也许他们穿的是橡胶鞋，所以你不知道他们什么时候会过来。不像安德森先生，他总是穿着咯噔作响的鳄鱼鞋。他想让你知道，想让你害怕，而我们的确害怕。

然而，我现在不害怕了。我的一生都在等待这一刻。逃走，从这些人身边逃走。他们总是想把我留在我不想待的地方。妈的，去他们的！

哈哈！骂人的感觉真好。嗯，不管怎样，想一想总让人解气。“去他们的！”我在黑暗中低语。我听见自己的声音很大，不禁坐直了身体。

如果现在有人进来，事情就败露了。他们会看到我的帽子和外套，注意到床尾收拾好了的包。他们可能会叫安德森先生，我必定会遭受一顿鞭打。我希望人们快点散去，电灯关掉。在第二天早上被发现之前我必须已远走高飞。

我不知道究竟过了多久。我刚才睡着了吗？门缝底下没有灯光了。我仔细聆听很久，什么也没听见。于是我从床上拿起包，慢慢打开门。该死！我应该先去撒泡尿。太晚了。没关系。不能浪费时间了。

老伊辰就住在隔壁房间。我早些时候在餐厅看见过他，当时一下子就认出他来了。他曾经是教堂盖尔语唱诗班的领唱。我喜欢那种声音，与我童年时的天主教唱诗班如此不同。他们更像是部落的吟唱，很原始。我打开门，溜了进去，马上听到了他的鼾声。我关上身后的门，打开灯。梳妆台上有一个棕色的手提旅行袋。伊辰蜷缩在被子下，睡着了。

我想低声喊他的名字，但是不知为什么突然记不起来了。该死，他叫什么来着？在迪恩孤儿院我仍然能听见他唱的那些赞美诗。他的声音清晰有力，充满了自信和信仰。我摇了摇他的肩膀，他翻了个身。我掀开他的被子。

太好了，他是和衣而卧的，显然已做好准备。也许他只是等累了。

“伊辰，”我听见自己说，是的，这是他的名字，“起来，伙计，该走了。”

他似乎很困惑。

“发生了什么事？”他问。

“我们要逃走。”

“是吗？”

“是的，当然，我们商量过。你不记得了？你衣服都没脱，伙计。”

伊辰坐起来，打量了一下自己。“的确是的，”他从床上溜下来，鞋子在床单上留下了脏印子，“我们要去哪里？”

“离开迪恩孤儿院。”

“你说什么？”

“嘘！别让安德森先生听见了。”我拉着他的胳膊，朝门口走去，打开门，窥视着外面的黑暗。

“等等，我的包。”伊辰返身从柜子上拿起手提旅行袋。我关掉灯，我们一起溜进走廊。

远远的尽头，我看见一束从厨房透出的光亮，还有大厅里晃动的身影。我不知道是不是有其他孩子出卖了我们，如果是那样，我们就完蛋了。我们慢慢往前走，努力不弄出一丝声响。我能感到老伊辰在身后紧紧抓住我的外套。现在我听见声音了，男人的声音。我一个箭步冲到门口，想对里面的人发动突袭。曾经有人告诉过我，当情况对你不利时，突袭是最好的武器。

但是厨房里只有两个人。两个年龄较大的男孩在里面走来走去，都身穿外套，头戴帽子，案台上面放着收拾好了的行李。

其中一个似乎很面熟。他非常激动不安，瞪着我，“你迟到了！”

他怎么知道我迟到了？

“你说过灯一熄就出来。我们已经等了很久。”

我说：“我们要逃出去。”

他现在异常愤怒，“我知道。你迟到了！”

另一个长了一双兔眼的男孩只是不住地点头，我根本不认识他。

有人在后面推我，是伊辰。他想干什么？

“走啊，走啊。”他说。

“我？”

“是的，你，”另一个人说，“你的主意。你来做吧。”

不作声的那一个连连点头。

我向四周看了看，不明白他们想让我做什么。我们在这里做什么？然后我看见了窗户。逃走！现在我想起来了。窗户通向后面。翻过墙，穿过沼泽，他们就永远抓不到我们了。要像风一样跑，穿过通向树林的柏油路。

“来，帮我一下，”我说，将一把椅子拉到水槽边，“到时把包递给我。我妈妈的戒指在里面，她要我妥善保管的。”

我先爬到椅子上，然后再站到水槽上，伊辰和那个点头的家伙稳稳地托住我。现在我可以够到窗钩了，但是不管怎么努力就是扳不开它。该死！我看见手指都因为用力变得苍白了。

走廊里突然亮起了灯。我听到了脚步声和说话声，心中顿时一阵恐慌。有人出卖了我们。哦，上帝！

我向窗外看去，雨水顺着玻璃汩汩流下，外面一片漆黑。我必须出去，奔向自由的世界。我开始用握紧的拳头猛砸玻璃，每砸一下玻璃就凹陷一点。

有人在大声叫喊：“阻止他！看在上帝的分上，快阻止他！”

玻璃终于破裂了，直至完全碎开。我感到手很痛，鲜血顺着胳膊流下来。一阵大风夹杂着雨水吹打着我的脸，差点把我吹翻下去。

一个女人发出尖叫声。

但是我能看见的只有血，染红了沙地。汹涌的海水在月光下变成了深红色。

十四

芬开车带着马萨丽经过克罗伯社交俱乐部和旁边的足球场。在费伍佩尼和欧罗佩德一带的山上，三三两两地分布着朝向西南的房子。它们沿着山脊低低地挤成一团，春夏要面对盛行海风的肆虐，冬天则要背受北极寒流的侵袭。沿着参差不齐的海岸线，大海时而吞吐低吟，时而咆哮轰鸣，犹如不知疲倦的千军万马永无止息地撞击着坚硬的黑色悬崖。

阳光时隐时现，轻快地掠过被风揉碎的天空，混乱随意的云团相互追逐着。沿岸的沙质低地上，一块块墓碑屹立不倒，下面埋葬着一代又一代的路易斯人。北边不远的地方，巴特灯塔的三分之一清晰可见。芬猜测马萨丽的母亲退休后之所以搬到这里，是在追随一种把她带回童年记忆的本能。这里的天气反复无常，时而阳光灿烂，时而狂风暴雨，汹涌的海浪撞击着灯塔下面的岩石。灯塔曾经就是她的家。

麦克唐纳夫妇选择了一座现代化的平房作为他们退休后的家。从房子后面的厨房窗户远眺，黄白相间的一排排房屋尽收眼底，那是麦克唐纳夫人曾经生活过的地方。还有红褐色砖块砌成的灯塔，历经无数岁月的风雨洗礼，始终屹立在那里，提醒出海的人们隐藏的危险。

麦克唐纳夫人沏茶时芬把目光投向窗外，只见一道彩虹刚刚形成，与海角的一堆乌云形成鲜明对比。耀眼的阳光为波澜不惊的海面抛了一层光，从这里看金黄色的涟漪分外美丽。后院储存的泥炭堆已经非常小了，他很好奇现在是谁在为他们切泥炭。

他几乎没有意识到老夫人东拉西扯的唠叨。她看到他很兴奋，说他多年没来过了。他一进屋就闻到了一股陪伴老人一生的玫瑰香味，过去的记忆如潮水般涌来：在幽暗的农舍厨房自制的柠檬水，在谷仓干草堆里他和马萨丽玩的游戏。老人的英语说得轻柔宛转，他当时觉得像异国语言一样新奇，即便过去了这么多年，还是没有改变。

"我们需要一些关于爸爸的背景信息，"马萨丽说，"护理院需要做档案。"他们一致认为暂时不告诉她真相比较好，"我要拿走一些老相册去和他谈谈，他们说照片能帮助激活记忆。"

麦克唐纳夫人非常乐意把老照片找出来，她想坐下来和他们一起翻阅那些相册。她说这些日子很少有人来陪他们了——她故意用"他们"，好像她从没把托尔莫德赶出家门。她拒绝承认这点。这是条机密信息。这个问题不容讨论。

相册有十来本，最近几本是装饰华丽的印花封面，老一些的则是相对暗淡的绿色方格封面。最老的相册是从她的父母那里传下来的，里面是一些褪色的黑白照片，照片上的人穿着另一个时代的衣服，早已不在人世。

"这是你的外祖父，"她指着一张曝光过度的褪色照片对马萨丽说，已经开裂的釉面下是一个留着黑色蓬松鬈发的高个子男人，“这是你的外祖母，”一个身材娇小的金色长发女人，略带自嘲的微笑，“你怎么看，芬？马萨丽和她长得一模一样，不是吗？”马萨丽与外祖母如此相像，简直不可思议。

老人翻到她的结婚照片，华丽而庸俗的二十世纪六十年代的颜色，喇叭裤和背心，花衬衫的领子长得可笑，长头发，刘海和连鬓胡子。芬几乎替他们感到难为情了。他很好奇下一代看到他们年轻时的照片会怎么想。今天的时尚将来再回首竟然如此可笑。

托尔莫德那时二十五岁左右，留着一头浓密的鬈发。如果不是因为芬还保存着童年时代鲜明的记忆，他可能认不出这个昨天把自己的眼镜掉进小便池里的男人。在芬的记忆中，他高大强壮，穿着深蓝色的外套，一顶布帽子总是反戴着。

“你还有托尔莫德更早的照片吗？”芬问。

麦克唐纳夫人摇摇头，“结婚前一张照片也没有，谈恋爱时我们还没有照相机。”

“有他家人的照片吗？他童年时的？”

她耸耸肩，“什么也没有，至少他从来没有从哈里斯带过来什么。”

“他的父母亲是什么情况？”

热水壶套着针织保温罩，她给自己续了一杯水后准备帮芬和马萨丽也倒满。

“我不需要了，谢谢，麦克唐纳夫人。”芬说。

“你得给我们讲讲爸爸的父母，妈妈。”马萨丽提示道。

她微微噘起嘴唇吹了吹头发，“没有什么可说的，亲爱的，我认识他之前他们就去世了。”

“他那边没有人参加你们的婚礼吗？”芬问。

麦克唐纳夫人摇摇头，“没有一个人来。你要知道，他是独生子。我记得，他家族的人，即使不是全部，也是大多数，在五十年代移民去了加拿大。他从没有给我讲过太多。”她停顿了片刻，似乎沉浸在回忆中，努力搜索遥远的过去。他们等待着，希望她能想起一个人来。最后她说：“很奇怪……”但是她没有继续说下去。

“什么很奇怪，妈妈？”

“他是个虔诚的宗教徒，你父亲，你知道，每个周日早晨都会去教堂，下午读《圣经》，饭前感恩祈祷。”

马萨丽看了看芬，有些悲伤地笑了笑，“我怎么会忘记？”

“一个非常正直的人，诚实，没有任何偏见，除了……”

“我知道，”马萨丽咧嘴笑了，“他讨厌天主教徒。佩普人和芬尼亚人，他这样叫他们。”

她母亲摇摇头，“我从来没有认同过他。我父亲信仰英国国教，那和天主教没多大不同，当然，只是没有教皇。但是，不管怎样，他这样讨厌他们很不可思议。”

马萨丽耸耸肩，“我从来都不确定他到底是不是认真的。”

“不，他是认真的。相信我。”

“那么是什么很奇怪，麦克唐纳夫人？”芬试图把她引回到她最初的思绪中。

她茫然地看着他，过了一会儿才回过神来，“哦，是的，我昨天晚上翻了翻他的东西。几十年来他积攒了许多垃圾，有一半的东西我不明白他为什么要留着。在那间空闲的房里，旧鞋盒子、纸箱和抽屉都塞满了。他常常在那里一待就是几个小时，我不知道为什么。”她抿了一口茶，“不管怎样，在一只鞋盒子的底部，我发现了一件东西好像……怎么说呢，不太符合他的个性。”

“是什么，妈妈？”马萨丽好奇地问。

“等一等，我拿给你看。”她起身离开，不到半分钟就回来了，坐回他们之间的长沙发上。她把右手伸到面前的茶几上，松开，一条银链滑落在展开的结婚相册上，银链上的圆形小像章已失去光泽。

芬和马萨丽探身向前，仔细查看。马萨丽拿起像章，翻过来。“圣克里斯托弗，”她说，“旅行者的守护神。”

芬伸长脖子，歪着头，看着磨损的像章：圣克里斯托弗拄着木杖，迎着暴风雨和汹涌的河水，肩扛上帝之子。像章的边缘刻着一圈字——圣克里斯托弗保佑我们。

“当然，”麦克唐纳夫人说，“据我所知，天主教堂大约在四十年前就取消了他作为圣人的地位，但这个东西仍然属于正宗的天主教传统。我不明白你父亲为什么会留着它。”

芬伸手从马萨丽那里拿过像章，“我们能借用一下吗，麦克唐纳夫人？也许它能激起一些回忆。”

麦克唐纳夫人无所谓地挥挥手，“当然，拿去吧，留着还是扔了随你的便。它对我可是一点用都没有。”

芬开车把马萨丽送回了家，她很不情愿地下了车。他说服了她，他一个人先去和托尔莫德谈谈比较好。马萨丽在场的话，可能不利于他回忆起遥远的往事。他没有告诉她，在途中他还有别的事情要处理。

他刚刚开出马萨丽的视野，就拐到了另一条路上，沿着狭窄的柏油路，经过牲畜棚，来到了克罗伯教堂前宽阔的停车场。这是一座荒凉却又傲然屹立的建筑，没有石刻和宗教浮雕，没有彩色玻璃窗，钟楼里也没有钟。这里的上帝没有分散教徒注意力的东西。一个认为娱乐是罪、艺术是渎神的上帝。里面没有风琴和钢琴，只有安息日信徒们哀伤的吟唱声在屋顶萦绕。

他把车停在通往牧师住宅的楼梯前，向正门走去。绿色和褐色拼缀的沙质低地仍然沐浴在阳光下，羊胡子草在泥炭切割机留下的伤疤间随风摇摆。这片赤裸的土地离上帝更近，芬暗想，恶劣天气恒久地考验着人们的信仰。

他按响了门铃，足足一分钟后门才打开，唐娜苍白的脸从黑暗中探出来。他像第一次看见她一样感到震惊。上次见到她时她看起来那样年轻，一点也不像怀孕三个月的孕妇。生完孩子后她并没有显得更成熟，和她父亲一样浓密的沙色头发梳到脑后，窄小的脸庞没有任何妆容。她似乎很虚弱、很娇小，像个孩子。包裹在紧身牛仔裤和白衬衫中的她瘦得让人心痛，但是她看着他的目光却很老练。她所知道的，不管怎样，超越了她的年龄。

她沉默了一会儿，然后说：“你好，麦克劳德先生。”

"你好，唐娜，你父亲在吗？"

她脸上掠过一丝失望之色，"哦，我以为你是来看孩子的呢。"

他顿时感到很内疚。当然，这只是唐娜对他的期望。但奇怪的是，他觉得他们之间并没有什么联系。他不动声色地说："下次吧。"

温顺像尘土一样落在她孩子气的脸上。"我爸爸在教堂，修理屋顶上的洞。"

芬走下台阶好几步后又停下来，回头看见她还在看着他。"他们知道吗？"他说。

她摇摇头。

他走进门廊时听见锤击声，但是直到走进教堂里面才找到了声音的来源。阳台上一架梯子不牢靠地搭在椽子之间，唐纳德·默里踩在梯子顶端，沿着屋顶东侧立面钉换新木板。他穿着蓝色工装裤，沙色头发变得更加灰白了，也似乎稀疏了很多。他十分专注于手头的活，没有注意到芬正站在教堂长椅中间昂首看着他。看到唐纳德，往事一幕幕闪现在芬的脑海中：篝火之夜的冒险之旅；海滩的派对；夏日晴空下驾驶红色敞篷车沿着西海岸兜风。

锤击声停止了，唐纳德在寻找钉子。"好像在这个教堂里，你更多的时间是在做零工，而不是为上帝传道。"芬大声对他说。

唐纳德被这突如其来的话语吓了一跳，差点从梯子上掉下来。他一只手扶着最近的椽子，站稳了身子，朝下看，但是并没有马上认出来者。

“为上帝工作的形式有许多种，芬。”他终于认出了站在下面的人是谁。

“我听说上帝为游手好闲的人制造工作，唐纳德，也许是他在教堂屋顶吹了个洞，让你不要到外面惹是生非。”

唐纳德忍不住笑了，“我想我还没有遇见过像你这样愤世嫉俗的家伙，芬·麦克劳德。”

“我也从没有遇见过像你这样顽固不化的猪头，唐纳德·默里。”

“谢谢，我认为这是在夸我。”

芬也咧嘴笑了，“你应该这样认为，因为我还能说出更难听的话。”

“我一点也不怀疑。”唐纳德向下审视着来客，“你这次来访是因私还是因公？”

“我不再有公务了，所以我想这是私人拜访。”

唐纳德皱皱眉头，但是没有问什么。他把锤子挂在腰带的环扣上，小心翼翼地一步步从梯子上下来，终于安全落地。芬注意到身材瘦削的他有点喘不过气来。那个曾经体格健壮的年轻人，那个喜欢运动的叛逆小子，那个所有女孩心目中的白马王子，开始落花结籽了。他的眼周让他看起来更衰老，失去弹性的皮肤布满了皱纹，像线条精细的疤痕。他握住芬伸过来的手，“我能为你做什么？”

“你父亲是马萨丽父母的主婚人。”芬可以看到他脸上的惊讶。无论他猜测芬过来的原因是什么，他都不会想到是这个问题。

“你说得没错，内斯一带可能一半的人都是他主婚的。”

“结婚时需要什么样的身份证明？”

唐纳德盯着他看了好几秒，“你的问题在我听来极具公务性，芬。”

“相信我，是私人问题，我已经不在警局了。”

唐纳德点点头，“好吧，我拿给你看看。”他沿着走廊走到教堂的尽头，打开门进入法衣室。芬紧随其后，只见他用钥匙打开桌子的一个抽屉。他取出一张打印的表格，对芬说：“这是一张结婚日程表。我下周六为这对新人主婚。只有在他们提供了所有必要的证明文件后注册处才会提供这张表。”

“是什么样的证明文件？”

“你结婚了，是吧？”

“曾经是。”

唐纳德稍微顿了顿，理解了这条信息，随即像没有听见似的继续说：“那么你应该知道。”

“我们结婚时很仓促，只是在注册处登了个记。那是十七年以前的事了，唐纳德，老实讲，我已经忘得差不多了。”

“好吧，你们首先必须提供你们两个的出生证明，如果你以前结过婚，需要提供离婚判决书，如果你是鳏夫，还需要提供前任配偶的死亡证明。除非所有的证明文件齐全，所有的表格都填写完毕，否则登记员不会给你们日程表的。牧师所做的一切就是结婚仪式结束后在日程表上签名。当然，签名的还有这对幸福的夫妻和证婚人。”

“那么你的父亲应该没有理由怀疑请他主婚的情侣的身份？”

唐纳德迷惑不解地眯起了眼睛，“到底是什么事，芬？”

芬摇了摇头，“没什么，唐纳德，只是一个愚蠢的想法，就当我没问吧。”

唐纳德把婚礼日程表放回抽屉锁起来，转过身再次面对芬，“那么，你和马萨丽又在一起了？”

芬笑了，“嫉妒？”

“别傻啦。”

“不，我们没有。我回来翻修父母的老房子。我在农场搭了帐篷，在把房顶修好、把一些基本的管道设施安装好前先将就住着。”

“你找我来就是要说这个‘愚蠢的想法’？”

芬冷冷地看了他一眼，试图压制内心深处翻滚着的怒火。他并不是有意要提起这件事，但这是一场不公平的斗争。“你知道，唐纳德，我认为你是个可耻的伪君子。”

唐纳德的反应就好像是有人扇了他一记耳光，他惊讶地缩回身体，“你在说什么？”

“你以为我不知道你结婚时卡特里奥娜已经怀孕了？”

他的脸色变了，“谁告诉你的？”

“是这样的，不是吗？伟大的唐纳德·默里，崇尚精神自由的人，女性的梦中情人，搞砸了，让一个女孩怀孕了。”

“我不想在上帝之所听到这样的语言。”

“为什么？只是语言而已，我打赌耶稣也知道几句。你自己的生活一度很丰富多彩。”

唐纳德双臂交叉抱在怀里，“你想说什么，芬？”

“我想说的是，你犯错没有什么大不了的，但是如果你的女儿和芬利克斯也犯了同样的错误，上帝应该帮助他们。你给了自己第二次机会，因为那时没有人评判你，但是你却不肯放过自己的女儿。为什么？芬利克斯配不上她？我不知道卡特里奥娜的父母当初是怎么看你的。”

唐纳德的脸都气白了，他咬牙切齿地说：“对别人的生活指手画脚，你从来都没有觉得累过，不是吗？”

“不，那是你的工作，”芬指着天花板说，“你和上面的主。我只是一个观察者。”

他转身准备离开法衣室，但唐纳德拉住了他，强有力的手指紧紧扣住他的上臂，“见鬼！这一切究竟关你什么事，芬？”

芬挣脱胳膊，转过身来，“注意语言，唐纳德，我们在上帝的房子里，记得吗？你应该知道，我们中的某些人真的会下地狱的。”

十五

这里很冷，是适合放死人的地方。身穿白外套的助理拉开寒气袭人的冷柜抽屉，芬看到了年轻人保存完好的脸。虽然已被泥炭染了色，但年轻人孩子气的特征仍然十分鲜明，看起来比芬利克斯大不了多少。

甘恩向助理点点头，助理悄悄退了出去。甘恩说:“这事必须保密，麦克劳德先生，如果被人发现，我就死定了。”他显得有些激动，“希望你能明白。”

芬看着他，“我明白你这次可是帮了我一个大忙，乔治。”

“所以你才再三求我。”

“你可以拒绝我的。”

甘恩昂了一下头，认可了这点，“是的，”随即又道，“最好快点，麦克劳德先生，我觉得尸体会迅速腐烂的。”

芬从口袋里取出一部小型数码相机，移动脚步，对着年轻人的脸拍照。闪光灯从四周的瓷砖墙面上反射过来。他从不同的角度拍了三四张照片，然后把相机放回口袋，“还有什么可能对我有用的信息吗？”

“他死后被人用某种毯子包裹了几个小时。毯子的图案最终印在了他的后背、臀部、小腿以及大腿后面。我正在等病理学家的照片，我们会找画师把图案画出来。”

“但是你没有什么东西可以作比较？”

“没有，尸体上什么也没有，没有毯子，没有衣服……”

甘恩敲了敲门，助理回来把抽屉推进冷柜，把这个从沼泽里挖出来的无名年轻人交给了永恒的黑暗。

两人来到外面，风撕扯着他们的夹克和裤子，上面的雨水飞溅开去。太阳仍然时不时冒出来，照亮瞬息万变的天空。山顶上，医院正在扩建中，电钻和风镐的声音随风而逝，工人们的荧光橙背心和白色安全帽在阳光照耀下分外显眼。

面对过死亡后，因为意识到生命的脆弱，人们难免不由自主地保持沉默。两个男人一言不发地回到甘恩的汽车中。坐了将近一分钟，芬才开口：“你能想办法给我搞到一份验尸报告吗，乔治？”

他听到了甘恩沉重的呼吸声，“天啊，麦克劳德先生！”

芬把脸转向他，“如果你不能，就说不。”

甘恩盯着他，咬咬牙吸了口气，“我想想办法。”他顿了顿，用嘲讽的口吻问道，“还需要我为你做点别的什么吗？”

芬笑了，举起相机，“告诉我哪里可以打印这些照片。”

马尔科姆·麦克劳德的冲印店在岬角街一栋刷了层白色粗灰泥的楼里。这条街也叫“窄街”，是岛上世世代代的孩子们周五和周六晚上喝酒、打架、抽大麻、挥霍青春荷尔蒙的地方。相隔不远的炸鱼薯条店飘过来阵阵炸鱼的香味。

当电脑屏幕上出现那具干尸照片时，店员好奇地看了他们一眼。但是城里几乎每个人都认识乔治·甘恩，所以无论有什么样的疑问，店员都选择了沉默。

芬仔细地看着照片。相机的闪光灯使尸体的面部特征略为变平了些，但是对可能认识他的人来说，这张脸仍然清晰可辨。他选择了最好的一张，用手指了指，"就这一张。"

"打印多少份？"

"只要一份。"

芬走进丹爱斯丁护理院，在走廊里被一个年轻女子拦住了。她看起来忧心忡忡，黑色的头发向后梳成一个马尾。她把他带到了她的办公室。

"昨天托尔莫德·麦克唐纳的女儿带他来时，你是一起来的，是吗？呃，先生贵姓……"

"麦克劳德。是的，我是他们家的朋友。"

她紧张地点点头，"我找了她整整一上午，但是联系不上她。这里有点麻烦。"

芬皱紧了眉头，"什么麻烦？"

"麦克唐纳先生……怎么说呢……想逃跑。"

芬惊讶地挑起眉毛，"逃跑？这里不是监狱，不是吗？"

"不，当然不是，这里的人来去自由。但这件事发生在午夜，而且，理所当然，出于安全考虑，所有的门都是锁着的，但是好像昨天傍晚，麦克唐纳先生在其他入住老人中间散布不满言论，有四个人企图和他一起逃出去。”

芬忍俊不禁，“一个一人领头的逃跑委员会？”

“这不是什么好笑的事情，麦克劳德先生。麦克唐纳爬到了厨房的水槽上，用拳头砸碎了窗玻璃，他的手伤得很严重。”

芬的笑容不见了，“他没事吧？”

“我们不得不把他送到医院的急诊室，缝上手上的伤口。他现在回来了，在自己的房间里，手上缠满了绷带。但是他攻击性很强，对护工大喊大叫，拒绝脱掉衣服和帽子，还说在等女儿过来接他回家。”她叹了口气，走向办公桌，打开一个米黄色文件夹，“我们需要与麦克唐纳女士谈谈药物治疗方案。”

“什么样的药物治疗？”

“恐怕我只能和他的家属谈论这个问题。”

“你们想用麻醉药物控制他。”

“这不是麻醉他的问题。他现在非常焦虑，我们需要让他冷静下来，以防他再次伤害自己，或者伤害到别人。”

芬在大脑里分析了这样用药可能带来的后果，本就很脆弱的碎片化记忆会因为镇静剂类的药物而变得更迟钝。他们本来想激发他对过去的回忆，建立起他与死者的关系，药物的副作用可能会破坏这种效果。但是他们也不能置他于进一步伤害自己的危险中。他说：“你最好再给马萨丽打电话，和她谈谈，但是让我去看看有什么办法让他冷静下来。我本来想开车带他出去兜兜风的，可以吗？”

“哦，这是个好主意，麦克劳德先生。只要可以帮助改变他对这里的认识，强调这里不是监狱，他也不是犯人，就对他有好处。”

十六

现在又是谁？我不会让步的。他们全都见鬼去吧。

门开了，一个年轻人站在那里。我以前在哪里见过他。他在这里工作吗？

“你好，麦克唐纳先生。”他说。这声音让人感到很舒服，很熟悉。

“我认识你吗？”

“我是芬。”

芬。芬。好奇怪的名字。“这是什么名字？”

“芬利的简称，我小时候叫芬利克斯，上学后他们给我取了个英语名字，芬利，马萨丽叫我芬。”他在床边坐下。

我感到了升腾的希望，“马萨丽？她在这里吗？”

“不在，但是她叫我开车带你去兜兜风。她说你一定会喜欢的。”

我很失望，但是出去转转也好。我困在这里好久了。“我愿意。”

“我看你已经穿戴整齐，随时可以走了。”

“我总是这样。”我能感到笑容爬到了我的脸上，“你是一个好小伙，芬，你一直都是。但是如果你父母不让你过来，你不应该跑到农场来的。”

芬也笑了，“你还记得那件事，是吗？”

“是的，你妈妈气疯了。玛丽生怕她认为是我们鼓动你来的。你父母现在怎么样？”

他没有回答，看着我的手，然后举起我的右胳膊，“听说你割伤了自己，麦克唐纳先生。”

“是吗？”我看向双手，上面缠着白色绷带。啊！到底发生了什么事？我突然感到了一阵恐惧。“上帝，”我颤抖着说，“你肯定以为很痛，但是我什么感觉也没有。很严重吗？”

“很显然，在医院医生给你缝了几针。你想逃跑。”

“逃跑？”这个词让我精神一振。

“是的。但是，你知道，麦克唐纳先生，你并不是被锁在了这里。你可以自由出入，就像是在宾馆一样，只要你让他们知道就可以。”

“我想回家。”我说。

“可是，你知道他们是怎么说的，麦克唐纳先生，家是你的帽子所在的地方？”

“他们这样说吗？”他们到底是谁？

“是的，他们是这样说的。”

“好吧，我的帽子在哪里？”

芬对我粲然一笑，“在你头上。”

我能感到自己的惊讶。我把手伸到头上，真的摸到了帽子。我把它摘下来，打量着。很好的旧帽子，我已经戴了好多年。我朗声笑道：“是的，在这里，我没有想起来。”

他轻轻地把我扶起来。

“等一等，我得拿着我的包。”

“不，你最好把包留在这里，麦克唐纳先生，你回来后还需要这些东西。”

“我还要回来？”

“当然。你需要回来把帽子挂好。记得吗？家是你的帽子所在的地方。”

我看了看帽子，仍然在我绑着绷带的手中。我又笑了，把它稳稳地戴回到头上，“你说得没错。我差点忘了。”

我喜欢看海上的太阳，就像这样。你知道，这里的海很深很深，因为它的颜色是深蓝的。只有在沙质浅滩，海水才是绿色或者蓝绿色的，但是在这里没有浅滩，这里的沙滩几乎是突然倾斜下去的，是海面下的逆流造成的。你常常会听到人们在这里淹死的故事，大多数是新移民或游客，是沙滩愚弄了他们。因为它是黄色的，那样柔软、细腻，给人的感觉那么安全。除了乘船，本地人做梦都不敢下去游泳，反正他们当中的大多数人都不会游泳。该死，我又忘了，这片海滩叫什么名字来着？

“达尔摩。”芬说。

我没有意识到我说出声了，但是，是的，达尔摩海滩。对了，我们刚一拐进滨海路就认出来了。我们经过村舍和带轮垃圾箱，朝公墓那边走去，可怜的灵魂被埋葬在前面的沙质低地里，受到大海的侵蚀。

这些可恶的鹅卵石太多了，在上面走好困难，而在沙地上走就容易些。芬帮助我脱掉了鞋袜，现在我能感觉到脚趾间的细沙了。在阳光的照耀下，细沙不仅柔软还很温暖。“这让我想起了查理海滩。”我说。

芬停下来，用奇怪的眼神看着我，“谁是查理？”

“啊，你不认识。他早死了。”我连声笑道。

在墓地围墙下的沙地上，他摊开从汽车后备厢取出的旅行地毯。我们坐下来。他带来了几瓶啤酒，冷的，但并不是冰冷的，还算可以。他打开两瓶，递给我一瓶。我喜欢啤酒在嘴中冒泡的感觉，和在迪恩孤儿院的屋顶上第一次喝啤酒时的感觉一样。

远处的大海在风中变得有些狂野，白色的浪花绕着岩石翻滚，我甚至有一种浪花喷洒到脸上的感觉，很轻，就像是羽毛的触摸。风已经吹走了所有的云朵。在荒野的那些日子，我会为了一片像这样的蓝天去杀人。

芬从包里取出一样东西给我看。一张照片，他说。照片的尺寸非常大。我把啤酒瓶戳在沙里，接过照片，手因为扎着绷带显得很笨拙。

“哦，”我看着芬，“是有色人种吗？”

“不，麦克唐纳先生，我以为可能是你认识的什么人。”

“他在睡觉吗？”

“不，他死了。”他似乎在等待，在我看着照片时，他似乎在期待我说些什么，“这是查理吗，麦克唐纳先生？”

我看着他，大笑起来，“不，这不是查理。我怎么会知道查理长什么样？你这个笨蛋！”

他笑了，但是似乎有点迟疑，我不知道为什么。“好好看看这张脸，麦克唐纳先生。”

于是我按他说的，仔细端详着照片。现在，越过肤色，我看到了一些熟悉的特征。奇怪，那个稍微有点弯的鼻子，和彼得的一样。上嘴唇上的微小伤疤，在右嘴角，彼得有一个这样的小伤疤，他四岁时被一个有缺口的水杯割伤了。还有，啊……左太阳穴上的伤疤，刚才没有注意到。

我突然想起他是谁了，忙把照片放在怀里，再也不忍多看一眼。我发过誓！我转向芬，“他死了？”

芬点点头，好奇地看着我，“你为什么哭了，麦克唐纳先生？”

彼得曾经也问过我同样的问题。

星期六是一周中最好的日子，不用上学，没有上帝，没有安德森先生。如果有钱，我们会去镇里花掉。虽然并不是常常有钱，但我们还是会去。只需要走十五分钟，就到达了另一个世界。

镇中心的标志性建筑是城堡，正好坐落在黑色的大岩石上，阴影投射在下面的花园里。街道上全是人，在商店与咖啡馆间进进出出，汽车排放的尾气在空气中弥漫。

玩点小计谋是我和彼得的拿手好戏。有时我们会在周六早上去镇里，穿着最破旧的衣服、最邋遢的鞋子。彼得的脖子上挂着一块小硬纸板，上面歪歪扭扭地写着“盲人”一词。我们受的那点不正规的教育还是有用的，至少我们知道怎么写这个词。当然，那时我们完全没料到这个小把戏最终会带来怎样的厄运。

我们在周末的购物人流中缓缓向前移动。彼得闭上眼睛，左手抓着我的右臂，右手拿着一顶帽子伸向前面。

总会有些善良的女士同情我们。“哎呀，可怜的孩子。”她们说。如果走运的话，还会有一个先令落到帽子里。彼得文身的钱就是这样攒到的。我们花了一个月甚至更长时间，才攒够了这笔钱。

彼得是个猫王迷。那些日子，报刊上连篇累牍的都是他的消息。战后几年，一切都是美国的。在开始为文身攒钱之前，我们常常去剧院隔壁的曼哈顿咖啡馆。咖啡馆像美式快餐店，又长又窄，有许多可以悄悄溜进去的小隔间。墙壁上镶满了镜子，上面蚀刻着纽约的轮廓线。与一周的其他日子相比，置身这里就像是逃到了天堂，让我们看到了生活诱人的一面。一杯咖啡或可乐会花光所有的钱，但是我们坐在那里慢慢品尝，等待唱机里播放出猫王的歌声。

《心碎旅馆》，它召唤出如此浪漫的影像：纽约城的街道，闪烁的霓虹灯，窨井盖下升腾起来的蒸汽。背景乐中传来缓慢的行进贝斯和爵士钢琴的叮叮声，还有那忧郁的吟唱……

啊，自从我的宝贝离开了我，
我找到了一个新的住处，
就在偏僻的街道尽头，
在心碎旅馆……

文身店就在玫瑰街，紧挨着一家低档酒吧。那是一个非常破旧的单间，后半部分用带碎摆的绿色窗帘隔开，弥漫着墨水和陈血的味道。墙上用针别着褪色的设计草图和照片，上面是刺满文身的手臂和后背。文身师本人的两条前臂上都有文身：一颗被利箭射穿的破碎的心，一只铁锚，一个大力水手的漫画像，还有一个用漂亮花体刺的女孩名字——安琪。

他长着一张刻薄的、营养不良的脸，像保险丝一样的连鬓胡子，最后几缕头发从消退的发际线处向后拢着，越过几近光秃的闪亮脑袋，到了颈部又是一堆繁茂的鬈发。我注意到他指甲缝里的污垢，担心彼得会感染某种可怕的病菌。但是，也许那只是墨水。

我不知道那时候有什么规定，或者给彼得那么大的孩子文身是不是合法，但是玫瑰街的文身师们并不在乎。当我们说想文猫王时，他吓了一跳，说自己还从未文过猫王。我想他把我们的要求看成了一种挑战。他叫价两英镑，这在那时可是一笔巨款，他一定认为我们付不起。六周后我们带着钱再次回到他的店里，我不知道他是不是很惊讶，如果是，他并没有表现出来。他已经根据一本杂志上的照片画了一张草图，图下加了一行字——心碎旅馆——整体就像一面在微风中飘扬的旗帜。

花了好几个小时，流了很多血，但是彼得没有一句怨言。我能看见他脸上的痛苦，但是他始终不肯承认。他坚忍顽强，为梦想不惜皮肉之苦。

整整一下午我都陪他坐着，听着文身枪的嘶鸣，看着针在皮肤上雕刻，墨水和血迹被不断擦去。我对弟弟的坚毅充满了钦佩之情。

我愿意为彼得做任何事情。我知道，每当意识到自己有些傻时，他是多么沮丧。但是他从不会生气、骂人或说别人的坏话。他是一个心地善良的人，比我好，对此我从不置疑。他应该拥有更美好的生活。

到那天下午结束时，他的胳膊已经血肉模糊了。在血中是看不清文身的，虽然有些地方已经开始结痂。文身师用肥皂水帮他洗了洗，用纸巾擦干，然后用纱布绷带缠起来，用别针别好。

“两小时后解开，”他说，“定期洗一洗，每次轻轻拍干，不要擦。伤口在空气中才能愈合，不要盖住。”他递给我一个黄盖子小罐，“这是文身膏，每次洗后抹一点在伤口上，保持湿润就够了，不要让它结疤，但是如果结了疤，也不要用手去撕，会把里面的墨也撕下来的。皮肤愈合后会形成一层膜，最终这层膜会剥落下来。如果你照顾得好，大约两周后伤口就会完全愈合。”

文身师真的很在行，大概十二天后伤口就完全愈合了，直到那时我们才看到他真的做得很棒。毫无疑问，彼得右前臂上的那个文身是猫王，刻着“心碎旅馆”的地方看起来像是衬衫领子，非常巧妙的设计。

当然，那时候，我们得想尽办法不让别人看到文身。彼得在迪恩孤儿院总是穿着长袖，尽管当时还是夏天。晚上洗澡前，他会再次把手臂绑起来，以免伤口沾上水。我告诉其他男孩他得了牛皮癣，我是在一本杂志上读到有这样一种皮肤病的，所以彼得的文身一直是我俩的秘密。

直至十月底，那个命中注定的一天到来。

彼得的问题在于他保守不了秘密，就像一只漏桶装不了水一样。他如此坦率，如此不懂得欺骗和隐瞒，迟早有一天他会告诉别人这个文身的，哪怕只是为了从炫耀中得到快乐。

他常常只是坐在那里看着它。以不同的姿势举起自己的胳膊，扭着头从不同的角度看。他最喜欢在镜子中凝视自己，看着文身在身上的整体效果，就好像是在别人身上一样，在一个值得他钦佩和尊敬的人身上。在“心碎”和“旅馆”两个词中间有一个很小的破碎的心形图案，红色，整个文身上唯一的一点红色。他喜欢这个深红色的小点。我有时发现他会摸它，几乎是在爱抚它，但最主要的是，他喜欢猫王属于他、永远和他在一起的感觉。这是他余生恒久的伴侣，尽管他的余生是那样短暂。

那一年雪下得特别早。虽然下得不大，但是屋顶、墙头以及刚被劲风吹落秋叶的树枝还是染上了白色。相比之下其他万物似乎更加黑了，像湍急的河水，老工厂被煤烟熏黑的石头，村子里工人的公寓。铅灰色的天空有些沉闷，但是也有些暗淡的光辉，就像是从一个天然的灯箱散发出来的。空气清冷异常，刺痛着人的鼻孔。雪已经冻住了，在脚下发出嘎吱的响声。

我们在学校，正是上午的课间休息时间。我们的喧闹声划破冰冷的天空，清脆响亮；我们呼出的气息像火龙吐出的烟雾一样，绕着我们的脑袋翻腾。我看见彼得站在大门附近一小群男孩中间。我赶到那里时已经太晚了。再没有比向这几个人炫耀猫王更危险的事了。他们是凯利三兄弟，还有他们的两个朋友，和他们一样令人讨厌。我们与凯利三兄弟一起玩只是因为他们也是天主教徒。我们总是一起站在冷风中等待其他人做完早礼拜，这使我们培养出一种同志情谊，即使我们原本是彼此的敌人。

凯利兄弟是一帮坏蛋。他们总共有四兄弟，其中一个还没到上学的年纪。老二丹尼尔和老三托马斯，相差只有一岁，和我差不多大。老大帕特里克还要大一岁。人们说他们的父亲与某个臭名昭著的爱丁堡黑帮有往来，坐过牢。据说他脸上有一道弧形伤疤，从左嘴角一直攀升到左耳的耳垂处，宛如下嘴唇的延伸。我从来没有见过他，但是根据这种描述想象出的样子一直留在我的脑海里。

凯瑟琳比我先赶到那里，因为那时连她也开始保护彼得。尽管她比我小，与彼得同岁，但是她喜欢为我们两个瞎操心，像位母亲一样，只是她的方式并不是多愁善感的。她是那种有些专横霸道、近乎野蛮的妈妈，也许是因为她个人的经验。她不会给你温柔的警告或轻轻地爱抚你的头，踢屁股或张口骂人是凯瑟琳的风格。

我赶到他们身边，正好看见她发现彼得的文身时的惊愕之情。我们从来没有告诉过她。她瞥了我一眼，从那幽怨的目光中我可以看出因为被排除在外她是多么受伤。

彼得此时脱掉了夹克，袖子卷得老高。即使是一向见怪不怪的凯利三兄弟，也羡慕地张大了嘴巴。但是帕特里克在这种情形中看到了机会。

“要是让他们知道你可就麻烦了，笨蛋，”他说，“谁干的？”

“这是秘密。”彼得忙着辩护。他开始把袖子往下拉，但是帕特里克抓住了他的胳膊。

“这是专业文身师做的，是不是？我打赌那家伙会遇到大麻烦。他不该给像你这么小的孩子文身。你多大了？十五岁？你需要父母的同意才能这么做。”他大笑起来，声音中带着残酷，“当然，因为你没有父母，这就有点困难了。”

“即使没有父母也比有一个蹲大牢的父亲好。”凯瑟琳的声音让孩子们的嬉笑戛然而止。帕特里克转过身，恶狠狠地瞪着她。

“闭上你的臭嘴！”他向她迈了一步，我立即挡在了他们中间。

“你也说话注意点，凯利！”

帕特里克·凯利淡绿色的眼睛盯着我。他的头发是姜黄色的，脸是麦片粥的颜色，长满了雀斑。他是一个丑陋的男孩。我从他的凝视中可以看到他正在掂量。他是一个大小伙，但我也是。“关你什么事？”

“我就是听不得脏话。”

人群中传来了笑声。凯利家的老大不高兴了，瞪了一眼两个弟弟，“都他妈的闭嘴！”然后他又转向我，“那么只要迪恩孤儿院的孩子们愿意，他们就让孩子们文身？”看到我没有回答，他咧嘴笑了，“为什么我有一种感觉，如果让他们发现了，这个笨蛋就麻烦大了？”

“他们怎么会发现？”

“有人可能会告诉他们。”帕特里克·凯利狡黠地笑了。

“比如谁？”

他的笑容消失了，把脸凑近我，“比如我。”

我没有丝毫退让，只是在他腐烂的牙齿缝中的臭气呼到我脸上时才稍微缩了下身子，“只有懦夫才吹牛。”

“你他妈的是在叫我懦夫吗？”

“我没有叫你什么，懦夫是通过他们自己的行为暴露自己的懦弱的。”

愤怒和羞辱激起了他的勇气。他用手指戳着我的胸膛，“我们走着瞧，看到底谁是他妈的懦夫！”他朝头顶高耸的连接城镇与西部郊区的公路桥点点头，“沿着桥的外立面有一条壁架，就在栏杆下面，大概九英寸宽。今晚上面见！午夜，你和我！我们看看谁能在上面走过去。”

我抬头看了看那座桥，即使从这里也能看见壁架上覆盖着一层雪，“不可能！”

“害怕了，你？”

“他才是真正的懦夫！”他的一个弟弟说。

“我没那么愚蠢！”我说。

“你弟弟真丢人，不是吗？我猜他会被赶出迪恩孤儿院，被送进收容所。谁让他胳膊上刺了一坨屎一样的文身呢。我想你也不愿和他分开吧？”

这事倒还真有可能发生。我感到无法逃避的网向我包围过来，“如果我做到了呢？”

“猫王将变成我们的秘密。当然，除非你临阵退缩。如果那样的话我就会告密。”

“你也要走一遍吗？”

“当然。”

“你如果做不到呢？”

“如果我临阵退缩，你尽管叫我懦夫。”

“不要那么做！”凯瑟琳的声音从我身后传过来，很低，却带有严厉的警告口吻。

“闭嘴，贱人！”

我感到凯利的唾沫星子溅到了我的脸上，我看了看彼得。我不确定他是否明白自己处境的严峻性，或者因为这样炫耀给我带来了多大的麻烦。“我和你一起去。”他很诚挚地说。

“看到了吗？即使笨蛋都比你更有种。”凯利开始沾沾自喜起来。他知道他把我逼到了死角。

我耸耸肩，试图显出毫不在乎的样子，“好吧，让我们干得更有趣点。我先走，我们计时，谁走得慢就得再走一遍。”

我第一次看到帕特里克·凯利的自信心动摇了，现在轮到他被套了。“没有问题！”

我们是多么愚蠢的孩子！我拉起彼得穿过操场，想好好教育一下他，凯瑟琳紧紧追上来。

“你真是疯了！”她说，“那座桥足有一百英尺高。如果你掉下去就死定了。死定了！”

“我不会掉下去的。”

“是的，我希望你不会。因为如果你真的掉下去，我就没有机会说我告诉过你了。”她顿了顿，“你打算怎么从迪恩孤儿院出来？”

我还从来没有告诉过任何人我晚上溜出去的事。现在我还不愿意透露我的秘密。“哦，有办法。”我很随意地说。

“那么你最好告诉我，因为我也要去！”

“还有我。”彼得插嘴道。

我停下来，瞪了他们一眼，“不行，你们不准来，你们两个都不能来。”

“谁他妈的能阻拦我们？”凯瑟琳说。

“是的，谁他妈的能阻拦我们？”彼得也挺起胸向我发起挑战。听到他说出这样的脏话我很惊讶，这是凯瑟琳对他的不良影响，但是我知道我被他们打败了。

我对凯瑟琳说：“你为什么想跟着去？”

“如果你们打算看谁走得快，总得有人帮忙计时吧。”她叹口气，“还有，如果你掉下去了，得有人在那里确保彼得能安全地回到迪恩孤儿院。”

熄灯后我怎么也睡不着，即使我想睡一会儿。还有三个小时，我感觉很不舒服。到底是什么魔鬼在控制我，把我卷进了这场愚蠢的挑战？更让人心烦的是，彼得几乎是倒头就睡了。他完全相信出发时我会叫醒他。我有过扔下他偷偷溜走的念头，但是我知道如果他醒来后发现我不在了，他会去找我，这有可能使我们两个人都陷入危险的境地。

我躺在毛毯下，但不知为什么，身体始终暖和不起来，在寒冷和恐惧中颤抖着。当然，流言已经像野火一样在学校和迪恩孤儿院的孩子们中间迅速传播开来，每个人都知道凯利兄弟和麦克布莱德兄弟之间有一场挑战。虽然似乎还没有人知道是为什么，但是我知道要不了多久，彼得的文身就会成为众所周知的事，然后风声传到上面也只是时间问题。

未来似乎变得可怕起来，湮没在不可预知的黑暗中。我感到我和彼得的生命已从我们的手中滑出去了。虽然在迪恩孤儿院我们不能左右被监禁的生活，但是在过去的一年，这个地方至少给予了我们某种程度的舒适，每日例行的事务虽然残忍却是确定的。

时间过得既慢又快。每次我看表，似乎只是刚刚过去了五分钟，然后突然还有十五分钟就是午夜十二点了。我不知道是不是到最后我不知不觉睡着了，但是现在我的心脏咚咚跳个不停，几乎跳到了嗓子眼，差点让我窒息。该出发了。

我从被子下溜出来，穿好衣服和鞋子。鞋底是厚厚的橡胶，我希望能起到防滑的作用。我用颤抖的手指系好鞋带，轻轻摇晃彼得的肩膀。让我生气的是，他过了好半天才醒过来。当我终于把他从某个不合时宜的美梦中摇醒过来时，他想起了那个约定，眼神中满是期盼的光芒。“该走了吗？”他大声问道。

我把一根手指放到嘴唇上，瞪了他一眼。

直到我们来到宿舍门口，我才意识到有多少人也醒着。黑暗中传来他们的窃窃私语。

“好运，约翰尼。”

“让那个混蛋看看咱们男生的厉害。”

我想说：“你他妈的给他看看！”

凯瑟琳在地下室楼梯脚下等着我们。她带了一只手电，我们下来时，她把手电照到我们脸上，差点亮瞎我的眼。

“看在上帝的分上，把那个东西拿开！”我抬起手挡住眼睛。然后，手电关掉了，我们立即坠入无边的黑暗，差点跌倒。“老天！”

“你迟到了！”她低声说道，“这里如地狱般可怕。除了奇怪的当啷声，地板上还有什么东西窜来窜去，我肯定那是老鼠。”

我轻轻滑开门闩，打开门，立即感到一股寒流涌进来，真正的冬天的味道。我可以看见星星，它们仿佛黑色床单上的针孔，床单后面似乎亮着灯，光透过针孔，洒落到结了霜的黑色柏油路面上。大地是天空的镜子，地狱映照着上面的世界。

我们来到村子时，刚好听到某处的大钟敲响了十二下。钟声穿过寒冷清澈的夜空，像是为死者敲响的丧钟，洪亮，深沉，充满了可怕的预言。我们经过寂静的马厩，在黑暗中缓慢而艰难地朝贝尔山坡爬去。雪后的山路极其危险，白天被太阳融化的雪又结了冰。到达山顶的柯克布雷大楼时，我们三个全都汗流浃背了。这座塔楼状的柯克布雷大楼是一栋古老的建筑，阶梯状的山形墙有一半消失在桥下。老师告诉我们说这是一座十七世纪的酒吧，此时的我愿意用一切换一杯他们在那个时候喝过的嘶嘶冒泡的淡啤酒。它能使我的舌头不再贴着上牙床，使我找回随着大桥的接近而渐渐丧失的勇气。

凯利三兄弟正在大桥的第一个拱门处等着我们，在柯克布雷大楼的阴影下挤成一团。城里像迪恩公墓一样死寂，马路上不见一辆汽车，也没有哪一扇窗户里亮着灯，但是月亮照着下面村子里每一个覆雪的屋顶。只有河中的黑水完全消失在黑暗中。

“你迟到了！”阴影中的帕特里克发出嘶嘶声，“我们等了你好半天，都快冻死了！”

他戴着手套的双手相互拍打着，努力保持温暖。我多么希望自己也有一副手套。

“我们来了，”我说，“最好现在就开始吧。我先来。”我朝栏杆走去，但是我感到帕特里克的大手推向了我的胸部。

“不行，我先来，我在这里已等了太长时间。谁来计时？”

“我来。”一盏路灯散发着暗淡的昏黄的光，凯瑟琳走到灯光下，摊开手，露出一块镶银的秒表，上面系着一条粉色丝带。

一个凯利兄弟抓住她的手腕以看得更仔细，声音里满是嫉妒，“你从哪里偷来的？”

凯瑟琳挣脱手腕，握紧了手中的表，“不是偷的，是我爸爸给我的。”

帕特里克说：“好吧，丹尼尔，你看着她，防止她作弊。”弯曲的栏杆上焊接着一排铁锥，他伸手抓住铁锥，纵身翻了过去，双脚在冰上摸索滑行，直到踩到下面的壁架。

这座大桥我已经走过许多遍，但还是头一次仔细观察栏杆。我后来才知道这个栏杆五十年前被加高过，防止有人跳下去。为什么桥会诱使人跳下去结束生命？不管是什么，此时我唯一关心的是不要掉下去。

大桥从南到北一共有四个拱门，从南端的柯克布雷大楼直通北端高耸的哥特式建筑——圣三一教堂。大桥长约一百五十码，最高处距离河面有一百零六英尺。壁架的宽度足以让人在上面行走，但前提是你不要往下看，不要想太多。问题只在要经过三个圆柱形桥墩时才会出现，因为弧度很大，你因此会远离栏杆的安全保护。除了这三个地方，你的手总是能抓住栏杆上的铁锥的。

我感觉胃里在翻江倒海。这真是很愚蠢的行为。苍天在上，我到底在做什么？我几乎不能呼吸。

我可以看出帕特里克也很害怕，但是他在尽最大的努力掩饰。“好了，开始计时。”他喊道。我们全都探过身子看着凯瑟琳按下计时键，帕特里克开始穿越大桥。

我很惊讶他竟能走得那么快。他伸展开身体，面朝栏杆，沿着壁架侧移，双手引导着身体前进。他抱住每一根拱门支柱，双脚沿圆柱的边沿摸索着前进。丹尼尔站在柯克布雷大楼那端，与凯瑟琳一起盯着秒表，我和彼得以及帕特里克的另一个弟弟托马斯沿着安全的人行道跟随他前进。

我可以听见帕特里克的呼吸声。因为恐惧和危险，他走得很吃力，月光中他呼出的气体像浓烟一样萦绕着他。我只能看到他的头顶和他眼中的专注。彼得拉着我的胳膊，注意力完全集中在帕特里克那里。尽管这是那个威胁要把他猫王文身的秘密泄露出去的人，彼得还是真诚地为对方的安全担心。这就是他的同情心。

托马斯不断地鼓励着哥哥。帕特里克终于到达了教堂那端，颤抖的双臂抓住栏杆纵身越到路边，胜利的喜悦让他忍不住大声欢呼。

凯瑟琳和丹尼尔跑过来加入我们。

“多长时间？”帕特里克问道。他胜券在握，容光焕发。

“两分二十三秒，”丹尼尔说，“很快，帕特里克！”

帕特里克得意地对我说：“该你了。”

我看了一眼凯瑟琳，她的黑眸中燃烧着恐惧。“那边的冰怎么样？”我问帕特里克。

他咧嘴笑了，“滑死了！”

我感到心脏沉到了靴子里。两分二十三秒好像非常快。我知道如果不能突破这个时间，我就得再走一遍。帕特里克信心满满，根本不相信我会比他快。坦白地说，我也不相信。但是我不能沉浸于这种担忧中，更不能被自己的恐惧击败。

我爬上栏杆，抓住顶端的尖锥，双脚滑到另一侧，找到壁架。铁锥冰冷刺骨，咬噬着我本已经冻僵的双手，但是我紧紧抓住它们，双脚试探着冻成冰的雪。让我惊讶的是，我的橡胶鞋底具有神奇的抓地力。我终于在壁架上找到了平衡，前面约四百英尺的距离等待我去征服。我采用了与帕特里克相同的技巧，是否能超过他掌握在上帝的手里。但是如果我用伸展的双臂保持平衡，沿着路缘石直线前进，我确定会更快些，只要我不滑倒。只有当到达拱门支柱那里时我才必须重新启用帕特里克的方法。

我深吸一口气，抵制住向下看的诱惑，大声说：“好了，准备计时。”我的目光紧紧盯着另一端的柯克布雷大楼，冰块在脚下发出嘎吱嘎吱的声音。我的左臂比右臂抬得高些，以免碰到栏杆，一点点失误，甚至栏杆最轻微的反推力，都有可能让我摔下去。

我到达了第一个拱门支柱那里，展开双臂抱着柱子，像帕特里克一样双脚侧移，然后在另一侧迅速找回了平衡，准备下一段征程。我有一种奇怪的得意扬扬之感，感觉自己几乎能跑起来了。当然这是不可能的，但是现在我自信满满。我加快了速度。在栏杆的另一侧，我可以听到托马斯的声音，“天哪，帕特里克，他很快！”

彼得不停地说：“加油，约翰尼，加油！”

当我到达柯克布雷大楼，纵身跃过栏杆时，我知道我赢了。帕特里克也知道。在我等待凯瑟琳和丹尼尔跑过来时，我能看见恐惧笼罩了他。

丹尼尔的脸是一张惊恐的面具。凯瑟琳的脸上绽放着喜悦的笑容。

“两分五秒。”丹尼尔的声音低得像耳语。

我根本不在乎了。我已经赢了这场挑战。如果帕特里克·凯利是言而有信的人，那么彼得的秘密就是安全的，至少短时间内是这样的。“我们到此为止吧。”

帕特里克的嘴拧紧成一条阴冷的线。他摇摇头，“不可能！不管是谁，慢的必须再走一遍！这是约定。”

“没有关系。”我说。

我看见了他扬起的下巴尖。“对我来说有关系。”他抓住铁锥，纵身回到栏杆上。

托马斯说："算了，帕特里克，我们回家吧。"

帕特里克下到壁架上，"别废话，开始计时，听到没？"

丹尼尔用求助的眼神看着我，我耸耸肩。我已经尽力了。凯瑟琳开始计时。"开始！"她大喊。帕特里克出发了，这次他采用了我的方法。但是从一开始我就能看出他不会成功。他的鞋子好像没有我的那么防滑。在跨越第一个拱门时他停下来好几次，努力重新找到平衡。我和托马斯、彼得在桥上跟着他一起跑，每跑几步都会跳起来以看得更清楚。

我可以看见他前额上的汗珠，在月光下闪闪发光，苍白的脸上雀斑更加鲜明。他眼中的恐惧是显而易见的，但是被他对自尊的极度渴望取代了。他不仅仅是在证明给我们看，更是给他自己看。我听见他失足时的喘息声，看见他的手在空中挥舞，有一个可怕的瞬间我以为他完蛋了，但是他的手找到了栏杆，他又重新稳固了自己。

大约走到一半的地方，我听见丹尼尔从柯克布雷大楼那端大喊："警察！"几乎在同时我听见汽车的引擎声从伦道夫的方向传过来。他和凯瑟琳闪身躲进了柯克布雷大楼的阴影中，但是我们却完全暴露在大桥上。我和彼得、托马斯，根本无处藏身。

"蹲下！"我大喊一声，拉着彼得贴着桥栏杆蹲下来，托马斯也在一旁蹲下。我们只能希望这辆巡逻车经过这里时不会发现我们。有一片刻我们似乎被车头灯照到了，但是警车却加速通过了。我长松了一口气，但随即听到了尖厉的刹车声，轮胎在结冰的柏油路面上滑行的声音。"糟了！"

“快跑！”托马斯大喊。

我能听见汽车倒车时发动机的轰鸣。不用再犹豫了，我立即站起来，箭一般向柯克布雷大楼那边飞奔而去。还没有跑出十码远，我突然意识到彼得没有跟上来。我听见丹尼尔在远处大喊，“他在干什么？”托马斯抓住了我的胳膊。

我们转身看见彼得蜷伏在栏杆处，一只手抓住一根尖锥，另一只手朝着帕特里克·凯利恐慌的身影伸过去，仿佛是他刚刚推了对方一把。凯利的双臂如风车般旋转，不顾一切想要重新获得平衡。

但是一切都是徒劳，他无声地跌进了黑暗中。那一刻的寂静至今还伴随着我。那个男孩没有发出一声，没有哭，没有叫，只是无声地坠入大桥的阴影中。我的每一个细胞都想相信他会幸存下来。但是我知道，毫无疑问，他不会。

“该死！”我可以感到托马斯喷到我脸上的热气，“他把他推下去了！”

“不对！”我知道看起来是这样的，但我也知道，彼得是绝对不会做出这种事的。

两个穿着制服的警察从车里跳出来，沿着大桥朝我们跑过来。我冲回去抓住弟弟，几乎是半拖着他朝桥南头跑去。他在绝望地哭泣。他的脸湿乎乎的，闪着泪光。“他喊救命，”他抽噎着说，“我努力想抓住他，约翰尼，真的。”

“嘿！”黑暗中传来一个警察的声音，“你们这些孩子！站住！你们在桥上干什么？”

我不知道凯利两兄弟跑到哪里去了，但是我、彼得以及凯瑟琳沿着贝尔山坡向下飞奔，在鹅卵石上跌跌撞撞，危险地滑行，几乎不敢回头看。夜幕以及建筑物和树林的阴影吞没了我们。我们默不作声地爬上另一侧的山坡，朝迪恩孤儿院的双子塔爬去。

第二天早上，迪恩孤儿院的每个人似乎都知道了帕特里克·凯利从桥上掉下去的消息，我不清楚他们是怎么知道的。然后村子里有人打电话过来说学校放假一天，于是每个人都知道最糟糕的事情发生了。一个男孩昨天深夜坠桥身亡了。虽然迪恩孤儿院的员工不知道这个死去的男孩是谁，但是这里的每个男孩女孩都知道。

奇怪的是，没有人问我们发生了什么。好像我们有传染病一样，没有人想被传染。所有人各自聚拢到他们平常的小团体中，离凯瑟琳、彼得和我远远的。

我们三个坐在餐厅里，等待着不可避免的事情。不到正午就来了。

一辆警车呼啸着开上来，停在台阶下。两个穿着制服的警察走进迪恩孤儿院，被人带到了安德森先生的办公室。大约只过了十分钟，门卫过来找我们。他看着我们，忧心忡忡。“你们这些孩子都干了些什么？”他低声说。

凯瑟琳和彼得看着我这个老大哥，我耸耸肩。“不知道。”我说。

他带着我们沿着一楼的走廊朝安德森先生的办公室走去。我们感到所有人的眼睛都在看着我们，时间仿佛凝固了。孩子们成群地聚在一起，好像是在围观死囚们去见刽子手。每个人毫无疑问都在感谢上帝让他们置身事外。

安德森先生站在办公桌后面，脸色像他的头发一样苍白，黑色套装的上衣扣得紧紧的，双臂交叉抱在胸前。两个警察手中拿着头盔，站在一边，女主管站在另一边。我们三个并排站在桌子面前。安德森先生瞪着我们，“我要你们中有一个代表出来说话。”

凯瑟琳和彼得都看着我。

“好吧，你，麦克布莱德，”这是我第一次也是唯一一次听见他喊我的名字，他看着另外两个说，“你们不管是谁，如果不同意他所说的，都可以说出来，你们的沉默表示同意。”他深吸一口气，然后指尖放在面前的桌子上，身体微微前倾，把重心放在手指上，“你们到这里来是因为昨晚有一个男孩从迪恩桥掉下去摔死了！帕特里克·凯利，你们认识他吗？”

我点点头，“是的，先生。”

“听说午夜桥上在玩什么鬼把戏，有几个男孩和一个女孩参与了，”他严厉地盯着凯瑟琳，“据说此前有人在村子里看见迪恩孤儿院的两个男孩和一个女孩，”他站直了身子，“我想你们一定知道是谁吧？”

“不，先生。”我知道他们没办法证明是谁，除非有目击证人来指认我们，而如果有的话，他们一定会在安德森先生的办公室里等着我们。所以我否认了一切。不，我们没有离开过迪恩孤儿院，我们整夜都躺在床上。不，我们直到今天早上才听说帕特里克·凯利掉下去的事情。不，我们不知道他或者其他人深更半夜会在桥上做什么。

当然，他们知道我在撒谎。一定有人告诉过他们什么。也许是凯利家的孩子，或者他们的朋友。

安德森先生再次倾身向前，握紧双拳放在桌子上支撑着身体，指关节变得苍白，就像是一年前我们第一次见到他时一样。“据说，”他瞥了一眼两位警官，“有人怀疑这个孩子不是掉下去的，而是被人推下去的。警方会做调查。如果查出来是谁把这个孩子推下去的，他将会受到谋杀罪的指控，至少是过失杀人罪。这是一件极其严重的事情。如果发现任何我们的孩子卷入其中，迪恩孤儿院的声誉将受到严重影响。你们懂吗？”

“是的，先生。”

彼得和凯瑟琳自始至终不发一言。安德森先生看着他们，“你们没有什么补充的吗？”

“没有，先生。”

我们离开安德森先生的办公室半小时后，警察才终于离开。我们可以听见安德森先生在走廊咆哮，“该死的天主教徒，我要把他们赶出去！”

凯瑟琳的预言终于成真。第二天早上牧师就过来带我们离开了。

十七

芬仔细端详着老人。阳光照在他银灰色的胡子和松弛的脖子上，与皮革般的苍白皮肤形成了鲜明对比。他的眼睛，相比之下，几乎是不透明的，蒙上了一层他不能或不愿分享的记忆。他已沉默很久，脸颊上的泪干涸了，留下了咸涩的泪痕。他的双膝聚拢在胸前，双手抱膝盯着远处的大海，看着芬不能看见的东西。

芬把托尔莫德掉到旅行毯上的照片拾起来，放回自己的口袋，然后扶住老人的胳膊，试图鼓励他缓缓站起来。

“起来吧，麦克唐纳先生，我们沿着海边走走。”

他的声音似乎把老人从幻想中唤醒了，托尔莫德惊讶地看着芬，仿佛刚刚才注意到他。“他没有那么做。”他拒绝了芬让他站起来的请求。

“谁没有做什么，麦克唐纳先生？”

但是托尔莫德只是摇着头，“也许他是有点傻，但是他学盖尔语可比我快多了。”

芬迷惑不解地皱起眉头。岛上的人们从小就说盖尔语，在托尔莫德小时候，孩子们是上学后才开始说英语的。“你的意思是，他学英语更快些？”芬不知道这个“他”是谁。

托尔莫德使劲地摇着头，“不，盖尔语，他讲得跟本地人一样好。”

“查理？”

托尔莫德笑了，摇着头嘲笑芬的愚蠢，“不，不，不，他说意大利语。”他伸出一只手，让芬扶他站起来，“我们去踏浪吧，就像过去一样。我们常常在查理海滩上踏浪。”他看着芬的靴子，“来吧，小伙子，把鞋子脱了。”他弯下身子，开始卷裤腿。

芬踢掉靴子，脱下袜子，把裤子卷到膝盖处。两个男人手挽手穿过柔软深厚的沙滩，来到退潮后变得更紧实更潮湿的海边。风吹着托尔莫德的外套和芬的夹克，衣服鼓起来。横穿三千英里大西洋的风永不停息，带着柔软的水雾，喷在他们的脸上。

一股带着泡沫的潮水涌过来，冲刷着沙滩，淹没了他们的脚，冰冷刺骨。托尔莫德大笑着，兴奋极了，快速抬脚从退却的潮汐中跳出来。他的帽子被风吹掉了，芬神奇地抓住了它。托尔莫德又笑了，像个孩子，仿佛这是一场游戏。他还想把帽子戴回头上，但是芬担心会再次被风吹走，于是把它折叠起来，装进外套口袋里。

芬同样很享受冰冷的海水冲刷双脚的感觉。他踏进海水中，任由海水漫过脚踝和小腿。两个人在冰冷的海水刺激下嬉笑呐喊。

托尔莫德似乎充满了活力，至少此刻是这样。他摆脱了禁锢他的精神、削弱他生命力的老年痴呆，像个孩子一样开心自在，沉浸在最简单的快乐中。

他们在海水中走进走出，大约走了四五百码，来到了海滩尽头一簇簇闪亮的黑岩处。在这里，海水吐着白色泡沫，疯狂地冲击着岩石。他们的耳畔只有风声和浪声，一切的痛苦、记忆和悲伤都消失了。芬停下来，拉着老人往回走。

只走了几步，他从口袋里取出那枚圣克里斯托弗像章，递给托尔莫德。“你记得这个吗，麦克唐纳先生？”在风浪声中他必须提高嗓门。

看到像章托尔莫德似乎很惊讶。他停下来，从芬的手中接过来，凝视良久，然后紧紧地握住了它。芬惊愕地看到眼泪顺着他旧有的泪痕流下来。“她给我的。”他说。在风浪的喧嚣声中很难听清他在说什么。

“谁？”

“凯特。”

芬想了一会儿。凯特是他讨厌天主教徒的原因吗？“她是天主教徒吗？”

托尔莫德看着他，仿佛他是个疯子。“当然，我们全都是。”他沿着落潮线快步向前走去，全然不顾海水溅湿了卷起来的裤子。芬惊呆了，过了好一阵子才反应过来，快步追上他。这讲不通，芬一头雾水。

“你是天主教徒？”

托尔莫德轻蔑地看了他一眼，“每周日在山顶的大教堂做弥撒。”

“在塞乐博斯？”

“渔民建的教堂，里面有船的那一个。”

"教堂里有一艘船？"

"在祭坛下。"托尔莫德突然停下脚步，站在深及脚踝的水里，波浪拍打着他的脚。他盯着远处的天际线。那里有一个黑点，是一艘黑色油轮，切割开了海与天的界线。"从那里可以看到查理海滩，在公墓那边，宛如沿着紫色的沙质低地与蓝绿色的大海之间画的一条银线。"他扭头看着芬，"还有中间所有的死者，都想让你——某个坟墓之外的人类伙伴，在路过那里时停下。"

他又看向远方，在芬还没来得及阻止他之前，把圣克里斯托弗像章用力扔进了汹涌的海水中。它消失在漩涡中，被深层逆流卷走，落在海底深处，永远地消失了。

"现在不需要天主教的东西了，"他说，"旅程基本结束了。"

十八

芬离开丹爱斯丁护理院时接到了甘恩的电话。从达尔摩海滩回来的路上，托尔莫德显得异常温顺，像只绵羊一样回到自己的房间，然后又任由护工为他脱去外套，带他去餐厅，始终没有说半句抗议的话。头一天他几乎什么也没有吃，但是现在他似乎胃口大开。在他狼吞虎咽地享用一盘羊肉土豆时，芬悄悄来到正午的阳光下。

他把车停在教堂街尽头，朝警察局的门前台阶走去，甘恩在那里等着他。东海岸的风狂暴寒冷，海水波澜起伏，幽暗衰败的卢斯城堡下春天的第一波绿叶沙沙作响。他们一起朝湾头走去，远远地看见渔船随着涌起的海浪高耸于码头之上。渔网、鱼篓等散放在鹅卵石上，斯托诺韦善良的人们在风中艰难行进，朝市中心走去。

他们经过一家咖啡馆，大型观景落地窗面朝着码头的船只，甘恩说:“那不是小芬利克斯吗？”

芬转过头，透过玻璃窗上的身影，看到芬利克斯和唐娜坐在店里的一张桌边，一张轻便婴儿床搁在他们之间。芬利克斯抱着女儿，用充满爱意的眼神凝视着她的蓝色小眼睛。小家伙也呆萌地看着父亲，粉嫩的小手抓住他的大拇指，就像罗比曾经抓住芬的一样。

芬顿时感到一种强烈的情感袭上心头，一种令他悔恨终身的情感，但是唐娜很快就扭头看见了他。她的脸红了，芬第一次看见她时，她就是这样。她扭回头，迅速告诉了芬利克斯。他惊异地抬起头来。芬看见他奇怪的眼神，是内疚？还是恐惧？无论是什么，很难区分，但是很快就消失了。他腼腆地笑了笑，对芬点头致意，芬也点了点头。这是一个很尴尬的时刻，他们在沉默中交流。

“你想进去吗？”甘恩问。

芬摇摇头，“不。”他向这对小情侣轻轻挥了挥手，继续朝湾头走去，甘恩小跑着跟上了他。芬脑中闪过一个疑问，为什么芬利克斯没去上学。

他们在赫布里底酒吧找到一个幽暗的角落坐下，甘恩点了两杯啤酒。落座后，他从夹克内兜里取出一枚A4大小的马尼拉纸信封，放到桌子上，“永远不要说是从我这里拿到这个的。”

芬把信封放进公文包，“拿到什么？”

甘恩咧嘴笑了，他们默默地喝了一会儿啤酒。最后甘恩轻轻地把杯子放在面前的杯垫上，说：“我大约半小时前接到电话，北方警队准备从因弗内斯派一位总督察过来启动谋杀案的调查。”

芬歪着头，“预料到了。”

“他可能还需要一周左右才能过来，上面似乎觉得处理一个五十年前的谋杀案并不是什么紧急的事。”他举起杯子又喝了一口，然后把杯子准确地放回到它留在杯垫上的圆印上，“他来了后，我就不能再向你透露任何信息了，麦克劳德先生。这很遗憾，因为我知道你是一个好警察，但是你离职实在是弊大于利。我肯定他们会叫你不要多管闲事。”

芬笑了，“毫无疑问。”他喝了一口酒，“结果会怎样，乔治？”

“其实，麦克劳德先生，在我看来，我们还有小一段从容的时间，也许可以趁着好阳光把草晒干。”

“比喻得不错，乔治，你有什么想法？”

“这样，长官，我想一大早就去哈里斯，去塞乐博斯村，查一查托尔莫德老人的家庭背景，看我能否搞清楚死者的身份。也让那些大陆人看看，我们岛上的警察并不差。”

“还有呢？”

“我的汽车发动机出了很严重的问题，至少，这是官方的解释。我想也许可以搭你的便车去。”

“哦，是吗？”

“是的。”甘恩喝了一大口，“你怎么想？”

芬耸耸肩，“我觉得马萨丽非常担心我查出事情的真相。”

“是的，这很正常，你曾经是一名很优秀的警察。”他再次把酒杯举向嘴唇，但随即又停下，“你……你和她在谈恋爱吗？”

芬摇摇头，避开甘恩的目光，“谈起了许多往事，乔治，但不是在谈恋爱。”他喝光了杯中酒，“你想什么时候出发？”

芬驱车沿着西海岸向回驶去，一路穿过巴弗斯、希亚德和戴尔，远处的地平线上黑色云团正在聚集。从后视镜中可以看见太阳向南斜照在黛青色的哈里斯山上。北部的天空仍然晴朗，一个个村庄的剪影矗立在阳光下。白色老房子的外墙上抹着粗灰泥，陡峭的人字形石板屋顶，高高的老虎窗，按照现代标准，完全抵御不了海岛气候的侵袭。

太阳斜照在沼泽地的东面，枯萎的衰草镶上了金色的光芒。他看见村民们三五成群地聚集在壕沟里，利用晴朗干燥的午后时间，挥舞长柄铁锹切割泥炭，堆叠在阳光下。

克罗斯荒凉而森严的教堂的阴影预示着他快到家了。

家？这里现在真是他的家吗？他不知道。在地球的这个角落，人们不仅要经受海风的肆虐，还要面对宗教的对抗。工业时代带来了新气象，然而当产业衰败，工作丢失，留下的不过是一片锈蚀的废墟。

他感到一切似乎比他的少年时代更萧条。政客们为了争取选票，花费数百万英镑抢救一种垂死的语言，获得一阵短暂的复兴，然后又进入衰退期。

但如果这里不是家，那哪里才是呢？还有什么地方的土地、气候和人们让他感到如此亲切呢？他感到很后悔，他从来没有带罗比来过这里，来到这片祖先的土地。

来到马萨丽家门口时，他停下车，看到屋内没人，又继续朝上开。经过他父母的小农场，然后翻过山脊，整个北部海岸线就呈现在了他眼前。他选择了左边一条路，朝老克罗伯海港开去。港口的绞车楼下有一条陡峭的水泥滑道，通往峭壁阴影下的一个小码头。卷绳和橙色的浮标覆盖在锈迹斑斑的成堆铁链上，捕捉虾蟹的笼子堆积在墙边。小渔船歪歪扭扭地挤成一团，被生锈的锚链固定住。他父亲曾经修复过的那只船的遗骸仍在其中，外皮已剥落，但仍然可以看见像他们的房子一样曾被漆成的紫色。这只船以他母亲的名字命名。虽然过去了这么多年，逝去的生命的痕迹仍然存在。

山顶的老白房子俯瞰着海港，苦乐参半的悲伤记忆挥之不去，仍然在衰败的墙壁间徘徊。在这所房子里他度过了大部分的成长岁月，性格孤僻的姨妈对这个孤儿并没有尽到应有的呵护之责。一所没有温暖和爱的房子。

窗户上玻璃还在，门紧锁着，原本是白色的墙壁因为潮气的侵蚀变成了黑色，门框和窗框都已生锈或腐烂。下面，沿着悬崖顶伸展的草地上，他儿时玩耍的地方，被遗弃的石头房子仍然像原来一样矗立着，两个山墙端，两面墙，没有屋顶，没有门，没有窗。曾把这个地方叫家的人最初为了美丽的海景而建造了它，却因为不堪忍受冬天北极狂风的肆虐，最终弃之若敝屣。他还能清晰地记得漫长而艰难的冬天。

一条长满草的小路向下通往一片鹅卵石海滩。悬崖四周黑色的岩石变成了橙色，布满了早已死亡的海洋生物遗骸、贝壳以及腐烂的海草。远处的海岬处有三个孤独的堆石标，自芬记事以来就一直矗立在那里。

其实，除了来来去去的人们留下的些微痕迹，这里什么也没有改变。

咆哮的风声中传来了隆隆的汽车引擎声，他转过头看见马萨丽开着雅特正靠边停车。她从车上下来，关上车门，双手深深地插进夹克口袋里，慢慢朝他走来。他们默默地站了一会儿，看着海湾西部沿着悬崖延伸的房子，虽然谁也没有说话，却感觉自然而舒适。她回过头看着海港上面被遗弃的房子。

"你为什么不修好你姨妈的房子？比你父母的房子条件可好多了。"

"因为我没有所有权。"芬哀伤地看了一眼那所无人看管的房子，"她把房子留给了某个动物慈善机构，她的典型作风。他们卖不掉，就任其颓败了。"他凝视着远处的海洋，"不管怎样，即使是我的，我也不可能再进去住了。"

"为什么？"

"因为那是个幽灵出没的地方，马萨丽。"他转过头，看见她皱着眉头。

"幽灵？"

"年轻时的芬以及他所有的不幸都在那里。姨妈下葬的那晚是我最后一次睡在那里，我当时发誓我再也不要待在那所房子里。"

她抬起一只手，用羽毛般轻柔的手指抚摸着他的脸颊。"年轻的芬，"她说，"我记得他。我第一次看见他时就爱上了他。他伤透了我的心。我从来都没有原谅过他。"

他迎着她的目光，甘恩的问题仍然在他的耳畔回响。风吹起了垂到她脸上的头发，一缕缕长长的柔软发丝像自由的旗帜飞扬。

历经岁月和生活的磨洗，她红润的面颊已有些暗淡，清秀的五官也略显硬朗，但是她浑身仍然散发出一种坚强、迷人的气息。在这个爱嘲讽、有趣而聪慧的女人身上，芬可以看到他童年时的那个小姑娘，他青春期的那个生机勃勃的少女。他曾经那样毫不在意地伤害过这个女人。然而，你永远也回不到从前了。

“我把从沼泽地里挖出的那个人的照片给你父亲看过，”他说，“我很确定他认识。”

她的手触电般地闪开，“那么是真的？”

“好像是。”

“我总希望是他们弄错了，把 DNA 的样品搞混了。”

“我给他看了圣克里斯托弗像章，他把它扔进了大海，”她眼中的惊愕显而易见，“他说是一个叫凯特的人给他的，他们都是天主教徒。”

现在，她瞪大了眼睛，不肯相信这一切，“他得了老年痴呆症，芬，事实上，他根本不知道自己在说什么。”

芬耸耸肩，也不太确定，但是他把担忧留给了自己。他说：“乔治·甘恩准备明天去哈里斯调查你父亲的家庭背景。他说我可以一起去。我应该去吗？”

她点点头，“是的，”然后又迅速补充道，“但前提是你想去，芬，如果你觉得有时间。我要考试，必须回格拉斯哥几天。虽然，上帝知道，我现在的状态根本不适合考试。”她犹豫了一下，“如果你能帮我留心照看芬利克斯，我会感激不尽。”

他点点头，风声填补了他们之间的沉默。远处海鸥正努力征服狂风和洋流，风携带着海鸥的鸣叫，追赶着海浪，在北部悬崖边的岩石间激荡。芬和马萨丽站在崖顶，风撕扯着他们的衣服。他们刚一张嘴，话音就被风吹走了。马萨丽挽着他的胳膊以站稳身子，他伸出手抚摸她的头发，触碰到脖颈柔软而冰冷的皮肤。她轻轻挪了挪脚步，靠他更近了，他几乎能感觉到她的体温。要吻她是多么容易。

远处传来了汽车的喇叭声，他们转过头，看见一个人从车窗里伸出手向他们打招呼。马萨丽也挥了挥手，“是麦克里奇夫人。”她说。那个美丽的瞬间消失了，和他们的话一起被风卷走。

十九

虽然这两座小岛分别叫路易斯岛和哈里斯岛，但其实它们是同一座岛屿，只是被一条山脉和一块狭长地段分隔开了。

开车向南，穿过北半岛平坦的沼泽地，道路迅速变得曲折起来，而且只剩下一股道，在最后消退的冰原切割出的岩石湖间蜿蜒穿行。

芬和甘恩驾驶着汽车一路翻山越岭，在风雨交加中终于进入哈里斯的地界，一座孤零零的房子矗立在破败的西弗斯湖畔。

从这里开始，沿着山腰开凿的道路突然变得陡峭起来，视野骤然开阔，下面星罗棋布的湖泊一览无余。

雨下得很大，雨刷也难以及时除去挡风玻璃上的雨幕，前方一片模糊。路边的羊群默默地聚在一起，散漫而挑剔地吃着石缝间的杂草。

突然间，就在他们通过一个狭窄的山口时，远处射过来一束金光，刺穿了弥漫在他们身边的紫黑色云团。这里是两种截然不同的天气的分界线。一路南下，峰顶聚集的阴云渐渐远去，南哈里斯高地展现在眼前。

道路绕过塔伯特港后向上攀升至悬崖顶端，从那里可以俯瞰塔伯特湖以及散布在港口周围鳞次栉比的房子，从斯凯岛和洛赫马蒂过来的渡轮缓缓驶进港口。在盛行西风的庇护下，这里的海面平滑如镜，反射出停泊在海湾的帆船桅杆的倒影。向东更远的地方，阳光在银白色的水面闪烁，海天一色。

他们到达悬崖顶端后，风景又发生了变化。花岗岩从绿色的山顶上凸显出来，层层叠叠的峭壁俯视着谷底，苍白的春日阳光照射在美丽的金色沙滩以及绿松石色的海面上。北部被暴风雨蹂躏的险峻山脊已经从视线和脑海中消失，他们打起了精神。

道路沿着海滩的堤道向前延伸，通往由一片房子和小农场组成的塞乐博斯村。芬向右拐上了狭窄的校园路，经过一辆废弃的红色卡车。一块破损的木牌插在两个腐烂的篱笆桩之间，警告人们不许带狗进入公共牧区。

坑坑洼洼的柏油路沿着芳草萋萋的山坡向上盘旋，最终，从沙质低地通向海滩的全景画面展现在眼前。春天的花朵在风中点头，白云徘徊在远处环绕着沙地的群山之间。无论多少次看过这样的美景，芬总是被深深打动。

学校远离村庄，由几栋灰色和黄色的建筑组成，还有一个与海滩毗邻的足球场。对于孩子的教育，很难想象还有比这里更具田园牧歌风情的校园了。

芬把车开进主楼前的小型停车场，五六个戴着安全帽的孩子正骑着自行车接受道路安全教育，在一位女老师的带领下，在红色交通锥间穿梭。

甘恩从车里下来，对那位女老师喊道："我们要找校长。"

“是女校长。”她大声回答，“在你右边的那栋楼里。”

右边的这栋楼涂着黄色粗灰泥，山墙端有一幅海底世界壁画。楼道里有一股粉笔和酸奶的味道，把芬带回到了他自己的童年。

女校长给学生们留下一道数学难题后带着两位来访者去了档案室。她很高兴能够告诉他们最让她的前任校长骄傲的事情是保留住了学校的档案，她本人非常渴望这个传统能够保持下去。学校的档案记录可以追溯到二战前。

这个三十五岁左右的女人很漂亮。她非常在乎自己的外表，头发梳到脑后绾成一个髻，一缕栗色头发每当散落下来都被她及时捋到耳后。她穿着牛仔裤和网球鞋，T恤外面套着一件开襟羊毛衫。与曾经教过芬的那个严肃的中年女教师形成了鲜明对比。她并没有花太长时间就找到了托尔莫德可能在这里上学的那个时期的信息。

她在四十年代中期至五十年代早期的资料中翻阅着。“是的，”她终于指着档案簿发黄的页面说，“他在这里，托尔莫德·麦克唐纳，一九四四至一九五一年间，他是塞乐博斯小学的一名学生。”她涂有粉色指甲油的手指在已褪色的铜版印刷目录上滑动，上面记录着每个孩子日常上学的情况，“按时上学放学。”

“他可能有什么兄弟或堂表兄弟也上这所学校吗？”甘恩问道。

她笑了，“当然可能有，探长，但是多年以来有太多的麦克唐纳在这里上过学，几乎不可能找出到底是哪一个。”

“离开这里后他可能去什么学校？”芬问道。

“大多数可能去塔伯特上中学。”她微笑着，深深地看了他一眼。他记起马萨丽告诉过他学校里所有的女孩有多么喜欢他。他从来没有意识到。

“你有他家的地址吗？”

“我可以找出来。”她又笑了，消失在另一间屋子里。

甘恩转向芬，嘴角闪过一丝微笑，也许是嫉妒，也许是遗憾。“我就从来没有受到这么好的待遇。”他说。

麦克唐纳家的小农场坐落在距离海滨大约半英里远的地方，在一块高地上，可以看到路斯肯特尔和萨拉索塔的沙滩。一块细长的耕地从农舍一直延伸到路边，现在只剩下腐烂的篱笆桩和几乎难以辨别的农田，多年的耕种和放牧改变了农田的结构。

但是再也没有人在这里耕种和放牧了。这片土地已经退化，被遗弃太久，听任自然的侵蚀。农舍本身也只剩下一具躯壳，屋顶几年前就已经倒塌，北面山墙上的烟囱只剩下一堆黑色碎石。曾经夯实的地面——托尔莫德的母亲每天都要打扫的地方，现在长满了齐膝高的荒草和荆棘。

甘恩把双手深深地插进兜里，凝视着下面辽阔的金色沙地以及远处蓝绿色的浅滩，“这是个死胡同。”

但是芬的目光越过山坡朝一个男人望去，这个人正在一处新建的白色平房旁码放泥炭。“走吧，”他说，“我们去看看邻居是否了解情况。”他大步跨过齐膝的荒草。一抹抹葱绿从冬天的衰草中钻出来，紫色的、黄色的花朵高高昂着头，预示着春天的到来。草丛像水面一样随风起伏涌动，甘恩几乎是小跑着跟上去。

邻居家的农舍似乎刚刚翻修一新，门窗都安装了双层玻璃，一辆崭新的红色 SUV 停在车道上。码泥炭的男人看到有人过来，停下了手中的活。他有一头蓬松的浓密灰发，一张只有长期在户外工作的人才会有的饱经风霜的脸，但他的口音却不是本岛的。他用英语回答着芬的盖尔语问候："很抱歉，我不会讲盖尔语。"

芬伸出手，"没问题。我是芬·麦克劳德。"上气不接下气的甘恩也赶过来了，他指着甘恩说，"这是探长乔治·甘恩。"

男人与他们一一握手，但似乎很警惕，"警察到这里来做什么？"

"我们想了解曾经住在隔壁的这家人的情况。"

"哦，"男人放松了一点，"麦克唐纳家。"

"是的，你认识他们吗？"

他笑了，"很遗憾，不认识。我在格拉斯哥出生长大的，这里是我父母的家。他们在五十年代末期搬到了大陆，我是在那里出生的。母亲可能是在这里怀上我的，只是我不敢肯定。"

"但是他们可能认识这里的邻居。"芬说。

"啊，是的，当然，他们认识这里的每一个人。我小时候听到过许多故事，我们经常到这里来过暑假，但是六十年代末父亲去世后就不再过来了。我母亲五年前去世了。我是在去年被裁员后才决定回到这里修缮老屋的，看看自己能不能做一个合格的农民。"

芬环顾四周，赞许地点点头，"你干得不错。"

男人又笑了，"一点裁员补偿金足够我维持很长时间了。"

甘恩问："麦克唐纳家的事你知道一些吗？"

男人咬着牙深吸了口气，“不，没有第一手信息，虽然刚开始的一两年我们回来度假时他们还在这里。后来不知道发生了什么家庭悲剧，有一年我们回来时他们已经不在了。”

甘恩若有所思地挠了挠下巴，“你不知道去哪儿了？”

“谁知道？大清除运动后许多人追随他们的祖先去了加拿大。”

芬感到了风中的寒意，把夹克的拉链朝上拉了拉，“他们一家不会是天主教徒吧？”

这一次男人哈哈大笑起来，笑声盖过了风的咆哮，“天主教徒？这里？你一定是在开玩笑，这里都是长老派的清教徒。”

芬点点头，这似乎是不太可能的，“最近的教堂在哪里？”

“萨拉索塔的苏格兰教堂，”他转身指向南面，“只有五分钟路程。”

“我们在这里做什么，麦克劳德先生？”甘恩一脸愁容地站在山顶的碎石停车场上，身子缩在厚实的夹克里，鼻子冻得通红。尽管太阳时不时像脱缰的野马一样照耀着山和海滩，却几乎没有什么暖意。南风已经变成了北风，把北极圈的寒流无情地吹到他们已经冻僵的脸上。

萨拉索塔教堂傲然耸立在山上，下面是一条带状草坪，上面布满了墓碑，标志着一代代礼拜者最后栖息的地方。芬想：这是把你带向永生的地方。越过萨拉索塔黄色的沙地，远山是被玷污的附有阴影的蓝色，天空掠过变幻莫测的阳光，无休无止的风就像是忠实的信徒在赞美上帝。

这座教堂跟克罗伯教堂一样朴素，没有任何装饰。芬抬头看着它，说道："我想去看看里面是不是有一条船。"

甘恩一脸困惑地皱起了眉头，"一条船？在教堂里？"

"是的，一条船。"芬试着推了推门，门开了。他经过前厅，走进大堂，甘恩紧跟着他。当然没有船，只有一个山毛榉木做的祭坛，垂挂着紫色的布帘，上面是一个高高的讲道台。牧师就是在这里，站在这个尊贵的比众信徒更接近上帝的地方，传达上帝的旨意。

"是什么让你认为教堂里会有一条船，麦克劳德先生？"

"托尔莫德·麦克唐纳说起过教堂里有一条船，乔治，一个渔民建的教堂。"

"那一定是他编造的。"

但是芬摇摇头，"我不这么认为。马萨丽的父亲已经糊涂了，情绪很糟，言语和记忆都有问题，无法清晰地表情达意。也许他在有意或无意中隐藏着什么，但是我认为他不会撒谎。"

外面，风更加猛烈无情了，他们从教堂走出来时感到了强风的冲击。

"整个哈里斯岛差不多是一个新教岛，是不是，乔治？"

"当然是，麦克劳德先生，我猜可能会有一两个天主教徒，就像是从羊圈里跑出来迷了路的羊羔，但是绝大多数在南部岛屿上，"他咧嘴笑了，"那里天气更好，更有趣，"他压低了声音，"我听说超市甚至会在星期天卖酒给你。"

芬笑了，"我想在路易斯岛上是看不到这样的景象了，除非地狱冻结了，乔治。”他打开车门，“现在去哪里？”

“我觉得应该回塔伯特。我想搞到一份托尔莫德的出生证明。”

出生登记处在西塔伯特的地方议会办公楼里，以前是学校的宿舍，是一栋建于二十世纪四十年代的浅褐色平顶楼房，当时来自岛上各个角落的中学生都在这里寄宿。

芬和甘恩带着一阵冷风走了进去，一位正埋头工作的老年妇女抬起了头。

“关上门！”她说，“每扇破窗户都透着风，门再敞开更是让人受不了！”

乔治·甘恩立即满怀歉意地关上了身后的门，从厚夹克的兜里掏出证件。老妇人透过半月形的眼镜仔细查看了一下，然后从镜片上方审视眼前这两个人，“我能为你们做什么，绅士们？”

“我要一份出生登记证明。”甘恩告诉她。

“可以，但不要以为因为你是警察就可以免费得到，十四英镑一份。”

甘恩和芬相视而笑。

芬歪着头读她桌子上的名牌，“你在这里工作很久了吗，麦考利夫人？”

“很多年了，”她说，“但是我五年前就退休了，我只是在假期替人代几天班。你们要看谁的出生证明？”

“托尔莫德·麦克唐纳，”甘恩说，“塞乐博斯村的，大概生于一九三九年。没错，就是一九三九年。”

“哦，是的……”麦考利夫人干练地点点头，长满老年斑的手指咔嗒咔嗒地敲击着键盘，眼睛盯着电脑显示屏，“在这里，一九三九年八月二日。”她抬起头，“你们还要一份死亡证明吗？”

接着是一阵沉默。风似乎刮得更猛了，从每条缝隙钻进来，发出悲鸣般的声音，像是唱给亡者的挽歌。

麦考利夫人并没有注意到她的话所产生的影响力，“这是一件可怕的事，甘恩先生，我记得很清楚，那时他才十几岁，一个真正的悲剧。”她的手指再次像蜘蛛一样在键盘上敲击，“在这里，死于一九五八年三月十八日。你要打印一份吗？如果要的话，需要再支付十四英镑。”

芬开车回到萨拉索塔教堂只花了十五分钟，在斜坡底端的墓地走了不到十分钟就找到了托尔莫德的墓碑。托尔莫德·麦克唐纳，生于一九三九年八月二日，唐纳德和玛格丽特的爱子，一九五八年三月十八日命殒巴斯特尼格海湾。

花岗岩石块上长满了青苔，甘恩坐在旁边的草地上，弓身抱住双膝。芬站在那里凝视着墓碑，仿佛如果他盯的时间足够长，上面的文字就会改变。托尔莫德·麦克唐纳已经在地下长眠了五十四年，去世时年仅十八岁。

从出生登记处开车回来的路上，两人一句话也没说，但是现在甘恩抬起头，说出了自从麦考利夫人问是否要一张死亡证明时起就一直让两人困惑的话：“如果马萨丽的父亲不是托尔莫德·麦克唐纳，麦克劳德先生，那么他究竟是谁？”

二十

我要在这里坐一会儿。女士们在活动室做编织，这种事不是男人做的。对面椅子上的那个老男孩在我看来有点像个老女人，他应该也坐到那里编织去！

玻璃门外边有个方形的花园，要是能过去坐坐就好了。我看见了一条长椅。那个老王八蛋总是盯着我，真让人受不了。我还是出去吧。

啊！外面好冷，长椅也是湿的。真倒霉！太晚了，但是一切都会干的。我看到了一方天空，云朵飞快地飘过。这里虽然冷，却是个很好的藏身之处。

“嘿，爸爸。”

她的声音吓了我一跳。我没有觉察到她进来。我刚才睡着了吗？好冷。

“你为什么坐在雨中啊？”

“没有下雨，”我告诉她，“只是飞溅的海浪。”

“来吧，我们最好进去，擦擦你身上的水。”

她想让我离开甲板到里面去，但是我不想回到那间吸烟室，那里甚至比统舱还差劲，所有的人都在抽烟，还有一股走气啤酒的臭味。如果我必须坐在那些破旧的皮革长椅上，没有可呼吸的空气，我会再次呕吐的。

啊，这里有张床，我没想到船上会有客舱。她想让我脱掉湿裤子，但是我可不想听她的。我推开她，“住手！”这成何体统。一个男人是有尊严的。

“啊，爸爸，你不能穿着湿衣服坐在这里，你会得重感冒的。”

我摇摇头，感到脚下的船在晃动，“我们已经在海上多久了，凯瑟琳？”

她惊愕地看着我。

“我们在什么船上，爸爸？”

“皇家邮轮大剑号，这个名字我永远也不会忘掉，这是我乘坐的第一艘船。”

“我们要到哪里去？”

天知道？现在天几乎黑了，我们很久以前就把大陆甩在后面了，我从来不知道苏格兰有这么大，我们已经走了好几天了。“在酒吧里我听到有人在谈论比格·肯尼思。”

“是你认识的什么人吗？”

“不，我从来没有听说过他。”

她现在坐在了我旁边，拉起我的手。我不知道她为什么要哭。我会照顾她的。我会照顾他们两个。我年龄最大，所以这是我的责任。

“哦，爸爸……”她说。

帕特里克从桥上掉下去后的第二天牧师来了。女总管让我们收拾行李，这并不是说我们有很多东西。我们在台阶顶上等着他，一辆黑色大轿车开过来。我、彼得，还有凯瑟琳。其他孩子都去上学了，这个地方像被遗弃了般荒凉。没有安德森先生的影子，我们再也没有见过他。我一点也不为此难过。

牧师是个小个子男人，比我还要矮一英寸左右，头顶几乎完全秃了，但是其他地方的头发留得很长，齐刷刷地梳向一侧，还抹上了一层发油或发胶之类的东西。我猜他以为这会隐藏他已经秃顶的事实，但实际上看起来很愚蠢。我从此再也不相信那些把头发侧梳的秃顶男人，他们完全没有判断力。

他的样子并不令人钦佩，似乎还有点紧张。陪同来的两个修女看起来可怕得多，两个中年女人，都比他高，身穿黑色裙子，头戴白色头巾，鹰隼般的眼睛，严厉的表情，令人望而生畏。其中一个坐在副驾驶座位上，牧师开着车，另一个与我们一起挤在后座，紧挨着我。我被她吓坏了，忧心忡忡，生怕压着她瘦骨嶙峋的身体，所以我几乎没有注意到迪恩孤儿院是什么时候在我们身后消失的。我最后转过头时，只是看见了空空的钟塔很快消失在树后。

牧师的车一路颠簸，隆隆驶过鹅卵石街道、树木环抱的圆形十字路口、路边排列着破旧公寓的宽阔林荫道。堆在路边的雪又黑又脏，还没有化尽。我和彼得谁也不敢说话，默默地坐在车里，看着陌生世界从眼前倏忽闪过，冰冷而混沌。

我不知道我们要被带往哪里，我想是在这座城市的南部什么地方。我们到达一座大房子前，房子后面是光秃秃的树木和草坪，落叶躺在雪中。房子里面很温暖，比迪恩孤儿院好多了。我还从来没有走进过这样的房子，优美的木制装饰和枝形吊灯，植绒壁纸和闪亮的地板砖。我们被引领从铺着地毯的楼梯上楼，我和彼得住一个房间，凯瑟琳住另一个房间。房间里散发着丝绸被单和玫瑰香水的味道。

“我们要去哪里，约翰尼？”彼得已经问过我好几次了，但是我没有答案给他。我们似乎没有人的基本权利，只是私有财产。我们没有父母，没有家。你可能会以为我们到现在已经习惯了。但是，不，永远不会。只需要看看四周，生活总是会提醒你，你们和别人不一样。我还记得母亲的手指抚摸我脸庞的感觉，她温暖的嘴唇亲吻我额头的感觉。她对我轻柔耳语，说一切都会好起来的。可是她已经离开很久了，我心里明白，一切不会好起来的。但是我不会告诉彼得这些。

“等等就知道了，”对于他的再次发问，我这样回答，“不要担心，我会照顾好我们的。”

接下来的一天我们被关在房间里，除了上厕所外，不能出去。那天晚上我们被带到楼下一间大餐厅，那里靠墙摆放了许多彩色图书，一张擦得锃亮的长餐桌从一头的凸窗一直通到另一头的双扇门。

其中一头有三个座位，带我们下来的修女说：“不要把手指放在桌子上。如果我看到一点点印迹，你们就全都等着挨打吧。”

我几乎不敢喝汤了，生怕会洒到桌子上。与汤搭配，我们每人有一片奶油面包，吃完后还有一片火腿，搭配一份冷的煮土豆。装水的玻璃杯底子很厚，我们喝完水后排好队回到楼上。

那是漫长而不安的一夜，我和彼得挤在一张床上。他钻进被子几分钟后就睡着了，但是我很长时间都不能入睡。灯光从门底的缝下透进来，偶尔还能听见从远处传来的声音，仿佛是有人在这栋房子深处的某个地方低声密谋着什么。不知过了多久，我的意识终于飘进浅浅的睡眠中。

第二天早上，第一缕曙光刚刚升起，我们就被叫起，再次坐进黑色轿车。没有洗漱，更没有吃早餐。这一次我们走的是另外一条路，穿过了市中心。我不知道我们在哪里，直到看见右前方的城堡以及高岗处拥挤的房子。我们沿着一条陡峭的坡道来到了站前广场，广场尽头火车正嘶嘶喷着蒸汽准备启动。修女带领我们快速穿过人群，几乎是一路小跑。出示车票后，我们跳上车厢，最终在一个能容纳六人的小隔间找到了座位。一个穿黑色西服、戴圆顶礼帽的男人也走了进来。他摘下礼帽搁在膝盖上，扭捏地坐在那里，似乎很不习惯与修女同处一室。

这是我第一次坐火车，我兴奋异常。看得出彼得也是。我俩把脸紧贴着车窗，注视着外面不断向后退去的风景。在经过无数的站台、隧道、乡村和城镇之后，火车最终在格拉斯哥王后大街的站台停下，轮毂与铁轨摩擦发出的尖厉声在我们的耳畔回响。

我好几次看向凯瑟琳，试图与她目光相遇，但是她决意不理我，只是盯着自己放在膝盖上的双手，甚至没有看一眼窗外。我不知道她到底在想什么，但是我感觉那是恐惧。虽然还是小小年纪，可我已经知道在这个世界上女孩比男孩有更多害怕的东西。

我们在王后大街等了近两个小时才登上了另一列火车。这次火车把我们带向北方，然后往西，途经我见过的最壮丽的乡野：白雪皑皑的群山，横跨滔滔江水的大桥，广袤无垠的森林，飞越峡谷和湖泊的高架桥。我还能记得在中途的什么地方看到一间很小的白房子，四周是高耸的山峰。我很好奇什么样的人会住在那种地方，简直就像住在月亮上一样。

我们到达奥本西部海港时天已经黑了。那是一个美丽的小镇，房子被漆成了不同的颜色，规模庞大的渔船船队停泊在码头。这是我第一次看到大海。海湾被群山环绕，一座石砌大教堂矗立在海滨，面对着被落日染红的大海。

我们在离教堂不远的一所房子里过夜，那里有另一个牧师，但是他不和我们说话。一个管家把我们带到阁楼上的两间房里，房间十分狭小，倾斜的屋顶上开着天窗。在火车上我们吃了一天的三明治，到达这里后喝了一碗汤。我躺在床上，饥饿让我无法入睡。我能听见肚子咕咕叫的声音，不知彼得能不能听见，不管怎样，他像往常一样，睡得像个婴儿。但是我无法把凯瑟琳从我的脑海中赶走。

一直等到午夜，当屋里的灯都熄灭后，我才悄悄下了床。我在门前站了很久，直到确定没有一点声音才打开门，溜进了过道。凯瑟琳的房间只有几步远，我在她的门外犹豫着，静静聆听从门里传出来的悲泣声，心中升起一种不祥的预感。凯瑟琳虽然小小年纪，脾气却倔强得很。如果有什么能让她落泪，那一定是非常糟糕的事。我认识她这一年来从未见她哭过，除了那次在迪恩孤儿院屋顶的月光下，但是我确定她当时并不知道我注意到了她的眼泪。

我扭开门把手，迅速溜了进去。床头灯几乎立即就亮了，凯瑟琳坐在床上，背靠床头板，双膝聚拢在胸前，右手握着一只手镜，像武器一样高高扬起，一双黑眸充满了恐惧，脸色则如被单般惨白。

“看在上帝的分上，凯瑟琳，你要做什么？”

看到是我，她如释重负地放下镜子。我可以看见她的下嘴唇在颤抖，灯光照在她布满泪痕的脸颊上。我走过去，轻轻坐在她的旁边。她转过身，把脸埋在我的肩上抽泣着，像个孩子一样抱着我。我伸出手臂，拥着她的肩。

“嘿，姑娘，没事，我在这里。什么事情让你这么伤心？”

她过了好久才开腔：“那个肮脏的臭牧师！”

我皱起眉头，没太理解她的话。我有多么天真。“那个把头发梳向一侧的秃子？”

她点点头，脸仍然埋在我的肩上，“他昨天晚上跑到我的房间，说考虑到我们的处境，我可能需要一点安慰……”

“然后？”

“然后什么？”

“发生了什么事？”

她抬起头，难以置信地看着我，“你他妈的认为呢？”

我突然间明白了。

一开始我感到很震惊，一个受人尊敬的牧师怎么可能做出那样的事。然后是愤怒，继而产生了一脚把他踢飞的冲动。我觉得，如果当时在现场，我会杀了他。

“啊，天哪，凯茜！”但最后我只说出这句话。

她再次把脸埋在我的肩头，“我刚才以为又有人来骚扰了。我好害怕，约翰尼，我不想让任何人再碰我。”

“没有人会再碰你了。”我说。此时怒火完全吞噬了我。

那一整夜我都和她坐在一起，我们没有再说话。大约一小时后她终于进入梦乡，身体死沉死沉地斜靠在我身上。

我们再也没有提起那件事。

第二天早上，皇家邮轮大剑号要离开大码头。修女带着我们穿过小镇，来到渡轮码头的等候室。我拎着和彼得共用的硬纸板小行李箱。凯瑟琳则漫不经心地把她的帆布手提旅行袋甩在肩上，好像坐火车和渡轮不过是一件再寻常不过的事。

到了码头我才意识到我们要去坐船，而修女不和我们一起走。这有点让我们惊讶。这两天，修女尽管冷若冰霜，却给予我们一种安全和方向感。想到即将踏上这艘散发着燃油和咸水味道的大船，只有我们这几个孩子，不知道要往哪里去，我的心中充满了莫名的恐惧。

一个修女一言不发地远远站在一边，另一个让我们排好队，她的脸似乎变得柔和些了，自打从迪恩孤儿院接上我们后就没有这样柔和过。她几乎笑了，我看见了她眼中某种近乎怜悯的东西。

她蹲下身体，从裙底抽出三张约九英寸乘六英寸大小的卡片，每张上系了一根吊绳。卡片上用粗黑体字潦草地写着名字，我和彼得的两张上面写着“吉利斯”，凯瑟琳那张上面写着“欧亨利”。

“你们下船后，”她说，“把卡片挂在脖子上，在码头等着，会有人来接你们。”

我终于鼓足勇气问出了彼得这两天一直问个不停的问题：“我们要去哪里？”

她的脸色阴沉下来，仿佛一片刚从头顶飘过的云在脸上投下了阴影，“这个不重要，你们只需要记住不要在甲板上玩，海上风浪大。”

她递过船票，然后站起身，带着我们穿过人群来到码头，经过陡峭的踏板，来到甲板上。大剑号有一个红色大烟囱，顶端有一圈黑色条纹，救生艇绑在船尾两侧的铰链上。人们聚集在围栏处，汽笛鸣响时，他们互相推挤着，纷纷与亲朋好友挥手告别。突突响的引擎声从甲板传过来，我们的身体也随之摇摆，但是两个修女没有等着和我们挥手。她们向码头大楼走去时我看见了她们的黑裙和白帽。我常常想，她们之所以背对我们，是因为她们无法面对我们，害怕内心深处什么地方某种埋藏很久的人性会刺痛良心。

船从海湾灰色的海水中滑出，后面留下一道浅绿色的尾巴，海鸥绕着桅杆盘旋鸣叫，犹如被卷进风中的白纸片。我的感觉是无尽的苍凉和孤寂。我看着陆地向后退去，第一次意识到了海浪的汹涌，群山的绿色渐渐变得模糊而遥远，然后彻底消失。我们能看到的一切不过是起伏的海浪，对于要去哪里，什么时候到达，到达后等待我们的是什么，我们一无所知。

我是在后来的岁月中了解到大清除运动的。十八和十九世纪，那些不在本地生活的地主在伦敦政府的鼓励下，为了给他们的羊群腾地方，是如何把人们从土地上清除出去的。成千上万的佃农被驱逐，被迫离开家园，登上把他们带往新世界的船。许多人在出发前就已被出卖，几乎是当作奴隶出卖。我现在明白了，当他们看见自己的家园和国家消失在雾霾中，而前方除了汹涌的大海和无望的未来时，他们是什么样的感受。

我看着弟弟，他紧靠着栏杆，目不转睛地看着我，带着盐味的风拉扯着他的衣服和头发，他的无知和天真几乎要让我嫉妒了。他的神情几乎是愉快的，他没有什么好害怕的，因为他知道无论如何，他的哥哥会照顾他。有生以来第一次我几乎被这种责任压碎。

凯瑟琳可能也看见了。我们四目相对，她的嘴角微微漾起了笑意，手轻轻滑进我的手中。我无法描述这只小手带给我的安慰和温暖。

我们很快吃完了修女留下的一盒三明治，但不到一个小时就全吐出来了。陆地已不见一丝踪迹，风狂吼着，海潮汹涌，这艘刷着黑白两色油漆的大船乘风破浪，喷溅的水花，被风带走，淋湿了冒险跑到甲板上的人。

我们在水淋淋的窗户前找到几个座位，轮流跑到厕所呕吐。乘客们抽着烟，喝着啤酒，用我们听不懂的语言说话。为了让人听清楚，他们扯高了嗓门，试图盖过大剑号的引擎声。

有时我们可以看见远处一些小岛模糊的轮廓，但很快就消失在海浪中。每一次我们都猜想那是否就是目的地，绝望地盼望这个噩梦快点结束。但是没有，看起来似乎永远也不会结束。我们忍受了一个小时又一个小时。风，雨，大海，呕吐，吐到除了绿色的胆汁什么也吐不出来。我不确定我这一生还有比这次更痛苦的经历。

大剑号是一大早起航的，现在天快黑了。谢天谢地，大海变得平静了一些，即将到来的夜航有望变得平稳些。这个时候我听到有人在大喊，说是可以看见比格·肯尼思了，这一次说的是英语，大家都兴奋地冲向甲板。

我们也跑过去，以为会看到一个叫肯尼思的人，但是如果他在人群中，我们不可能分辨出来。很久以后我才知道肯尼思是山名，这座山庇护着下面的海港，透过薄雾，我们第一次看到海港闪烁的灯光。

陆地在黑暗中升起，沿着地平线有一排明亮的银色灯光。这一天结束了。无论这是什么地方，这就是我们的目的地，乘客们充满了期待。

广播里传来一个声音："即将下船还没有买票的乘客请到乘务室来一趟。"随着一串叮当的铃声，轮船的汽笛发出深沉而响亮的鸣叫，靠岸了。水手们拿着拖把和水桶，洗刷着船板，乘客们收拾好行李聚在一边看着，等待踏板放下。

我沿着陡峭的坡面向船下走去，彼得在我前面，凯瑟琳在我后面。饥饿、恐惧以及获得解放的感觉混杂在一起，使我的双腿颤抖。当双脚踏上坚固的地面时，我竟然感觉有些不习惯，身体仍然随着船的节奏摇晃。

人群渐渐散去，奔向巴士和轿车。黑暗笼罩着群山，我们按照修女的指示，把小卡片取出来挂在脖子上，等待着，等待着。身后码头的灯光开始熄灭，我们投在地上长长的身影消失了。偶尔有一两个人好奇地看我们一眼，随即匆忙离去。现在码头上几乎没有人了，我们只能听到渡口水手们的声音，他们准备在码头过夜。

我们孤零零地站在黑暗中，我感到一种不可名状的沮丧。黑色的海水在海港安全的臂弯中激荡，冲刷着锚柱。远处旅馆的灯光看起来温暖诱人，但却不属于我们。

我可以看见凯瑟琳苍白的脸。她在黑暗中望着我，“你觉得我们该怎么做？”

“等一等，”我说，“修女说过，有人来接我们。”

我不知道从哪里找到的信念，要相信修女的话，但这是我们唯一的希望。如果不是真的，为什么他们要让我们漂洋过海来到这么遥远的地方，还说有人来接我们？

这时，黑暗中出现一个身影，急匆匆地沿着码头朝我们走过来。我不确定是应该感到轻松还是害怕。是一个女人。她走近了，可以看出她大概五十岁的样子，头发堆在一顶墨绿色的帽子下，长长的羊毛外套紧扣着，一直扣到了脖子。她戴着黑手套，脚蹬长筒靴，挎着一个亮闪闪的手提包。

走近我们时，她放慢了脚步，带着一丝惊愕的神情，弯腰看了看我们挂在脖子上的卡片。看到凯瑟琳卡片上的欧亨利名字时，她紧锁的眉头展开了。她上下仔细地打量着凯瑟琳，伸出一只手捏着她的下巴，把脸转向一边，然后是另一边，接着检查她的两只手。她几乎都没有看我们一眼。“好，你没问题。”她说着拉起凯瑟琳的手准备离开。

凯瑟琳不想走，挣扎着向后退。

“来吧，”那女人大叫着，“你现在是我的了，我们叫你做什么你就要做什么，否则有你好果子吃。”她紧紧拽住凯瑟琳的手臂。凯瑟琳回头看着我和彼得，我永远也忘不了小凯茜绝望的眼神。那时，我真的以为，我再也见不到她了。我想那是我第一次意识到自己爱上了她。

“凯瑟琳要去哪儿？”彼得问。然而，我只是摇摇头，一句话也说不出来。

我不知道我们在那里站了多久。我们等啊等，天越来越冷了，我的下巴一直抖个不停。我可以看见旅馆酒吧晃动的人影，那里恍如另一个世界，一个不属于我们的世界。突然间，码头被两束灯光照亮，一辆小货车朝右边拐过来，停在几码远的地方。我们就像两只即将被捕获的兔子，暴露在车头灯的光束中。

车门打开，一个男人走到灯光中，巨大的影子笼罩了我们。灯光在他后面，我几乎看不清他，但是我知道他是一个大个子，穿着蓝色工装裤和靴子，一顶布帽子低低地压在前额上。他朝我们走了两步，看了看我们挂在脖子上的卡片，咕哝着。我可以闻到他烟酒混合的口气。

“上车。”他只说了这一句话。我们跟着他绕到汽车的一侧，他打开车门让我们上去。“快点，已经够晚了。”车里面是绳子和渔网，还有橙色的浮标，散发着烂鱼味的旧木箱，鱼篓和工具包，一只死羊，我是过了一阵子才意识到那是一只死羊的。本能的恐惧让我缩紧了身子，然而彼得似乎并不害怕。

“它死了，”他说着，伸出一只手摸着羊肚子，“还是暖的。”

车厢里没有座位，我们坐在地板上，与死羊和渔具等为伍。小货车在单行道上颠簸前行，我们的身子也随之摇晃不定，骨头很快像散了架般酸痛。远处，平坦的沼泽地被月光镀上了一层银辉。

最终，我们再次看见了大海，嗅到了大海的味道。月色下的大海波光粼粼，偶尔还能看到从山坡农舍的窗户透出来的灯光。

石砌的码头防波堤长长地伸进静静的水中，一只小船随着波涛轻轻起伏，一个男人坐在操舵室抽烟，我后来知道他叫尼尔·坎贝尔。戴帽子的大个子把车停下，叫我们下车，尼尔走出来迎接。

两个男人交谈着，大笑着，但是我不知道他们在说什么。我们被带到船上后，小船随即穿越月光照耀的海峡，朝一座锯齿状的小岛驶去，隐约可见的山坡上点缀着奇怪的灯光。只用了大约十分钟就到了。狭窄的水道一侧是一条石头砌成的防波堤，摇摇欲坠的样子，通往小小的海湾。我们爬上码头。我可以看到峡湾两侧的房子，低矮的石屋顶上盖着一层草，我后来才知道那叫茅草屋顶。潮水已经消退，沿岸全是黑色和金色的海草。

小船沿原路返回去了。“跟着我。”大个子说。我们小跑着跟在他后面，沿着被踏平的环海路，来到山坡上一条通往茅草屋的石头路上。小屋的木门吱呀一声开了，昏暗的房间里有一半堆满了东西，我有生以来第一次闻到了泥炭烟的味道。屋梁上低低地挂着一盏煤油灯，发出昏黄的光，最靠里挨着墙有一只黑色铸铁炉子，炉门打开着，一堆燃烧的泥炭发出灼热的红光。泥土地面上撒满了沙，厨房、起居室和餐厅三合一，一张大桌子立在房屋中间，一个碗柜靠着后墙，两扇小窗分别位于门的两侧。一个舌榫状的走廊通往三间卧室，走廊两侧支着木条，挂着衣服和工具。没有厕所，没有水龙头，没有电。我们就好像在时光中穿梭，从二十世纪回到了中世纪。

我们走进去，一个穿着深蓝色印花衣服、系着白色长围裙的妇女从火炉那边转过头来。很难说她有多大年纪。她的头发钢丝般拢到后面，用小梳子别着。但是她的脸并不苍老，当然没有皱纹，虽然她并不年轻。她打量了我们良久后说：“坐在桌子边，你们肯定饿了。”是的，我们饿了。

男人也坐下来，脱掉帽子。我们第一次看清他的脸，一张瘦削而冷峻的脸上长着一只大鹰钩鼻子，他的手像铁铲，指关节上长着汗毛，从袖子底下露出的胳膊上汗毛更加浓密，头发却很稀疏，因为在帽子底下出汗而成卷地贴在头顶。

女人把四个热气腾腾的盘子放到桌上，肉汁中漂浮着某种肉和油脂，土豆煮得稀烂。男人闭上眼睛用我们听不懂的语言咕哝着，然后一边吃饭一边用英语告诉我们："我叫唐纳德·谢默斯，这是我的妹妹，玛丽-安妮，你们叫我们吉利斯先生和吉利斯小姐。这是我们的家，现在也是你们的家，忘掉你们来自哪里，那是历史。从现在起，你俩分别叫唐纳德·约翰·吉利斯和唐纳德·彼得·吉利斯。如果你们不按我们说的做，我敢断言你们会后悔来到这个世界。"他往嘴里送了满满一叉子食物，一边嚼着，一边瞥了一眼妹妹——她一直默不作声，然后又看着我们说，"我们在家里讲盖尔语，所以你们最好快点学会，就像那些在英格兰法庭上讲盖尔语的可怜人一样。如果胆敢在我面前说一个英语单词，你们会后悔莫及，明白吗？"

我点点头，彼得看了我一眼，然后也点点头。我不知道盖尔语是什么，或者说不知道怎么可能用这种语言讲话，但是我没有反驳。

我们吃完后，他递给我一把铁锹，说："你们上床前要去解个手，可以尿到外面的草上，但是如果要大便，可以挖个坑，不要靠房子太近，记住了。"

于是我们走进黑夜中。起风了，云朵快速飘过浩瀚的天空，月光时隐时现，在山坡上翩翩飞移。我带着彼得远离房子，来到一个面朝大海的开阔地，开始挖茅坑，思考着如果下雨该怎么办。

"你们好！"风中传来的微弱声音把我们两个都吓了一跳。我回过头，惊讶地发现凯瑟琳站在黑暗中朝我们咧嘴笑着。

我激动得说不出话来，"怎么……"

"我看见你们坐着小船过来的，比我晚了大约半小时。"她回头指着山坡说，“我就住在那里，和欧亨利夫人在一起。她说我现在必须改名叫凯特，拼写很有趣，C-E-I-T，但是发音和凯特（Kate）一样，这是盖尔语。”

“凯特。”我说。我喜欢这个名字的发音。

“在这里他们好像把我们叫 homer，指的是该死的教会从大陆那边扔过来的孩子，在这个小岛上有几十个。”她的脸上闪过一丝忧伤，“我以为我从此就失去你们了呢。”

我咧嘴笑了，“你可没那么容易甩掉我。”还有什么比再次见到她更让我开心的事呢。

“爸爸，你必须把裤子脱掉，全是湿的。”

是的！一定是在船上就湿了。我站起来，拉链似乎卡住了，她帮我拉开，裤子掉到地板上，我从裤子中走出来。现在她帮我脱掉套头毛衫，让她帮忙脱更容易些，但是我还是可以自己解衬衫扣子的。不知道为什么，这些日子我的手指变得如此僵硬笨拙。

我看着她从衣柜里拿出一条干净的裤子和一件熨烫整齐的白衬衫。她是一个可爱的女孩。

“这里，爸爸，”她把衬衫递给我，“你想自己穿吗？”

我伸出手，抚摸着她的脸，内心充满了温柔的怜爱，“我不知道如果他们没有把你也带到岛上来我该怎么办，凯特，我真的以为我永远地失去你了。”

我看到她眼中充满了疑惑。她不明白我对她的感情吗？

“是的，我在这里了。”她说。我对她笑了，如此多的记忆，如此强烈的感情。

“还记得我们过去常常在岸边捞海草吗？”我说，“用小马驹驮着大篮子，给弗纳根施肥，我还会帮你挖坑。”

为什么她皱起了眉头？也许她不记得了。

“弗纳根？”她说，“乌鸦吗？”她改说英语了，“你怎么可以给乌鸦施肥，爸爸？”

傻姑娘！我可以听见自己的笑声，“这当然是他们的叫法，他们也会给我们大土豆。”

她再次摇起了头，叹了一口气，“唉，爸爸。”

我想摇一摇她。该死！她为什么全忘了？

“爸爸，我过来是想告诉你我必须去格拉斯哥考试，所以这几天我不能来这里，但是芬利克斯会过来看你，还有芬。”

我不知道她在说什么，但是我不需要访客。我不想让她离开。她在帮我扣扣子，她的脸离我这样近。我于是凑过去，轻轻地吻了吻她的嘴唇。她似乎吓了一大跳，后退了几步。我希望她不要生我的气。“又找到了你我好高兴，凯特。”我告诉她，想让她安心，“我永远也忘不了迪恩孤儿院的那些日子，永远，还有我们从屋顶能够看见的丹尼塔楼。”想起这些我忍不住笑了，“让我想起了这个世界上属于我们的地方。”我放低声音，为我们的现在骄傲，“不管怎样，作为一对流浪的孤儿，我们混得不错。”

二十一

把乔治·甘恩带到斯托诺韦时天已经黑了，芬继续向前，穿过巴弗斯沼泽，朝西海岸开去。这是一个潮湿而黑暗的夜晚，他一路向西，迎着狂怒的大西洋，就像父母去世的那个夜晚一样。当年就是在这条路上，父母因车祸被双双夺去了生命。他对这条路了如指掌，包括每个弯道，每个洼坑。他每周一都要乘坐巴士去斯托诺韦的学校宿舍，星期五再从这条路返回。尽管现在看不见，但他知道绿色屋顶的羊圈就在右边大约一百码处，大概就是在这里羊群突然从沟渠里跳出来，使他的父亲猛打方向盘。

现在路上还有羊群。农民们很久以前就放弃了把牧区围起来的企图，只有几根腐烂的柱子证明他们曾经努力过。在夜晚你会看见绵羊的眼睛在黑暗中发光，两个亮点，仿佛魔鬼的眼睛。它们是愚蠢的牲畜。你永远不知道什么时候它们会突然惊跳起来，跑到你面前。平静的日子它们会聚集在路上，远离沼泽地，逃避嗜血的蠓虫，这些小虫子是西部高地的诅咒。而且你知道，如果连绵羊都受不了它们，情况一定非常糟糕。

越过高地，他看见巴弗斯的灯光在雨中闪烁，一长串灯光沿着海岸线延伸，然后又消失在黑暗中。芬跟随断断续续的灯光向北，到达内斯，这里的点点灯光沿着海角分布得更密集一些。他继续向上朝克罗伯的方向开去。海洋隐藏在黑暗中，但是他能听见浪潮拍击峭壁的怒吼声。他在马萨丽的房子前停下来。

没见到她的车子，芬意识到她一定去了格拉斯哥，但是有一束光从厨房的窗户透出来。他下了车，冒着雨箭一般冲向门口。厨房里没有人，他穿过厨房来到起居室，角落里的电视开着，正在播放晚间新闻，但是这里也没有人。他来到过道，朝楼上芬利克斯的房间喊道："有人在家吗？"

一线灯光从门的底缝透出来。他迈步走上楼梯，只上了一半门就打开了，芬利克斯走出来，随手迅速关上了身后的门。他站在楼梯顶端，看到是芬，似乎吓了一跳，很惊讶地喊道："芬！"他似乎有些迟疑，然后匆忙下楼，与芬擦肩而过，"我以为你在哈里斯。"

芬转过身，跟着他来到起居室。在灯光中他可以看到芬利克斯有点激动和不安，似乎很尴尬。"我回来了。"他说。

"我看到了。"

"你妈妈说不管什么时候，只要需要，我可以用你们家的自来水，直到我把房子修好。"

"当然，你请便。"他显然很不安，朝厨房走去。芬紧跟其后，看到他打开冰箱。"啤酒？"芬利克斯转过身，举起一瓶啤酒。

"谢谢！"芬接过啤酒，拧开盖，在桌旁坐下。芬利克斯犹豫了一下，给自己也拿了一瓶。他背靠冰箱站着，把盖子远远地扔进水槽，猛喝了一大口。

“你发现了外公什么情况？”

“什么也没有，”芬说，“除了他不是托尔莫德·麦克唐纳以外。”

芬利克斯注视着他，一脸茫然，“你什么意思？”

“托尔莫德·麦克唐纳十八岁时死于一次船难，我已经看过他的死亡证明和坟墓。”

“那肯定是另一个托尔莫德·麦克唐纳。”

芬摇摇头，“就是你外公自称的托尔莫德·麦克唐纳。”

芬利克斯痛饮了好几口啤酒，试图消化掉这个消息，“那么，如果他不是托尔莫德·麦克唐纳，他是谁？”

“好问题，但是短期内他不太可能给我们一个答案。”

芬利克斯沉默良久，瞪着手里的半瓶啤酒，“你认为是他杀死了泥炭沼泽地里的那个人吗？”

“我不知道，但他们有血缘关系，这是肯定的。如果我能确认其中一个人的身份，另一个人就很容易搞清楚了，也许还有事情的真相。”

“你听起来像个警察。”

芬笑了，“那是我成年后的大部分生活，思维模式不会因为辞职了就一夜之间发生改变。”

“你为什么要辞职？”

芬叹了口气，“大多数人一生都不知道他们走过的石头下面有什么，警察们一生都在干着搬开这些石头的活，并且无论发现了什么都必须处理。”他喝干了啤酒，“我厌倦了这种活在阴影中的生活，芬利克斯，当你知道的一切都是人性的黑暗面时，你开始发现自己内心的黑暗，这是很可怕的事。”

芬利克斯把空啤酒瓶扔进了门口的垃圾桶，玻璃与玻璃碰撞发出沉闷的响声，填补了厨房的静默。他看起来仍然很不自在。

芬说：“希望今晚我没有打扰到你。”

他瞟了芬一眼，又看向别处，“你没有。”然后他说，“妈妈今天下午去看外公了。”

“他很高兴吧？”

芬利克斯摇摇头，“不，他坐在外面的雨中，但是他似乎认为自己在一艘船上，然后他开始喋喋不休地讲捞海草给乌鸦施肥的事。”

芬皱起了眉头，“乌鸦？”

“是的，他说盖尔语，弗纳根，意思是乌鸦。”

“这完全不符合逻辑。”

“是的，讲不通。”

芬犹豫了一下，“芬利克斯……”男孩用期待的眼神看着他，“关于你外公的事，最好让我告诉你妈妈吧。”芬利克斯点点头，似乎很高兴摆脱了这份责任。

风鞭打、撕扯着帐篷的外层和拉绳，里层则没有规律地张开、收缩着，像一个功能衰竭的肺。落在薄薄的塑料外层的雨滴声震耳欲聋。充电日光灯在帐篷里发出一种奇怪的蓝光，芬裹在睡袋里坐着，读着甘恩违规给他的验尸报告。

尸体左臂上的猫王文身和《心碎旅馆》的传说让他着迷。这个文身把死亡时间定格在了五十年代末期，一个年轻人爱上了世界上第一个摇滚明星，因为在某场事故中大脑损伤，他的智商受到了影响，与马萨丽的父亲有某种血缘关系，但是马萨丽父亲的身份现在是个谜。

这是一起残忍的谋杀。捆绑，刺伤，喉咙撕裂，芬试图想象马萨丽的父亲是凶手，但就是做不到。托尔莫德，无论他是谁，一直温顺敦厚。是的，一个大个子，年轻时孔武有力，然而他的性情是如此温和，芬甚至想不起他曾经抬高过嗓门说话。

他放下验尸报告，拿起打开的文件夹，里面装着罗比肇事逃逸案的细节，从马萨丽家回来后，他已经花了一小时完整地看了一遍。当然，还是徒劳无功。他已经不记得自己看过多少遍了。每一条证据，每一个轮胎留在路上的丝微痕迹。汽车的描述，司机的描述。他在爱丁堡复印的警方掌握的照片。他记得每一个细节，然而每一次再看到这些文件时，他仍然抱着突然发现某个错过的重要线索的希望。

他知道这是一种执迷，一种非理性的、不合逻辑的、不可能成功的痴念。然而，就像瘾君子对烟的嗜好一样，他就是放不下。在找到肇事司机之前，这件事情不可能结束。直到那一天，他的人生轨迹才可能走出低谷，回到大道上。

他低声咒骂着，把文件夹扔到一边，关掉灯，沉沉地倒下去，头埋进枕头。他急切地想进入梦乡，但就是睡不着。

他闭上眼睛，听着风雨声，然后又睁开眼。没有什么变化。没有光，只有无边的黑暗。他感到从来没有像现在这样孤独过。

他不知道已经过去多久，半个小时还是一个小时？不管怎样他还是无法入眠。他再次坐起来，打开灯，刺目的灯光让他眯起了眼。车里有些书，他需要什么东西把他从这里带走，从他自己、从他来的地方和他要去的地方带走。他需要什么东西来阻止那些没有答案的问题在脑海中没完没了地纠缠。

他直接在背心和短裤外面套了一件油布雨衣，光脚穿上靴子，抓起防雨帽，拉开帐篷拉链，迎接外面的风和雨。冲到汽车那里只需要二十秒，不出一分钟他就能返回来，把滴水的雨衣脱在帐篷外面，钻进温暖的睡袋。手里拿着一本书，那才是他的心要逃遁的地方。

然而，他仍然犹豫着要不要冲出去。外面风雨交加，也正因为如此，他一代又一代的祖辈们才会建造墙壁厚达两三英尺的房子。他以为自己能在一顶脆弱的小帐篷里生存几周甚至几个月，看来这是多么愚蠢。他咬着牙呼了一口气，定了定睛，冲了出去。雨水刺痛了他的脸，风几乎要把他掀倒。

他冲到车旁，湿淋淋的手指摸索着钥匙。这时他的眼角瞥到了灯光。他停下来，透过雨幕朝山下看去，那是从马萨丽家厨房门的上方透出来的光。微弱的黄色光芒照在门前的小道上，一直照到芬利克斯的车那里。他听不到引擎声，但是可以看见从那辆老旧的 Mini 车后面排放出的尾气被风卷进了黑暗中。

然后一个人提着行李箱从厨房出来冲向汽车，只是一个剪影，但是他可以认出来那是芬利克斯。芬呼喊他的名字，但是平房在二百码以外，他的声音消失在暴风雨中。

芬站在那里，任凭雨水击打脸庞，流进脖子。他看见芬利克斯打开汽车后备厢，把行李塞进去，然后跑回房子。他开门的那一瞬间芬看到了他的脸。他关掉屋内的灯，又冲回车里。汽车启动，向山下驶去。

芬转向自己的车，打开门，钻进了驾驶室。他启动汽车，挂一挡，放开手刹。只要能看到芬利克斯的汽车尾灯，他就不用打开自己的车灯。他慢慢沿着山坡向下，跟着芬利克斯的 Mini 车。

芬始终与前方的车保持二百码的距离。Mini 车在山脚下的克罗伯商店外停下。借着车头灯，他看见身材娇小的唐娜·默里从商场门口冲出来，双手抱着一张轻便婴儿床。芬利克斯跳下车，打开车后门。唐娜把婴儿床放好，然后又跑回去取过一只小行李箱。

就在这时，另一辆车的大灯照亮了眼前的景象，芬可以看见挡风玻璃上流淌的雨水，一个男人下了车。芬松开脚刹，加速朝下开过去。他打开车头灯，让这场午夜的戏剧进入高潮。他踩下刹车，在砾石路上滑行直到停下。三张惊呆了的脸转向他的车。他打开车门，走进雨中。

“你跑到这里来干什么？”在暴风雨的咆哮声中，唐纳德·默里不得不大声吼叫，脸在车灯下显得异常苍白，双眼深陷在阴影中。

“也许应该是我问你这个问题。”芬也大声叫喊着。

唐纳德朝女儿和芬利克斯愤怒地握紧了拳头，伸出一根手指谴责道：“他们想抱着孩子跑掉。”

“那是他们的孩子。”

唐纳德的嘴角挂着一丝冷笑，“这和你有关系吗？”

“嘿！”芬利克斯红着脸大吼一声，“这不关你们的事！和你们都没关系。她是我们的孩子，我们有权决定怎么做。你们全都可以滚蛋。”

“这得由上帝来决定。”唐纳德·默里对他叫喊道，“你哪里也去不了，小子，你不能带走我的外孙女，你走不了。”

“那你拦着我试试！”芬利克斯接过唐娜的行李扔进车里，“走吧。”他对她说，钻进了驾驶室。

唐纳德紧跨两步走到驾驶室旁，探身进去，拔出点火钥匙，转身扔进风中。他迅速绕到后面，打开车后门，抓住婴儿床。

芬利克斯跳出来阻止他，但是芬先到一步。就在他抓住默里牧师双肩的时候，他的防雨帽被风吹走，消失在黑暗中。唐纳德仍然身强体壮，他向后用力反击，试图甩开芬的手。两个男人踉跄着倒在地上，在碎石路上翻滚。

这一跤消耗了芬肺中所有的氧气，当唐纳德站起来时，他仍然呼吸困难，喘不过气来。他努力坐起来，喘息着抬起头，唐纳德向他伸出了援助之手。他瞥见唐纳德脖子上闪过一道白，那是白色硬圆领。他顿时感到很荒谬，天哪，他正在和克罗伯教堂的牧师打架！他儿时的朋友！他抓住唐纳德的手，站了起来。两个男人瞪着彼此，都喘着粗气。两张被雨水淋湿的脸在车灯的照耀下闪光。

“住手！”唐娜尖叫道，“住手，你们两个！”

但是唐纳德盯着芬，“我在她的房间里发现了船票，明天早上开往阿勒浦。我知道他们今天晚上会逃跑。”

“唐纳德，他们两个都是成年人了。孩子是他们的，他们想去哪儿就能去哪儿。”

“我早料到你就会站在他们那边。”

“我没有站在任何人一边，是你要把他们从身边赶走。你怎么能不让芬利克斯去家里看自己的女儿？你以为我们还生活在中世纪！”

“他没有办法养活她们。看在上帝的分上，他还在上学！”

“好吧，但是他如果辍学跑掉，更不会有什么大出息。而你却在逼他这样做，逼走他们两个。”

唐纳德在黑暗中轻蔑地说了声：“这真是浪费时间。”他再次转过身，试图从车中抢走婴儿床。芬抓住他的胳膊，唐纳德转过身，对着芬的脸颊来了一个斜勾拳，强大的力量使芬失去了平衡，他背朝下倒在碎石路上。

有好长一段时间，眼前的一切好像凝固了，仿佛有人给电影按下了暂停键。他们被唐纳德的举动惊呆了。终于，芬挣扎着站起来，擦了擦嘴角的血，瞪着牧师。“看在上帝的分上，”他说，“请理智一点。”他的声音消失在大雨的咆哮声中。

唐纳德按摩着指关节，瞪着芬，眼中充满了怀疑、内疚和愤怒，就好像打了芬是芬的错似的，“不管怎样，这一切和你有什么关系？”

芬闭上眼睛，摇摇头，“因为芬利克斯是我的儿子。”

二十二

卡特里奥娜·默里打开门，看见丈夫和芬·麦克劳德像两只落汤鸡一样站在门口，脸上带着血和瘀伤，她的担心变成了疑惑。

“唐娜和孩子呢？”

“很高兴见到你，卡特里奥娜。”芬说。

唐纳德说：“他们在马萨丽家。”

卡特里奥娜的黑眼睛快速地打量了他们两个人，“最重要的是怎么阻止他们乘船去斯托诺韦。”

芬说：“他们不去了。”

“为什么？”

“因为他们害怕我和唐纳德可能会继续打下去。可以邀请我进屋避避雨吗？”

她困惑地摇摇头，敞开门，让两个湿淋淋的男人走进门厅，“你们最好把湿衣服脱掉。”

芬笑了，“我的最好还是穿上，卡特里奥娜，我不想在你面前失礼。”他拉开雨衣，露出里面的背心和短裤，“我只是想到车上取一本书，匆忙跑出来的。”

“我给你拿一件睡衣。”她歪着头仔细打量着他，“你的脸怎么了？”

“你丈夫打的。”

她的目光马上转向唐纳德，皱起了眉头。他没有否认，一脸的内疚。

十五分钟后，两个男人坐在起居室的炭火边，在台灯和炭火的光芒中，喝着热巧克力。唐纳德穿着一件黑色丝绸睡衣，上面绣着中国龙，芬穿着一件厚厚的白色毛巾袍。两人都光着脚，开始感到缓过劲来。唐纳德点点头，卡特里奥娜退到了厨房。两个男人默然坐了几分钟，啜饮着各自杯中的热巧克力。

“再来点威士忌就好了。”芬终于先开口了。他只是希望有，并没有指望真的会有。

“好主意。”让芬惊讶的是，唐纳德真的起身从碗柜中取了一瓶百富威士忌，只有大概不到三分之一的量。他打开瓶盖，慷慨地给他们一人倒了一大杯，再次坐下来。

他们啜饮了几口。芬点点头，“更好了。”他听见唐纳德深深的叹息声。

“我有句话不吐不快，芬，我应该向你道歉。”

芬点点头，“你说得没错。”

“不管怎样，我不该打你，这是不对的。”

芬看着这个曾经的朋友，捕捉到了他脸上真诚的悔意，“为什么？什么不对？”

“因为耶稣教导我们暴力是不对的。他说，‘如果有人打你的右脸，那你把左脸也扭给他打。’”

“事实上，我觉得是我把左脸也扭给了你。”

唐纳德生气地看了他一眼。

“那么，如果以眼还眼又会怎样？”

唐纳德喝了满满一口巧克力加威士忌，“甘地说过，以眼还眼，我们全都会瞎掉。”

“你不会真的相信这些话吧？”

“不，我相信。你至少应该尊重这一点。”

“我永远也不会尊重你所相信的，唐纳德，相信它，只是你的权利，就像你也应该尊重我的不相信一样。”

唐纳德久久地凝视着他，炭火为他半张苍白的脸增添了光彩，另半张脸在阴影中。“你选择不信，芬，只是因为发生在你父母身上的灾难，这与真的不信是不一样的。”

“我来告诉你我相信什么吧，唐纳德。我相信《旧约》中的上帝与《新约》中的上帝不一样。一个主张不公和暴力，另一个倡导仁爱与和平，你怎么可能让这二者达成一致？你选择你喜欢的，忽视你不喜欢的，就这么简单。这也是有这么多基督教分支的原因。天主教徒、摩门教徒、浸礼宗教徒、福音传道者、耶和华的证人，单单在这座岛上就有五个不同的新教派别吧？”

唐纳德使劲摇摇头，“人类的弱点就是他们总是要反对，为他们的不同抗争。芬，信仰是钥匙。”

“信仰是弱者的拐杖，你用它来掩饰所有的矛盾。你求助于信仰，给不可能解答的问题提供简单的答案。”芬俯身向前，“今晚你打我的冲动发自你的内心，而不是你的信仰，那是真实的你。唐纳德，你跟随了你的本能，虽然是错的，那是出于保护你女儿的真诚渴望，还有你的外孙女。”

唐纳德的笑声充满了嘲讽，“真正的角色反转，信徒打人，非信徒把另一侧脸也给了他。你一定很得意，”他声音中的苦涩不言而喻，“这是不对的，芬，我不该那么做，这样的事不会再发生了。”

“对极了，最好别再发生，因为下一次我要还手了。我告诉你，我会使阴招。”

唐纳德忍不住笑了，喝干杯中酒，久久地盯着杯子，好像宇宙中所有问题的答案都可能藏在杯底，“你还想喝吗？”

“巧克力还是威士忌？”

“当然是威士忌，我还有一瓶。”

芬举着马克杯，“你想倒多少就倒多少。”

唐纳德把瓶中剩下的酒分了，纯正的陈年佳酿滑进芬的胃里，口感柔和，芬感到体内有一股暖流。“无论发生了什么，唐纳德，我们曾经是朋友。我们是孩子时，每个人都仰望你，你几乎是我们的英雄，是每个人的榜样。”

“是的，一个非常糟糕的榜样。”

芬摇摇头，“不，你错了，是真的，每个人都把你当榜样，你是与众不同的。你原本是一个有自由精神的人，可以对这个世界竖起胜利的手指。但是上帝改变了你，不是朝好的一面。”

“打住！”

“我一直希望有一天你会像从前一样转过身来，带着你极富感染力的笑容，大喊一声，‘只是个玩笑！’”

唐纳德朗声笑道：“上帝的确改变了我，芬，但是使我变得更好了。他教导我控制自己卑劣的本能，做一个更好的人，给予别人我希望从别人那里得到的东西。”

“所以你要对芬利克斯和唐娜那么坏吗？把他们分开是不对的。我知道你自以为是在保护女儿，但是那个孩子也是芬利克斯的女儿。如果你是芬利克斯，你的感受会是什么？”

“我一开始就不会让她怀孕。”

“哦，算了吧！我打赌你甚至不记得你在那个年纪与多少女孩睡过觉，你只是走运没有让哪一个怀孕而已，”他顿了顿，“直到卡特里奥娜。”

唐纳德紧锁眉头，对他怒目而视，“扯淡，芬！”

芬大笑起来，“这才是过去的唐纳德。”

唐纳德摇摇头，忍住笑，“你总是揭我的短。”他起身走到碗柜前，找到一瓶酒，回来把两人的杯子倒满，沉沉地跌坐进椅子，“不管怎样，我们现在有一个共同的孙女。”他疑惑地说，“你是什么时候发现芬利克斯是你儿子的？”

“去年，调查天使麦克里奇谋杀案时。”

唐纳德扬起眉毛，“这并不是一件众所周知的事，是吗？”

“是的。”

唐纳德用好奇的眼神盯着他，“去年八月在安斯格尔岛上到底发生了什么事，芬？”

芬只是摇摇头，“这是我和造物主之间的事。”

唐纳德慢慢点点头，“你那天为什么去教堂……也是一个秘密？”

芬盯着泥炭的余烬，考虑了一会儿，觉得告诉唐纳德也没有什么坏处，“你可能听说过两星期前在希亚德的沼泽里发现了一具尸体的事。”

唐纳德点点头。

“死者是一个十七八岁的年轻人，在五十年代末期的什么时候被谋杀了。”

“谋杀？”默里牧师明显感到很震惊。

“是的。结果是他与托尔莫德·麦克唐纳有血缘关系，而托尔莫德·麦克唐纳并不是真的托尔莫德·麦克唐纳。”

唐纳德快要举到嘴边的杯子停在半空中，“什么？”

芬告诉他与甘恩探长一起去哈里斯的事，以及他们在那里发现了什么。唐纳德一边倾听一边若有所思地喝着威士忌。

“问题是，”芬说，“我们可能永远也搞不清楚事情的真相。托尔莫德的老年痴呆症越来越严重，很难从他那里了解到什么。马萨丽今天去看望过他，他谈起用海草为乌鸦施肥的事。”

唐纳德耸耸肩，“嗯，可是这并不荒唐。”

芬惊讶地眯起眼睛，“不荒唐？”

“当然，这里，在路易斯岛，或哈里斯，弗纳根的意思是乌鸦，但是在南部群岛，这个词的意思是‘懒床’。”

“我不明白你所说的，唐纳德。”

唐纳德笑了，“你可能从来没有去过信仰天主教的南部，芬，有吗？我也一样，如果不是因为要做一些促进基督教不同教派大联合的走访活动，我也不会去那里。”他看了芬一眼，“也许我并没有你想象的那样心胸狭窄。”

“‘懒床’是什么？”

“是岛民开垦出来用于播种蔬菜的土地，主要是种土豆。这种地的土壤很贫瘠，就像你在南尤伊斯特岛或埃里斯凯岛看到的那样。他们用从海滨捞出来的海草作肥料，把海草一条条铺上，每条大约一英尺宽，条与条之间相隔一英尺左右。他们在间隙挖土，翻盖在海草上，与此同时挖出了排水沟。他们把这种地叫‘懒床’或弗纳根，在上面种土豆。”

芬喝了一大口威士忌，“这么看来，说给‘乌鸦’施肥并没有那么愚蠢。”

“一点也不。”唐纳德屈膝向前，双手握着马克杯，凝视着快要熄灭的炭火，“也许马萨丽的父亲根本不是从哈里斯来的，芬，也许他从南方来，南尤伊斯特岛，埃里斯凯岛，巴拉岛，谁知道呢？”他停顿下来，再喝一口酒，“但是我这么想……”他转过头看着芬，“他如果不能出示一张出生证明，他是不可能从登记处得到结婚日程表并让我父亲为他证婚的。问题是，他是怎么搞到的？”

“不是从哈里斯的登记处弄的，”芬说，“因为那里的人都认识那个死去的男孩。”

“完全正确，那么他，或者某个与他关系密切的人，认识这家人或者与他们是亲戚。他的出生证明要么是偷来的，要么是别人给的。你需要做的是找到这个联系人。”

一个勉强的微笑慢慢浮现在芬的嘴角，他对牧师扬起眉毛，“你知道吗，唐纳德，你总是比我们所有人都聪明。但是如何才能找到那个联系人？这可是大海捞针。”

二十三

卡特里奥娜已经给了芬一条唐纳德的裤子和一件羊毛衫，他穿到了雨衣里面。风畅通无阻地横扫沙质低地，他勇敢地顶风而行。

那晚他们一直喝到凌晨，才把第二瓶酒喝到一半。七点多时芬在长沙发上醒来，闻到了从厨房飘出来的培根味。

卡特里奥娜给他端了一盘培根、鸡蛋、香肠和炸面包，放在厨房餐桌上。没有看见唐纳德的影子。她头天晚上早早上床休息去了，他们之后没完没了地喝威士忌。对于他们喝了那么久，她没有发表任何评论。芬和她都感觉不想说话。她的沉默证明了她对他以及头天晚上所发生的事情的不满。

雨在半夜什么时候停下了，已经变得柔和起来的南风吹干了草地，天气再次发生了变化。太阳恢复了它的温暖，努力驱走风的寒意。

芬需要新鲜空气来清除大脑的迷糊和四肢的疲乏。他还没有回到帐篷中去，经过一整夜的暴风雨袭击，他不敢去想帐篷现在会是什么样子。可能已经被风吹走了，但他还不确定自己是否准备好了面对这种局面。

不知是出于下意识，还是纯粹偶然，他发现自己在通往克罗伯公墓的路上，墓碑矗立在山坡上，像箭猪的刺。所有的麦克劳德、麦克唐纳、麦克里奇、莫里森和麦克雷姓氏都在这片狭窄的土地上生活、死去，最终埋在这里。他自己的父母也在其中。他很想把罗比带回来，与祖先们葬在一起，但是莫娜不答应。

他在公墓门口停下。正是在这里，阿泰尔向他讲起与马萨丽结婚之前的那些岁月。自那天起，一部分的他就已经死亡。他终于意识到自己失去了这个唯一爱过的女人，这个被他残忍地从身边赶走的女人。他自作自受。

现在他想起了她，想象她站在自己的面前。她的脸颊被风扫得通红，长发披散在脑后。他想象她淡蓝色的眼睛穿透他的盔甲，她的智慧解除他的武装，她的笑容融化他的心。他不知道是否还能回到从前。他告诉芬利克斯的事情是真的吗？如果从前那么多年他们没能成功地生活在一起，为什么现在会有什么不同？他的悲观使他觉得这是不可能的，只有很小很小的一部分认为，他们还有机会。这就是他回来的原因吗？追求最渺茫的机会？

他没有打开门。沉湎于过去只会徒增痛苦。

酒精仍然麻醉着他的大脑，他拖着疲乏的双腿转过身，朝家的方向走去。这条路通向学校，他曾经与阿泰尔以及马萨丽不知走过多少回。学校并没有发生多大变化，甚至那条直直地通往克罗伯商店的路，山上的教堂轮廓，沿着山脊矗立在风中的房子，都没有什么变化。这里除了最顽强的灌木，什么也不生长。只有人和他们建造的房子，可以抵挡从大西洋上席卷过来的恶劣天气，但也不能长久，悬崖上的墓地和如此多的黑房子废墟可以作证。

芬利克斯的 Mini 车仍然停在商店前，车钥匙在昨晚被唐纳德不知扔到了什么地方。毫无疑问，芬利克斯会回来，用短路点火的方式，把它开回家。芬的车高傲地停在山顶附近，仿佛要挡住从山顶吹向马萨丽家的风。他当时把钥匙给了芬利克斯，让他把唐娜和孩子带回家，自己则坐唐纳德的车去了牧师家。

他进去之前敲了敲厨房的门。唐娜正在餐桌边冲麦片粥，她转过头来，一脸的恐惧。看到是芬，她放松了一点。她的脸上没有颜色，病态的苍白，恐惧的眼睛下是阴霾。她向他身后看了看，似乎怀疑他可能不是一个人。

“我爸爸在哪儿？”

“还在宿醉中。”

她一脸怀疑，“你在开玩笑。”

芬意识到，唐娜眼中的唐纳德只是一个宣讲福音、敬畏上帝、自以为是的土霸王。她不知道他只是利用宗教来隐藏脆弱的外壳。她不知道在这层外壳下，真正的唐纳德是什么样子。那个芬孩提时就认识的唐纳德·默里，那个在这个凌晨因为喝了酒而放下武装和防备的人。

“芬利克斯在哪里？”

她朝起居室点点头，“他在喂伊丽。”

芬眉头微蹙，“伊丽？”

“宝宝。”

他意识到这是自己第一次听到孩子的名字。唐娜总是说“宝宝”或“孩子”，他也从来没想起来问问名字。他发现唐娜正看着自己，似乎轻易就读懂了他的心思。他感到脸红了，点点头，来到起居室。芬利克斯坐在扶手椅上，怀里抱着婴儿，右手拿着奶瓶，正在喂她。孩子小小的脸蛋上一双大眼睛正绝对信任地注视着给她喂奶的人。

发现父亲看见自己这个样子，芬利克斯似乎很不自在，但是他没有办法动。芬在他对面的椅子上坐下，两个人陷入尴尬的沉默中。终于，芬开口道：“伊丽是我母亲的名字。”

芬利克斯点点头，“我知道，就是以她命名的。”

芬不得不用力眨眼，忍住突然间涌出的泪水，“她一定很喜欢。”

男孩的脸上出现了一丝淡淡的微笑，“对了，谢谢你。”

“谢什么？”

“昨天晚上，如果你不出现，我不知道会发生什么。”

“逃跑不是办法，芬利克斯。”

年轻人突然喷发出了怒火，“那么什么是？我们不能永远这个样子。”

“是的，你们不能，但是你们也不能把自己的生活抛弃。只有竭尽全力做好自己才会对孩子最有利。”

“我们该怎么做？”

“首先你需要与唐纳德和解。”

芬利克斯倒吸一口气，把头扭向一边。

“不要认为他是怪物，芬利克斯，他只是走入了误区，自以为在为女儿和外孙女做最好的安排。”

芬利克斯想要抗议，但是芬抬起一只手阻止了他。

“和他谈谈，芬利克斯，告诉他你的人生规划，你要怎么做，让他知道当你有能力时，你能养活唐娜和孩子，当你能够给她一个未来时，你会娶他的女儿。”

“我没有人生规划，我不知道该做什么！”沮丧使他的声音沙哑起来。

“在你这个年纪，人们几乎都不知道。但是你很聪明，芬利克斯，你需要读完中学，然后上大学。唐娜也一样，如果这是她想要做的。”

“与此同时呢？”

“待在这里，你们三个。”

“默里牧师不会答应的！”

“不和他谈你怎么知道他会不会答应？我的意思是，想一想，你们两个之间的共同点比你知道的要多。他只是想让唐娜和伊丽过上最好的生活，你也一样。你只需要说服他这一点就可以了。”

芬利克斯闭上眼睛，深深地吸了口气，“说起来容易做起来难。”

奶嘴从伊丽的嘴中滑出来，她嘟囔着抗议。芬利克斯重新把注意力放在孩子身上，把奶嘴塞回她的小嘴中。

芬认出了唐纳德的车，停在道路的拐弯处，距离废弃的老房子和被风吹坏的帐篷不远，那原本是他自己停车的地方。低沉的阴云几乎要擦着起伏的土地了，好像即将临盆的孕妇，满载着雨，却控制着不让落下，大概是意识到下面的土地早已经饱和了。

芬来到车边，向四周看了看，没有唐纳德的影子。他的帐篷还在，残破不堪，满是污泥，绳索松散着，在风中疯狂地摇摆，但是仍然固定在地钉上。他沿着山坡朝帐篷走去，通过敞开的拉链门，看见里面有个人。他跪下来，爬了进去。唐纳德·默里正盘腿坐在睡袋上，头发乱蓬蓬的，肇事逃逸案的文件夹在他的膝盖上。

芬怒火中烧，一把夺过文件夹，“你在这里做什么？”

唐纳德吓了一跳，似乎很尴尬，“对不起，芬，我并没有要偷看的意思。我下来找你，发现帐篷敞开着，文件夹里的东西吹得到处都是，我只是想把这些材料收起来……”他顿了顿，“忍不住想看看是什么。”

芬无法直视他的眼睛。

“我完全不知道。”

芬把文件夹扔到后面，“已经是过时新闻了。”他从帐篷里退出来，站在风中。大片翻滚的乌云似乎就在他的头顶上，沉沉地压向他，他感到脸上有零星的细雨。唐纳德跟在他后面爬了出来，两个人肩并肩站着，俯视着房前的山坡、远处的悬崖以及下面的海滩。他们默默站了好几分钟后才开始说话。

“你失去过孩子吗，唐纳德？”

“不，我没有。”

“那是一种撕心裂肺的痛，仿佛你的生命不再有任何意义，你只是想蜷缩起来死去。”他迅速转向牧师，“不要给我谈上帝和什么更高尚的目标，这只会让我比现在更加痛恨上帝。”

“你愿意和我说说吗？”

芬耸耸肩，双手插进油布雨衣的口袋里，沿着山坡朝悬崖那边走去，唐纳德赶忙跟在后面。芬说：“他只有八岁，唐纳德，我们的婚姻并不幸福，莫娜和我，但是我们创造了罗比，在某种程度上使我们的婚姻有了意义。”

他们现在可以看见，下面，滔天巨浪在以慢动作翻滚，狂怒地撞击着岸边的岩石，白色泡沫喷射到三十英尺高的空中。

“有一天她带着孩子出去买东西。她一只手拎着袋子，一只手牵着罗比。那是一条自控人行穿越道，专为步行者设计。那辆汽车无视红灯，径直开过来。砰，她飞到了天上，他被压在了轮下。她活下来了，他死了。”他闭了一下眼睛，“我们也死了，我指的是我们的婚姻。罗比是我们待在一起的唯一理由，没有他我们很自然就分开了。”

他们几乎走到悬崖边了。在风雨侵蚀下，这里的土壤很不稳定，再多走一步都是不安全的。芬突然蹲下身子，拽下一株单头的羊胡子草柔软而潮湿的花朵，用拇指和食指轻轻地卷起来。唐纳德在他旁边蹲下。海浪在下面咆哮，飞沫喷溅到了他们的脸上，似乎是想把他们从悬崖边拖下去，吞入深深的海底。

“那个肇事司机呢？”

“他没有停车，直接逃逸了。他们一直没有找到他。”

“你认为警方会找到他吗？”

芬转头看着他，“我不知道在警方找到他之前，我是否还有勇气继续生活下去。”

“如果找到了呢？”

“我会杀了他。”芬揉碎了手指间的羊胡子花，扔到风中。

“不，你不会那么做的。”

“相信我，唐纳德，只要给我机会，我一定会那么做的。”

但是唐纳德摇摇头，“你不会的，芬，你一点也不了解他。他是谁，他为什么没有停车，他从此过着怎样的生活。”

“这话你该说给那些冷血的人。”芬站起来，“昨晚，唐纳德，我看到了你的眼神，当你以为会失去宝贝女儿时的眼神。她不过是想逃离你们。想想如果有人把黑手伸向她，伤害她，杀了她，你会是什么感觉？你不会被人打了左脸，再把右脸伸过去。你会以眼还眼。让甘地的话见鬼去吧。”

“不，芬。”唐纳德也站了起来，“我可以想象我会有许多感受，愤怒、痛苦、复仇的欲望，但是我不会那么做。上帝说复仇是他的事，我必须相信。不管怎样，不管以什么方式，在什么地方，正义终将得到伸张，即使是在下辈子。”

芬久久地凝视着他，思绪万千，“有时候，唐纳德，我希望我有你一样的信仰。”

唐纳德笑了，“那么也许你还有希望。”

芬也笑了，“不可能了，我的灵魂已经迷失，再没有比我更迷失的人了。”他迅速看向远方，“来吧，我知道一条通到下面岩石的路。”他沿着悬崖转身而去，唐纳德紧随其后。因为距离边缘太近，唐纳德心惊肉跳。

大约五十码后，地面开始下沉，悬崖让位于摇摇欲坠的泥炭和页岩。高耸的岩石群堆积在岸边，庇护着泥炭和页岩，免受海水的袭击，一条崎岖的小路倾斜着通向一片被保护的卵石滩。这个地方很隐蔽，从两边几乎都不可能过来。仅仅是几英尺远的地方，海洋把怒火发泄在岩石林立的浅滩上，岩石堆阻挡了咆哮的大海，把它留在了海湾。最清澈的水在他们下面的岩石间聚集成池，浪花飞过他们的头顶。

"这是我孩提时的秘密之地，"芬说，"当我不想和任何人说话时，我常常到这里来。父母去世后，我和姨妈生活在一起，从此再也没有来过。"

唐纳德环视着这片平静的小港湾，大海的声音在周围回响，如此近却又如此远，即使是风也几乎吹不过来。

"我回来后到这里来过两次，"芬悲伤地笑了笑，"也许我以为我会发现从前的我还在这里，一个天真无邪的幽灵。虽然除了鹅卵石、螃蟹，什么也没有，只有非常遥远的过去的回声，但是我想那可能只是我的想象。"他咧嘴笑了，一只脚踩在一块岩石边沿，"你过来找我是有什么事吗？"

"我醒来后想到了托尔莫德，还有他偷来的身份。"唐纳德笑了，"当然，这是在我喝了一品脱水，吞下两颗扑热息痛后的事。我好久没有喝过那么多威士忌了。"

"卡特里奥娜以后会禁止我去你们家的。"

唐纳德笑了，"她已经下了禁令。"

芬大笑起来。经过这么多年后，能再次与唐纳德一起大笑，他感觉很好，“你想到了托尔莫德什么事？”

“几个月前，《斯托诺韦公报》上刊登了一篇文章，芬，讲的是关于南哈里斯的一个系谱中心，叫西拉姆，一个人把业余爱好发展到了痴迷的程度。现在这个机构已经成为外赫布里底群岛最全面的宗亲关系档案中心，比任何教堂和政府的档案都要完整。这个人追踪了好几万个家庭线索，远到北美和澳大利亚。如果谁有麦克唐纳家族的记录及其所有的分支，这个人就是他。”唐纳德扬起眉毛，“你怎么想？”

芬若有所思地点点头，“我觉得值得去看一看。”

二十四

芬一路向南经过前天他与乔治·甘恩去过的路斯肯特尔和萨拉索塔，一片片小湖泊是峡谷的源头，一些小房子顽强地依附在堤岸上。他差不多开了两个小时，南哈里斯的绿色山丘才从山谷中升起来，使这些小房子显得更加矮小。

一栋单层白色建筑物出现在芬眼前，人字形的屋顶下是西拉姆访客中心。远处奶油色的白云沿着一座锥形小山的侧面向下流淌，宛如一座正在喷发的火山。风突然停息了，迷雾笼罩的山谷里万籁俱寂。

稀疏的几间房子组成了诺思顿村，房子周围是矮小而密集的松树林，道路两边是盛开的黄色鸢尾花和粉色杜鹃花，为这幅单调的乡村风景画增添了一抹珍贵的色彩。一个路标写着：西拉姆！展览，系谱，茶和咖啡。

一条小溪从山谷间蜿蜒而出，芬把车停在小溪一侧的一个碎石区，一条坎坷不平的小路把他带到了小木桥边，穿过小桥，就是访客中心。一个大个子男人，拳曲的白发为他已经光秃的头顶镶上了边，长长的鼻子上是一副硕大的流行于七十年代的泪珠状眼镜。他自我介绍说是西拉姆的系谱专家顾问，比尔·劳森。他把眼镜往鼻梁上推了推，坦率地承认自己就是《斯托诺韦公报》所报道的那个痴迷于业余爱好的人。

他很高兴地向芬介绍挂在墙上的巨幅北美和澳大利亚地图。这些挂图组成了这个中心公共展区的一部分，一簇簇的黑头针标识出了出自英国赫布里底群岛的族系聚居区。这些家庭早年离开英国，在加利福尼亚、美国东部的海滨城市、加拿大的新斯科舍省以及澳大利亚东南部开始了新生活。

“你要找什么？”他问芬。

“一个家庭，塞乐博斯村的麦克唐纳家，默多和佩吉，他们有个儿子叫托尔莫德，在一九五八年的一次船难中淹死了。他们在六十年代早期离开家园，可能去了国外，现在房子还遗弃在那里。”

“这应该很简单。”这位系谱专家说。芬跟着他穿过一个销售和接待区，那里的书架上摆满了大册的做摆设用的书和精装的群岛旅游指南。比尔·劳森弯腰从书架底层一堆浅黄色出版物中取出一册，“这是我们的哈里斯农场历史，”他说，“我们是按村庄和农场收集的。谁住在哪里，什么时候去了哪里，一切都会变，但土地总是在同一个地方。”他快速翻阅着这本螺旋装订的册子，“一八五五年以前的民事登记很少，保留下来的信息都是外语——英语。”他笑了，“所以你得知道登记员认为那个名字该怎么拼写，很多时候是错误的，而且他们常常并不在乎。就像教堂的档案一样，有些牧师会忠实地记录，有些则嫌太麻烦。我们把自一八五五年以后的口述与官方记录结合起来，当这两种说法相匹配时，你就差不多能确定它是准确的了。”

“那么你认为你可以告诉我麦克唐纳家的故事吗？”

他笑了，“是的，可以，我们几乎已经研究过过去二百年间西部群岛的每个家庭，二万七千五百多条家谱。”

他花了大约十五分钟查阅档案、检索电脑数据、追寻农场和农场史，以及一代代在那里生活和耕耘的族系。

“是的，在这里，”他指着一本书中的一页说，“默多·麦克唐纳和佩吉·麦克唐纳，一九六二年移民到加拿大新斯科舍省新格拉斯哥市。”

“这家人还有什么支系仍然留在岛上？”

“让我看看，”他的手指顺着一列名字往下滑动，“这里有佩吉的堂妹，玛丽昂，战前嫁给了一个天主教的小伙，唐纳德·安格斯·欧亨利，”他轻声笑起来，“我打赌这件事引起了小小的轰动。”

“还有什么活着的家庭成员吗？”

但是这位老系谱专家一边仔细查看档案一边摇着头，“看起来，唐纳德·安格斯·欧亨利在战争期间被杀害了，没有孩子。玛丽昂死于一九九一年。”

芬咬着牙呼了口气，感到很困惑，看起来是白跑了一趟，“难道不会有什么邻居可能仍然记得他们吗？”

“嗯，那你得继续南下，去一趟埃里斯凯岛。”

“埃里斯凯岛？”

“嗯，是的，唐纳德·安格斯来自那里，而且一个天主教小伙是不太可能把家安在哈里斯那些讨厌玩笑的天主教徒中间的，”他被自己的玩笑逗乐了，“他们结婚后，玛丽昂与他的家人一起生活在埃里凯斯岛的豪恩农场。”

安托村的小码头被利弗休姆勋爵重新命名为利弗堡，他在第一次世界大战刚刚结束时就买下了这个村庄，很快把它建设成了南哈里斯最大的小镇。

过去的痕迹已经荡然无存。他花了五十万英镑开发这个小码头，重新设计使其能容纳他从英国各地收购的四百多艘渔船，把这里变成了一个大渔港。建设了防洪堤、腌鱼棚、烟熏室，还计划炸出一条与内湖连接的通道，为二百艘船创造停泊的港湾。

但是这个计划搁浅了，利弗休姆一九二四年死于肺炎，他的产业随后被卖掉。

现在这里的人口已减至不到两千人，生活在码头周围四散的房子里。定期在群岛之间往来的渡轮布满了南哈里斯和北尤伊斯岛之间的水域。为了使那些滚装船能直上直下而建设的混凝土坡道已被废弃，大渔港的美梦无法挽回地遗失在迷雾中。

芬把车停在柏油路上两排汽车后面，等待渡轮过来。越过被丢弃的成堆渔篓和吃草的绵羊，一排绿色房子出现在山丘之间，层层叠叠朝下通往海岸。风已经完全停了，水面像镜子一样反射着布满琥珀色水草的岩石。在哈里斯海峡，渡轮出现在灰蒙蒙的海面，如幽灵般在岛与岛的阴影间漂流，恩塞岛、凯利格雷岛、兰格岛、格罗德海格岛。

他坐看着渡轮慢慢靠近港口，终于听到了突突的引擎声。继续向南经过尤伊斯岛，穿过月球般贫瘠的本贝丘拉岛，到达埃里斯凯岛海湾和群岛最南端的本岛，巴拉岛前的最后一站，将需要一个半小时。

把他吸引到那里的线索太多了：移居到这座岛上的已故的托尔莫德·麦克唐纳的母亲，马萨丽父亲所说的“弗纳根”即埃里斯凯岛的“懒床”，然后还有他所描述的山上的教堂，俯视着公墓和远处的银色沙滩。本来他以为是萨拉索塔的那座教堂，只是那座教堂里没有船，俯视的沙滩是金色的，而不是银色的。不知为什么，他相信老人散乱的回忆，记忆的碎片拼接出的画面不在哈里斯——那个真正的托尔莫德·麦克唐纳生活和死去的地方。那些是来自另一个地方另一个时间的记忆，也许就在埃里斯凯。

波顿湖号渡轮鸣笛驶进海港，放下连接混凝土坡道的跳板，几辆轿车和卡车从舱腹中驶出来。岸上排队等候的车辆开始按顺序沿着斜坡上船。

从哈里斯通往伯纳雷的一个小时像飘浮的梦，渡轮几乎是在海峡如镜的水面滑行，小岛和岩石幽灵般在银色的雾霭中浮现。芬站在前甲板上，抓着栏杆，看着云像笔刷一样在浅灰色天空留下更加灰暗的笔画。他很少看到这么宁静的岛屿，神秘而缥缈，没有一点人类居住的痕迹。

终于，伯纳雷黑色的轮廓在阴暗的前方若隐若现。芬回到汽车甲板，准备上岸，继续开始他南下的漫长旅程。这一连串形态各异的岛屿，曾经被错误地称为“长岛”，只有在落潮时才能通车，现在大部分浅滩与浅滩之间被一片堤道网络连接着，只有哈里斯与伯纳雷、埃里斯凯与巴拉之间，仍然必须坐船。

北尤伊斯岛的景观幽暗而原始，群山高耸，云雾缭绕，荒野和沼泽中弥漫着青纱帐般的迷雾。早已被遗弃的房屋框架还在，灰秃秃的山墙矗立在阴沉的天空下。荒凉而危险的沼泽地被参差不齐的湖泊和河湾切成了碎片，无处不在的废墟证明男人和女人曾试图征服这片土地却最终失败。仍然坚守的人们聚居在几座为他们提供庇护的小镇里。

继续往南，驶过更多的堤道，平坦而没有特色的本贝丘拉岛，在模糊中一晃而过，然后天空似乎突然空阔起来，沉闷和压抑的气息消散，南尤伊斯岛出现在他面前。东面是山，西面是肥沃的沙质低地平原，一直延伸到海边。

现在云在更高处，起风了，阳光刺破被风吹散的浮云，洒在河流和湖泊上，黄色和紫色的花朵在风中点头，芬感到精神振奋起来。他驱车经过通往东海岸的洛赫博伊斯代尔码头的岔路，继续向西，可以看见奥拉赛的旧海草厂废弃的工棚以及远处带围墙的新教徒墓地。即使在死后，天主教徒与新教徒之间的隔离似乎仍然存在。

最后他向东拐，朝鲁达哥的方向驶去。穿过波光粼粼的埃里斯凯海峡，他向这座小岛投去了第一瞥。埃里斯凯岛比他想象的要小，与巴拉岛相形见绌，环状的岛屿轮廓在水彩画般的海面投下了模糊的倒影。

一个突堤式防波码头从鲁达哥的海湾口伸出来，几栋独立的房子矗立在山顶，朝南面向海峡。已经落潮了，几艘底朝天的破船几乎有半截身子埋在沙里。码头已经废弃不用，水泥锚柱沿着滑道向前延伸，渡轮曾经载着人和货物在这里往来穿梭。

芬把车停在码头，下了车，走进温暖的南风中。他呼吸着大海的味道，一边凝视着对面的埃里斯凯岛，一边抬起一只手，遮在眼睛上方，阻挡刺眼的阳光。说不清为什么，看着这座小岛时，他产生出一种似曾相识的强烈感觉，或者说一种莫名的宿命感。

一个上了年纪的男人正在一只翻过来的小船上忙活着。他有一头浓密拳曲的银发和一张皮革般饱经风霜的脸，穿着牛仔裤和针织套头衫。他冲芬点点头。芬说："我还以为现在已经有了通往埃里斯凯岛的堤道了呢。"

男人站起来，指向东边，"是的，有了，沿着这条路走到那个岬角就是。"

芬眯眼迎着刺目的阳光，看到了一条沿海平线跨越峡湾的堤道。"谢谢。"他回到车里，沿弯曲的道路绕到岬角，穿过拦牲畜的木栅，来到一条用数千吨大卵石建造而成的笔直长堤道上。

随着进一步靠近，埃里斯凯岛尽现眼前。一座光秃秃的荒山高耸入天，堤道直接向上通往隆起的山间公路，把他送到了岛屿的核心地带。他到达一个丁字路口，向左拐进一条狭窄的丝带般的柏油路，一直向下来到位于豪恩的老港口。比尔·劳森告诉他可以在这里找欧亨利家的小农场。

一座石砌的防波堤伸向狭窄的海湾，因为年久失修，几近塌毁。两座废弃的房子矗立在防波堤另一侧的岩石间，那里还有一个混凝土码头，看起来也几乎废弃了。还有一小片房子依湾而建，有些仍有人住，有些已成废墟了。他把车停在老防波堤的尽头，向高处走去，经过成堆的鱼篓和摊开晾晒的渔网，俯视混凝土坡道的全貌，回望通向南尤伊斯岛的海峡。

“过去载船的渡轮就是从那里开进来的。”一个老人穿着棉夹克，戴着布帽子，站在芬旁边，一条卷毛小猎狗在路的尽头撒着欢儿，“过去客船总是从另一个码头过来，”他轻声笑起来，“在修建马路之前自然不需要汽车码头。马路是在五十年代修好的，即使那时，汽车的数量也非常少。”

“我想你一定是本地人。”芬说。

“我是这儿土生土长的人，但是我可以从你的盖尔语口音判断你不是这附近的人。”

“我来自内斯的克罗伯村。”芬说。

“我从来没有去过那么北的地方。”老人说，“你大老远跑到这里做什么？”

“我在找老欧亨利家的农场。”

“哦，那你离目标不是太远了，跟我来。”

他转过身朝老防波堤走去，那条狗跑在前面，在风中跳跃、吠叫。芬跟在他后面，在一个码头边停下，一个小海湾在他们前面展开。

“左边那栋黄色楼房——没有屋顶的那栋——过去是村里的商店和邮局，我想是一个叫尼科尔森的小伙子在经营，这座岛上唯一的新教徒，”他咧嘴笑了，“你能想象吗？”

芬不能。

“楼房再上面一点，靠右边，你会看到一所老石头房子的废墟，已经所剩无几了。那就是欧亨利的家，但是她早已去世了。她年纪轻轻就守了寡，和一个小姑娘生活在一起。如果我记得没错，小姑娘叫凯特，但我不确定是不是她的女儿。”

“她到哪儿去了？”

“啊，天知道。早在老妇人去世之前很久她就离开了，像所有年轻人一样。那个时候，他们个个迫不及待地要离开这座小岛，”他的笑容中有一丝悲哀，“现在仍然是这样。”

芬的眼睛越过废墟，朝上面一所建在岩石上的大白房子看去。一条看起来全新的私人车道绕着山坡迂回而上，到达房前一片平整的花园。一个木质露天平台通往房子的落地窗，上面的阳台用玻璃全封闭着，抵挡风雨侵袭，阳台上面的墙上有一颗星形霓虹灯。“住在大白房子里的是什么人？”他问。

老人笑了，“啊，那是莫拉格·麦克尤恩的家。她是在离开近六十年，退休后又回到故乡的。我根本不记得她，但她是个人物。你也许认识她。”

“我？”芬吃了一惊。

“如果你经常看电视就会认识她。她是那些肥皂剧中的大明星。不缺钱，我敢说。她开一辆粉色的敞篷奔驰车，家里的圣诞灯一年到头亮着。”他大笑起来，“他们说她家就像是阿拉丁的藏宝洞，不过我本人从来没有进去过。”

芬问：“现在还有多少人仍然生活在埃里斯凯？”

“哦，没有多少了，大约一百三十人。我年轻那时也只有五百人左右。这座小岛只有二英里半长，你能看见，最宽的地方也不过一英里半。这里没有多少生计，既不能靠地，也不能靠海。”

芬扫视着荒凉而多石的山坡，很好奇人们是如何在这里生存下来的。他的目光停留在右边，一栋黑色建筑物高高坐落在山顶，俯瞰着全岛。“那是什么地方？”

老人顺着他的目光看去，“那是教堂，”他说，“圣迈克尔教堂。”

芬驱车向上，朝围绕着小学和健康中心而建的鲁巴班聚居区驶去。一块写有“艾格拉斯·那莫·米切尔”的标识牌引导他向上经过一条狭窄的小道，来到一座石砌的教堂前。陡峭的人字形屋顶，高高的窗户镶着白边，拱形的门道南端通向教堂里面，门道上方是一个白色十字架和标识语“Quis ut Deus”——谁像上帝一样？外墙上一座柚木船钟安装在托架上。芬很好奇，他们是不是通过敲响这座钟来呼唤信徒做礼拜的。钟上面用白漆喷着“SMS德弗尼格尔”。

他停好车，回头朝山下的豪恩码头看去。穿过通往南尤伊斯岛的峡湾，海面光芒闪烁，海水似有生命一样涌动，阳光如流水般洒在远处的山坡上。云影飞移，风很大。芬的夹克鼓起来，鬈发随风竖起，好像要被拉直了。

一个身穿红色开襟羊毛衫、深灰色裙子的老妇人在冲洗门廊的地板。她戴着长到肘关节的绿色橡皮手套，搅动一只鲜红色水桶里的肥皂水，丝绸头巾包裹着棉绒般的头发。她向芬点头致意，往一旁挪了挪，给他让路。

有一片刻，芬感觉时间静止了。阳光透过拱形窗户倾泻进来，色彩鲜艳的雕像，包括圣母玛利亚、圣婴耶稣以及弯腰祈祷中的带翼天使，在狭窄的木头长椅上投下长长的影子。圣坛上面的圆屋顶上画着一片蓝天，群星闪耀，用白色布帘盖着的桌子被一只小船的船头支撑着。

芬手臂和脖颈上的每一根汗毛都竖立起来。毫无疑问这就是托尔莫德说起过的有船的教堂。他转身朝门口走去。

“对不起，打扰一下。”

忙着冲洗地板的老妇人直起身来，“什么事？”

“你知道圣坛下的那只船有什么故事吗？”

她把双手放在屁股后面，弓身后退几步。“是的，”她说，“这是一个很有趣的故事。这座教堂是当地人采集沙石，背运原材料，亲手建起来的。他们的灵魂是虔诚的，参与建设的每个人都进了天堂，毫无疑问。”她把拖把插回水桶，靠在手柄上，“是渔民捐款建起了这座教堂。他们提出把一晚上捕鱼的所得全部捐出来用于教堂的建设资金。那一晚每个人都祈祷，结果他们大获丰收，捕捞的鱼价值达到破纪录的二百英镑，在那个时候这可是一大笔钱。这只船是向那些为了上帝与怒海抗争的勇敢灵魂致敬的。”

芬来到外面，沿碎石小路绕到教堂西面，看到了土地是如何渐渐消失在海岸的：经过高处的几所房子，以及下面沙质低地的墓碑，到达一个闪着银光的带状沙滩。银色沙滩与浅湾蓝绿色的海水形成鲜明的对比，正如托尔莫德所讲的一样。

芬还记得验尸报告中的一段描述，他头天晚上在帐篷摇曳的荧光灯下读过。

右髌骨区域外有一个面积为五厘米乘二点五厘米的伤口，椭圆形，棕黑色，明显是擦伤。表皮有点粗糙，浅表皮肤中有银沙微粒。

法医在尸体下半身所有擦伤和磨损处都发现了银色细沙。不是像哈里斯沙滩上的那种金色沙，而是银色沙，和这里的一样。就在下面，在托尔莫德所说的查理海滩。

芬以这个新月形的银色沙滩为中心，环视海湾全貌。南端有一个新的防波堤，他不知道，为什么托尔莫德把这里叫查理海滩。

二十五

“你是谁？”

“我是你的外孙芬利克斯，麦克唐纳先生。”

他看起来好陌生。我看到一些坐在扶手椅上的室友像王公贵族一样打量着这个男孩。他梳着奇怪的鸡冠头，他们似乎很好奇，他是怎么让头发竖成那样的？为什么？

护士拉过一把椅子，男孩在我旁边坐下，他似乎不太自在。如果弄不清他到底是谁，我也没有办法帮到他。“我不认识你。”我告诉他。我怎么会有一个外孙？我还不到做父亲的年龄。“你想要什么？”

“我是马萨丽的儿子。”他说。我感到心咯噔了一下。

“马萨丽？她在这里吗？”

“她去格拉斯哥了，外公，去参加考试，一两天就会回来。”

听到这个消息，我感觉脸上被扇了一记耳光。“她答应接我回家的。我受够了这家旅馆。”我成天困在该死的椅子上，眼巴巴地望着窗户外面，看着孩子们早上上学，晚上放学。我不记得这中间发生的任何事情。我猜我一定吃过午饭，因为我不饿，但是我也不记得了。

“还记得吗，外公，我过去经常帮你剪羊毛？”

“啊，上帝，是的！剪羊毛，那真是累死人。”

“我四五岁时就开始帮你干活了。”

“是的，你是一个帅气的小伙子，芬。你要知道，马萨丽把你当成了她的全部。”

“不，我是芬利克斯，外公，芬是我爸爸。”

他朝我笑了笑。这些天我总是看到人们朝我这样笑。真让人难堪，好像我是傻子似的。

“我一直在给默多·默里森当帮手，挣点零花钱。今年我还帮他给羊羔接生了。”

我记得给羊羔接生。那是在岛上的第一年，一片雪也没有下，天却异常寒冷。三月一个潮湿的夜晚，风像刀子一样，可以把你切成两半。我以前从来没有见过羊羔出生，第一次感觉非常恶心，那么多血和胞衣。但是看到那个瘦骨伶仃的小东西，像只淹过水的老鼠，开始它的第一次呼吸，迈出蹒跚的第一步，我感到了生命的神奇。

那个冬天我学到了很多东西。我懂得无论迪恩孤儿院的生活有多么艰难，生命中还有更糟糕的事情。并不是每个人都对我们很坏，真的不是。但是生存本身是艰辛的，你无法逃避，因为你还是一个孩子。

日常的生活杂事总是没完没了。我们天不亮就得起床，要赶在上学前爬到山上用桶背泉水回来。而去海滨割水草则要冒一定的风险，落潮时，你要在湿滑的岩石上弯下身子，用一把钝镰刀砍割海草，陈年的贝壳会像剃刀一样划破你的手指。唐纳德·谢默斯把海草卖给奥拉赛的海草工厂。我以为他们是把海草烧掉，用灰烬做肥料。有人曾经告诉我们他们也用这些东西做炸药、牙膏和冰激凌，但是我从不相信，他们一定以为我和彼得一样天真。

给羊羔接生后还要割泥炭。在贝因赛思安的另一边，唐纳德·谢默斯用铁锹把泥炭切成块，我们帮忙搬运，把它们三个一组堆起来，时不时还要翻转，直到完全风干，然后用大柳条筐装起来。我们与一个邻居共用一匹小马驹，所以不是很方便，没有马驹时，我们就得自己把泥炭背回去。

在那以后还要割干草，用长柄大镰刀，一刀就能割下一大片，挑出粗糙的杂木，把草铺开晒干，祈祷不要下雨。还要给干草翻身，抖一抖，让它们干得更快，防止堆在里面的草烂掉，所以要赶在好天气时做这些。最后我们把干草一捆捆扎好。唐纳德·谢默斯看到谷场堆满的干草才会喜上眉梢，因为一冬的牲畜饲料算是有着落了。

你可能认为没有多少时间去上学了，但是我和彼得每天早上都和其他孩子一起被送到船上，巴士在码头接上我们，送往位于达利堡十字路口的那栋波纹铁皮建筑物。那是一所中学，沿着那条路往下大约四分之一英里远还有一栋楼，是一所技术学校。然而，新年时发生了一件事，自那以后唐纳德·谢默斯就拒绝送我去学校了，彼得不得不自己去上学。

唐纳德·谢默斯和玛丽-安妮不是坏人，但是他们的心中没有爱。我知道有一些被收养的孩子受到可怕的虐待，那不是我们。

玛丽-安妮几乎不怎么说话，除了给我们做饭，洗几件衣服以外，几乎不承认我们的存在。她的大部分时间都在纺纱，染布，织毛线，或者与其他女人一起打布。所有人围绕一张长木桌坐着，一起用力旋转和敲打编织物，直到织布变得足够紧、足够厚、足够密，完全能够防水。她们一边干活一边随着节奏歌唱，没完没了的歌声使不需要动脑子的重复性动作变得可以忍受。

唐纳德·谢默斯虽很严厉却也很公平。如果他拿皮带抽我，那通常是因为我活该。但是我从来没有让他动过彼得一根指头，无论这个孩子可能做错了什么，都不是他的错。这是我和唐纳德·谢默斯经过一番抗争后才建立起的规则。

我现在不记得彼得做错什么了，也许是从鸡舍回来的路上打烂了好多鸡蛋。我记得他打烂过好几次后，他们就不再让他去捡鸡蛋了。

但是我不记得那天是因为什么事，唐纳德·谢默斯气疯了。他抓住彼得的脖颈，把他拽到牲畜棚。那里总是很热，臭气熏天。

我赶到那里时弟弟的裤子已经被扒到了脚踝，唐纳德·谢默斯让他趴在一条长凳上，正在解皮带扣，准备抽他。我走进去时，他向四周看了看，毫不含糊地叫我滚出去，但是我岿然不动。我也向四周看了看，角落处有两把崭新的斧头柄靠在墙上，我举起一把，感受着掌心凉爽光滑的木头。我紧紧地握住它，掂了掂它的分量。

唐纳德·谢默斯停下来。我瞪着双眼与他对视，斧头柄在我的手中晃动。唐纳德·谢默斯是个大块头，我毫不怀疑他能轻而易举痛打我一顿。然而我是一个强健的孩子，几乎可以说是一个成年人了，我握着一把粗壮的斧头柄。我们两个都毫不怀疑，我也可以痛打他一顿。

我们谁也没有说话，但是一条界线已经画出，如果他动我弟弟一根指头，他就得接我一棒子。他扣好皮带，让彼得滚蛋。我把斧头柄放回墙角。

轮到我的屁股挨抽时，我从来没有抗拒过。我觉得他用了双倍的力气抽我，好像把对彼得的惩罚也加在了我身上，但是我并不介意。肉体的痛很快就会过去，信守对母亲的承诺对我来说才是最重要的。

在第二次为羊羔接生时，我救了一只羊羔的命。小东西非常虚弱，几乎不能站立。不知为什么它的妈妈不喜欢它，拒绝让它吃奶。唐纳德·谢默斯给我一个有橡皮奶嘴的奶瓶，让我喂它。

我花了将近两周来喂这个小东西，毫无疑问它把我当成了妈妈。我把它叫莫拉格。我走到哪儿它跟到哪儿，像条狗一样。它会跟我一起去海边割海草。中午时分，当我坐在岩石间吃着玛丽-安妮用油皮纸给我包好的粗糙的三明治时，它就会依偎在我身旁。我们分享彼此的温暖。我会抚摸它的头，它会抬起头看着我，大眼睛中充满了崇拜和爱。我爱那只小羊羔。这是自从母亲去世后，我第一次与另外一个生命之间的爱。也许，除了彼得以外。但那是不一样的。

有趣的是，我认为是那只羊羔促使我与凯特初试了云雨情，或者，至少是她对这只羊羔的嫉妒造成的。认为一个人会嫉妒一只羊似乎很愚蠢，但是我对那小东西在情感上的依恋绝没有被夸大。

在此之前我从来没有任何性经验，我甚至认为那是别人的事，我可能一辈子都没有机会。

直到凯特抓住我的手，于是事情发生了。

她有好几次抱怨我与那只羊羔在一起的时间太多了。我总是在她和彼得放学后去码头接他们，然后我们一起在海湾用鹅卵石打水漂，或者翻到山的另一边，下到岛的西边，那个被她称作查理海滩的地方。那儿没有人，我们可以尽情地嬉戏玩耍，在草丛间和废弃的田地里捉迷藏，落潮时沿着被潮水压紧的沙滩你追我赶。但是自从有了莫拉格，我的注意力就分散了。

“你那只讨厌的羊羔，”凯特有一天对我说，“让我感到恶心。没有人把羊羔当宠物！一条狗还可以，但是一只羊？”其实羊羔已经不需要我给它喂奶了，但我还是不愿意放手不管。我们默默地沿着小路向山上走去，经过尼科尔森商店。那是一个春光明媚的日子，从西南方吹来柔和的微风，条纹状的白云像一缕缕顺滑的羊毛，阳光温暖地照在我们身上。

大多数女人坐在家门口纺纱织布，大多数男人都出海了。人们的歌声随微风飘到山上，有一种不可思议的感染力。

凯特放低声音，唯恐有人听见似的，“今天晚上来见我，”她说，“我有件东西想给你。”

“今天晚上？”我很惊讶，“什么时候？晚饭后吗？”

“不，天黑后，每个人都睡了后。你可以从后面的窗户溜出来吗？”

我感到很困惑，“是的，我想可以。但是为什么？是什么东西，你不能现在给我吗？”

“因为我不能，笨蛋！”

我们在山顶停下，俯视着小海湾，又越过海峡，朝鲁达哥的方向看去。

“今晚十一点在下面的码头找我。吉利斯一家那个时间已经睡了吧？”

“当然。”

“好，那就没问题。”

“我不确定彼得能不能起来。”我说。

“真是见鬼，约翰尼，你能不能哪怕有一次不带着彼得做事！”她的脸色绯红，眼神奇异。

她突如其来的激动情绪吓了我一跳，之前我们三个人做什么事情总是在一起的。“当然可以。”我有点自卫性地说。

“那好，只有你和我，十一点码头见。”她步履坚定地朝欧亨利家的房子走去。

不知为什么，想到能在夜晚溜出来与凯特相会，我感到十分兴奋。随着夜幕降临，风停了，我几乎不能控制急切的心情。我和彼得做完傍晚的杂事后，与玛丽-安妮和唐纳德·谢默斯一起默默地吃晚饭。饭前我们总是要祷告，但是他们并不是因为祷告而故意不和我们说话。他们两个之间也从不说话。事实上，我们谁都没有什么话说。有什么可说的呢？生活每天单调地重复。一年四季有变化，但春去秋来，从不需要讨论。我们并不是从唐纳德·谢默斯·吉利斯或他的妹妹那里学会盖尔语的。彼得是在学校跟别的孩子学会的，当然是在操场上，教室里只准说英语。我是从其他农民那里学来的，他们有些人根本不会说英语，或者即使会说，也不会和我说。

唐纳德·谢默斯在炉火边抽了会儿烟斗，读着报纸，玛丽-安妮在洗碗，我帮助彼得做作业。十点钟大家准时睡觉，炉火被压了下去，灯光熄灭。鼻孔中带着泥炭的烟味、烟丝和油芯的味道，我们回到各自的房间。

我和彼得共用后屋的一张双人床，有一个衣柜，一个梳妆台，房间小得几乎打不开门。彼得总是躺下几分钟后就睡着了，我根本不用担心穿好衣服或从窗户爬出去时会吵醒他。我不确定唐纳德·谢默斯和玛丽-安妮睡得怎样，所以在钟敲响十一点之前，我把门打开一条小缝，透过黑暗的走廊仔细聆听。鼾声如雷，我不知道到底是哥哥还是妹妹，但是过了一会儿，我又听到断断续续的更响亮的发自喉咙而不是鼻子的鼾声，所以，他们两个都睡着了。

我再次关上门，来到窗边，轻轻拉开窗帘，拔出窗户插销。彼得咕哝着翻了个身，但是没有醒来。我看见他的嘴唇动了动，像是在自言自语，也许是说出了吃饭时不让他说的话。我坐在窗户边上，双腿跨到外侧去，跳到草地上。

外面简直明亮如昼，西边还有一抹淡淡的余晖，月光洒满了山坡。天空不是黑色的，而是深蓝色的。再过几周就到盛夏了，那时直至午夜天都会很亮。我转过身把窗帘拉上，关上窗。

我像一只从陷阱逃出的灰狗一样，向山下冲去，在长长的草地上疾步如飞，双脚踩在沼泽中发出嘎吱嘎吱的响声。我为这样新奇的自由感而激动不已。我出来了，这个夜晚是我的，是我和凯特的。

她在下面的码头等我，我觉得她很紧张，有点焦躁。“你为什么这么久？”她的耳语似乎特别响亮。我意识到没有风，只有大海缓慢而平稳的呼吸声。

“我得等到他们全都睡了。”我说，但是她只是嘟囔着，挽起我的胳膊，带着我朝鲁巴班走去。山边的房子里没有一盏灯，全岛都在沉睡，或者看起来在沉睡。月光如水，一切清晰可见，这让我们感觉到了危险。如果有人正好出来，我们会很容易被发现。

“我们要去哪里？”我问她。

“查理海滩。”

“为什么？”

“你去了就知道了。”

只有一瞬间差点出了问题，凯特突然猛地拉了拉我的袖子，一个敞开的门道出现了一束光。我们低身隐藏在路边的草丛里，一个老人拿着一把铁锹和一份报纸走进月光中。这里的大多数人夜间用马桶方便，早上倒掉，但是老麦克金蒂先生一定认为这个晴朗的夜晚适合在沼泽里方便。他挖了一个浅坑，蹲在上面，掀起睡衣，发出吭哧吭哧的声音。我们不得不躺在那里，在草地上咯咯窃笑。

凯特把手放在我的嘴唇上，让我闭嘴，但是她也控制不了自己，紧闭的双唇中爆发出一阵阵扑哧扑哧的声音，所以我也把一只手放在了她的嘴唇上。我们就那样躺着，紧紧地抱在一起。持续了大约十分钟麦克金蒂先生才完事。

我猜那一定是我第一次意识到她性感的身体。她身体温暖，柔软的乳房紧贴在我胸上，一条腿盘在我腿上。我第一次感到一阵阵地勃起，既惊讶又害怕。她穿着一件浅色印花连衣裙，乳沟从 V 领中露出来。我记得那夜她是光着脚的，月光中一双裸露的美腿是那样性感迷人。

她的头发比在迪恩孤儿院时长多了，柔软的栗色鬈发垂到肩上，过长的刘海时常遮住眼睛。

我还注意到，当我们躺在草地上时，她身上散发出淡淡的花香味，与她在迪恩孤儿院时的味道不一样。当麦克金蒂先生终于离开时，我们放开了放在彼此嘴唇上的手。我吸了吸鼻子，问她那是什么香味。

她咯咯笑了，“是欧亨利夫人的古龙水。”

“那是什么？”

“香水，笨蛋！我在脖子上喷了两下，你喜欢吗？”

我喜欢。不知道为什么，这种味道让我有一种放飞胃中蝴蝶的感觉。我们躺在月光下，她眼睛幽深，双唇饱满，有一种让人无法抗拒的诱惑力。我发现自己是如此想吻她的唇。但是在我向这个诱惑屈服前，她站了起来，伸出一只手，催我也快点起来。

我急忙爬了起来，她拉住我的手，我们一起向山上跑去，经过小学，来到海滩上面的路。我们停下来，气喘吁吁，面朝下面的大海。寂静的海面波光粼粼，海浪轻轻涌向沙滩，温和的银色泡沫随着海湾的曲线聚集延伸，为沙滩镶上了一条美丽的边。水中的月光延伸至无尽的远方，几座模糊的小岛以及巴拉岛深沉的阴影切断了遥远的海平线。

我从来没有见过这个样子的岛屿，温和、诱人，仿佛一切都掌握在凯特的宏伟计划中。

“来吧。”她带着我沿着荒草中一条狭窄的小路，来到一个面朝沙滩的老房子废墟前。我们在石块间择路而行，走进长满野草的废墟。她在草地上坐下来，拍了拍旁边。我坐下来，立即感到了她身上的温暖。大海轻柔地叹息着，头顶上无垠的夜空繁星点点。我的渴望让我无法呼吸。她一双黑眸凝视着我，指尖如微弱的电流般轻抚我的脸。

我不知道我们是从哪里学会做这些事的，但是在我意识到之前我的双臂已经环绕着她，轻缓地接起吻来。柔软而温暖的双唇张开，舌尖相遇之际，我们无比震惊、兴奋。我感到她的手在我的双腿间游走，虽然隔着裤子，我还是紧绷得难受。我的手滑进她的棉布裙下，握住柔软的乳房，乳头坚硬得像坚果，啃噬我的手掌。

我感到如痴如醉，被汪洋般的荷尔蒙席卷，完全失去了控制力。我们疯狂地脱掉衣服，胡乱地扔到一边，然后是肌肤相亲，柔软、温暖、灼热、潮湿。我不知道我在做什么。男孩子永远不知道自己在做什么，他们只是跟随原始的本能走。凯特的控制力要强很多，她用一只手温柔地引导我进入她的身体。天哪，她几乎是在大声哭喊。我不确定这是因为疼痛还是快乐，然后完全是我原始的本能控制着一切，我就像在执行写入我体内的程序一样。她的叫声只会让我更加疯狂，把我带向不可避免的高潮。当然，高潮来得太快了。

但是凯特已经准备好了，一把推开我，使我银色的种子撒在月光下她柔软的腹部曲线上。“不要让我怀孕。”她把我的手放在她的腿间，“帮我弄完。”

我不明白她是什么意思，但是在她的指导下，我笨拙的手指很快就学会激发她柔软潮湿的双唇的回应。我充满了让她快乐的强烈渴望，她的身体在我下面蜷曲扭动，然后她向夜空大声叫喊。她躺在草地上，喘息着，脸色潮红，带着笑容。

她伸出双手，抱着我的头，拉下来吻我，一个缠绵的长吻。她的舌头慢慢地缠绕我的舌头，一遍又一遍。然后，她拉着我的手，站起来，“来吧，约翰尼。”我们赤裸着身子在石块间奔跑，来到下面的海滩，穿过沙滩，奔向大海。

海水的刺激几乎让我休克。灼热的皮肤浸入冰冷的海水中，我们两个都本能地大叫起来。附近没有住人的房子真好，否则我们一定会被人听见。没有人能听见我们的事实让我感到无比兴奋，我们的叫喊声一定穿越了整座小岛。

“操我！”凯特在黑暗中大声喊道。

我咧嘴笑了，“我想我刚刚做过了。”

我们奔跑着，水花飞溅，最后回到沙滩，跑向老房子。我们在草地上打了几个滚，去掉身上的水，然后快速穿好衣服。我们相拥着躺在地上，灼热的皮肤驱除了寒意。我们看着星星，心醉神迷，快乐得无法呼吸，仿佛在人类历史上是我们首先发现了性。

我们谁都不说话，过了很久我才说："你说你想给我一样东西，是什么？"

她止不住地哈哈大笑起来。

我用胳膊肘支起身子不解地看着她，"什么东西这么好笑？"

她还在笑，边笑边说："有一天你会明白的，大男孩。"

我躺回去，不能理解这个玩笑的困惑很快就过去了，心中升起无限爱的柔情，只想抱住她，保护她，让她安全，让她没有忧愁。她紧紧抱着我，脸摩擦着我的脖子，一只手臂环抱着我的胸，一条腿缠在我的腿上。我凝视着星星，体验着从未有过的人生喜悦。我吻着她的额头，问道："你为什么把这儿叫查理海滩？"

"因为这里是邦尼王子查理第一次登陆的地方。一七四五年他来这里招募军队发起了反对英国统治的詹姆斯二世党人起义。"她说，"我是在学校学到这些知识的。"

接下来的几周我们一连约了好几次，去那所废弃的老房子里做爱。美好的春光继续，墨西哥湾暖流驱逐走了北大西洋冰冷的海水，你可以感到海洋是如何一天天温暖起来的。在那个暴风雨之夜到来之前，一切都很美好。

我像平常一样与凯特约好那天晚上见，但是傍晚时分风向骤变，大片乌云突然出现在天边，阵容强大，步步逼近，黑暗随之降临。风越来越大，风力达到了八九级。乌云携着暴雨横扫全岛，起居室里充满了从烟囱中倒吹回来的煤烟。最后我们不得不早早上床，虽然那时还没有完全天黑。

我躺在床上许久，盯着天花板不知道该怎么办。我已经和凯特约好，没有机会取消了。尽管那天晚上我们不可能做爱，但是我不能不去，因为万一她去了呢。我不能让她一个人面对这样的天气，在风雨中傻傻地等我出现。

于是我等待着时机，频繁地看表，夜光指针在黑暗中熠熠生辉，直到该走的时间到了。我从被子里溜出来，穿好衣服，把预先藏在床下的油布雨衣拉了出来。我刚刚滑开窗户，彼得说话了，为了在号叫的风声中让我听见，他的声音稍稍有点大。

“你要去哪里？”

我吓了一跳，转过身来，胸中涌起无名怒火，“没有人管得着我去哪里！睡你的觉。”

“可是约翰尼，你无论去哪里都会带着我的。”

“小点声，看在上帝的分上。转过身去，就当我还在床上。我一会儿就回来。”

我把窗户推开到最大，甩出双腿，跳进雨中。就在转过身准备拉下窗户时，我看见了彼得毫无血色的脸。他坐在床上，注视着我，眼神中充满了恐惧和不解。我把窗户拉下来，整理好风帽，冲进风雨中。

今晚不能跑着下山了。伸手不见五指的黑夜，我只能小心翼翼地在石块和荒草间择路而行，勇敢地面对狂风骤雨。终于来到通往码头的小路，我可以稍微走得快一点了。

我到达那里时，没有见到凯特的身影。潮水一浪高过一浪，拍打着岸边的岩石，咆哮声震耳欲聋。浪花飞溅在码头上，和着雨水浇透了我，我可以感到雨衣下的衣服全湿了。我在黑暗中四处张望，不知道自己应该待多久。在这样的天气下跑出来真是疯了，我应该料到凯特不会来的。

就在这时，我看见一个小小的身影从山的阴影中冲了出来。凯特，穿着吧嗒吧嗒响的长筒雨靴，裹着一件外套，靴子和外套的尺码都太大，一定是欧亨利夫人的。我把她揽进怀里，紧紧抱住她。“我本来不想来的，但是我怕你会来。”我在咆哮的暴风雨中大声说。

“我也是。”她抬起头冲我笑，我吻了吻她，“但是我很高兴你来了，即使只是来告诉我你不能来了。”

我也对她笑了，“我猜这不是什么双关语吧。”

她大笑起来，“你是一根筋。”

我们再次接吻。我紧紧抱着她，为她挡住风雨的袭击。雨越下越大，她从我的怀里挣脱开。

“我得走了，湿成这个样子，上帝知道我该怎么解释。”

她最后一次飞快地吻了我一下，然后离开我，淹没在暴风雨中，消失在黑夜里。我站了一会儿，调整呼吸，然后寻找回去的小路，朝山上的吉利斯家走去。我刚刚走了不到十码，一个人影从黑暗中冒出来。我吓了一大跳，差点叫出声来。我认出来是彼得。他没有穿雨衣，仍是一身粗蓝布裤子和破旧的花呢夹克，是唐纳德·谢默斯穿过的旧衣服。他全身湿透，头发贴在脸上，即使在黑暗中我也能看出他可怜兮兮的痛苦表情。他一定是在我刚走就穿好衣服跟过来的。

“看在上帝的分上，彼得，你来做什么？”

“你和凯特在一起。”他说。

我不能否认。他显然看见了我们。“是的。”

“背着我。”

“没有，彼得。”

“有，约翰尼，我们总是在一起的。自从离开迪恩孤儿院后，我们三个总是在一起的。”他的眼中燃烧着一种奇怪的火焰，“我看见你吻她了。”

我拉住他的胳膊，“好了，彼得，我们回家吧。”

但是他挣脱了，“不！”他在暴风雨中瞪着我，“你一直在对我撒谎。”

“不，我没有。”我现在也开始生气了，“看在上帝的分上，彼得，凯特和我在恋爱，好吗？这和你一点关系也没有。”

他站了一会儿，一动不动地瞪着我。我永远也忘不了他那被欺骗的无辜眼神。然后他冲进黑夜中，我过了好几秒才反应过来，但是他已经消失不见了。

“彼得！”我在他后面大声叫喊。他奔跑的方向是海边，与回家的方向相反。我气急败坏地在他后面追。

排山倒海般的巨浪冲击着锯齿状的北部海岸线，一簇簇巨大的岩石群矗立在不高的悬崖脚下。我现在可以看见彼得了，一个非常模糊的小黑影，在岩石间攀爬，真是疯了！海浪随时都可能把他卷走，把他拉进海峡和不可避免的死亡。我一边诅咒着，一边冲入岩石间追他。

我在他后面大声呼喊，但是声音被大海淹没，被狂风卷走。我只能死死盯住他，竭尽全力追赶，让他保持在我的视线范围内。我离他只有十几步远时，他开始爬向一块大岩石。正常情况下，爬上去并不困难，但是今天这样的情形，只有疯子才会去爬。海滨的沙质低地下沉到二十英尺左右的地方，几乎垂直通往下面的岩石，后面是一个深深的裂缝，像是有人用巨斧把它劈开似的。

彼得是在几乎快爬到岩顶时掉下去的。他有没有叫喊，我不知道。他只是消失在那个裂缝的黑色窟窿中。我不顾一切危险，惶恐地爬到最后看见他所在的地方。我向裂缝中看去，下面是深深的黑暗。

“彼得！”我撕心裂肺地喊着他的名字，听到了回声。让我大松一口气的是，我听到了一声微弱的回应。

“约翰尼！约翰尼，救我！”

只有疯子才会像我这样做。如果停下来想一想，我会跑回去叫醒唐纳德·谢默斯。无论我们惹下了多大的麻烦，我应该去求救。但是我没有停下来，没有思考。很快我就和彼得一样需要帮助。

我开始朝裂缝下面爬，试图用裂缝的两壁作支撑，但是脚下的石头破碎，我跌进了黑暗中。

下跌的过程中我的头碰到了什么地方，在跌到底部之前我就失去了意识。我不知道昏迷了多久，但是醒来后我首先听到了彼得的声音，离我的耳朵非常近，一遍又一遍重复呼喊我的名字，就像某个愚蠢的咒语。

我随后意识到了疼痛，左臂的剧痛让人喘不过气来。我四脚朝天地躺在一堆石头上，左臂不自然地扭曲着压在身下。我立即知道它断了。我费了好大劲才翻过身，靠着岩石坐起来，在黑夜中诅咒着上帝、圣母、彼得以及所有进入我脑中的人。我什么也看不见，但是大海的咆哮声震耳欲聋，身子下面的鹅卵石上是潮湿的海草和沙。我意识到我们不在水下的唯一原因是退潮了。

涨潮时，像这样的暴风雨天气，狂怒的海水会冲入这个裂缝，我们两个可能会淹死。彼得在哭，我可以听见他的牙齿在打战。他紧紧挨着我，我可以感到他的身体在发抖。

“你得去叫人来帮忙。”我大声喊道。

“我不要离开你，约翰尼。”我感到他呼出的气息喷到我脸上。

“彼得，如果你哪儿也没摔断，你必须从这里爬出去，叫唐纳德·谢默斯过来。我的胳膊断了。”

但他只是更加紧地贴在我身上，抽泣着，颤抖着。我脑袋向后靠在岩石上，闭上眼睛。

我再次睁开眼睛时，黎明的第一道曙光从裂缝上方斜照过来。彼得蜷曲在我旁边的鹅卵石上，一动不动。我慌了，开始大喊救命。真是疯了！谁会听见？

就在我声嘶力竭叫哑了嗓子，差点要放弃时，一个身影出现在我们上面十五英尺高的地方。一个熟悉的声音向下喊道：“天哪，圣母玛利亚，你们在那里做什么，孩子们？”那是我们的邻居，罗德里克·麦金太尔。我后来知道他是在暴风雨后发现羊丢了，一路寻找到悬崖这边来的。如果不是因为这份侥幸，我们兄弟俩可能就死在那里了。实际上，我还是很担心彼得有生命危险。自从我苏醒过来后，他就没有动过。

没有随捕鱼船队出海的人们聚集在悬崖顶，其中一人系着一根绳子滑下来。我们很快被拉了上去。暴雨已经停了，但是风仍然很大。我永远也忘不了当我被拉上去时，曙光下，唐纳德·谢默斯的那张脸。他一句话没说，只是双手抱起我，把我送到已等在码头的船上，准备把我们送到鲁达哥。彼得仍然昏迷不醒。我们被一船的人围着，我听到有人说彼得昏迷是因为露宿造成的。“低体温症。”有人说，“如果他能活下来那实在万幸。”一种可怕的内疚感折磨着我。如果我不偷偷溜出来与凯特约会，这一切就不会发生。如果彼得发生了什么意外，我怎么面对九泉之下的母亲？我向她保证过！

我不太记得接下来一两天的事，只知道到了鲁达哥后，我们被抬到唐纳德·谢默斯的小货车上，送往达利堡的圣心医院。我一定也昏迷过，因为我甚至不记得胳膊上被打了石膏。一块又大又沉的白色熟石膏从手腕一直打到肘部，只有五根手指露了出来。我记得修女在床前俯身看我，黑色长袍和白色头巾仿佛死亡的预兆，可怕极了。我记得我出了很多汗，有一点神志昏迷，一会儿高烧不止，一会儿冷得发抖。

我终于完全醒过来时外面是黑的，我不确定到底是过去了一天还是两天。我的床头还亮着一盏灯，再次看到电灯似乎很让人惊讶，好像我穿越回到了从前的生活。

我所在的病房有六张床位，其中两张已经有人了，但是彼得不在这里，我开始有一种不祥的感觉。他在哪里？我从床上溜下来，光着脚踩在冰冷的油地毡上，双腿打战几乎站不起来。我轻飘飘地来到门口，外面是一个短短的走廊，敞开的门口有灯光洒进来。我能听见修女们的低语，还有一个男人的声音，也许是医生。“今晚很关键，”他说，“如果他挺过来就不会有事了，虽然情况很危险，至少他很年轻。”

我恍恍惚惚地穿过走廊，站在敞开的门口。三颗脑袋一起转向我，一个修女立即站了起来，走过来抓住我的双肩，“你从床上跑下来干什么，小伙子？”

“彼得在哪里？”我只说出了这句话。我看见他们互相交换着眼色。

医生是个五十多岁的男人，穿着一套黑西服。他说：“你弟弟得了肺炎。”从他严肃的神情可以判断情况很严重。

“他在哪里？”

“在大厅那边一间特护病房里，”一个护士说，“你明天可以看到他。”

但是我已经听见他们说有可能没有明天。我感到胃很不舒服。

“来吧，我带你回到床上去。”抓住我肩膀的护士带我回到病房。见我躺下后，她告诉我不要担心，先睡好觉。她关掉灯，离开病房，裙子发出窸窸窣窣的声音。

黑暗中我听到一个男人的声音从一张病床上传来，“肺炎是致命的，孩子，最好为你的弟弟祈祷吧。”

我躺了很久，聆听自己的心跳声，血液的脉动声，直到听见病友们终于睡着后发出的鼾声，但是我知道那一晚我不可能入睡了。我等待着，等待着，直到大厅里的灯光终于熄灭，整个乡村医院陷入死一般的寂静。

我终于鼓起勇气从床上溜下去，再次来到门口。我打开一条缝，向大厅那边看了看。修女值班室的门底缝隙透出一缕光，更远一点的地方，另一间房的门底也有灯光渗出来。我侧着身子溜出去，悄悄经过修女值班室，来到另一间房门口，慢慢拧开门把手，轻轻打开门。

这里的灯光很弱，是一种奇怪的黄橙色光，温暖，可以说很诱人。空气热得让人窒息，一个单人床旁边是一台电子设备，电线和导管穿梭在被子上，下面躺着的是彼得。我关上身后的门，匆忙走到彼得身边。

他的脸色很可怕，苍白而暗淡，眼睛下面是界线模糊的阴影，脸上汗涔涔的，闪着光，嘴半张着，身上盖的被子湿透了。我把手背贴在他的额头上，几乎被烫得缩回了手。他在发烧，烧得很厉害。他的眼珠在眼皮底下转动，呼吸浅而急促。

内疚感几乎把我击垮。我拉过一把椅子，坐在床边，把他的手放在我的手中，如同握住珍贵的生命。如果可以，我愿意把我的生命给他。

我不知道在那里坐了多久。有几小时吧，我想。但是不知什么时候我睡着了，一个修女叫醒了我。她拉着我的手臂，领我回到自己的病房，没有说一句告诫的话。回到床上，我断断续续地睡着过，睡得很浅，做着奇怪的关于暴风雨和性的梦，直到黎明的曙光围绕窗帘的边缘爬进来，照在病房的油地毡上。

门开了，修女用手推车送来了早餐，其中一个帮我坐起来，说："你弟弟没事了，晚上他的烧退了，他会好起来的，你吃完饭后可以去看他了。"

我狼吞虎咽，以快得不能再快的速度干掉了粥、烤面包和早茶。

我进去时彼得仍然躺在床上，但是脸上已经有了颜色，眼睛下的阴影没那么重了。他转过头看着我，我拉过一把椅子坐在他旁边。他的笑容浅淡，但是他似乎真的很高兴看到我。我原本害怕他永远也不会原谅我的。他说："对不起，约翰尼。"

我的眼中噙满了泪水，"为什么？你没有什么对不起我的，彼得。"

"都是我的错。"

我摇摇头，"你没有错，彼得，如果要怪，只能怪我。"

他微笑道："有一个女人进来，陪我坐了一整夜。"

我笑了，"不，那是我，彼得。"

他摇摇头，"不，约翰尼，是一个女人。她就坐在那边的那把椅子上。"

"那一定是修女。"

"不，不是修女，我看不到她的脸，但是她穿着一件绿色短夹克，黑色裙子。她整夜都握着我的手。"

即使在那个时候，我也知道发烧可以让人神志昏迷，让人产生幻觉，看见原本不存在的东西。是我握着他的手，毫无疑问，修女也曾进进出出过，这些影像在他的脑子里混为一团了。

“她的手很美丽，约翰尼，手指又长又白。她结婚了，所以不可能是一个修女。”

“你怎么知道她结婚了？”

“她戴着一枚婚戒，和我见过的任何戒指都不一样，像一种扭曲的蛇，像互相缠绕在一起的蛇。”

我想，那个时刻，我身上的每根汗毛都竖起来了。

他从来不知道母亲把戒指给我了，从来不知道我把它藏到床头袋子的一只袜子里，从来不知道那天它与其他东西一起被安德森先生扔到中央加热炉里去了。

我想，一些童年的记忆还留在他的脑海里是可能的，但是我相信那晚他所看见的与失去的记忆和精神错乱没有关系。我相信母亲在彼得病得最严重的时候，一直坐在他旁边，在另一个世界给他活着的力量，在我违背一直照顾他的承诺时，介入进来，填补这段空白。

我将把这份负罪感一直带入我的坟墓。

过了几天医生才让我们回家，当然，我的胳膊上仍然打着石膏。我很害怕，害怕唐纳德·谢默斯正等着以某种方式惩罚我们。当我们被从岩缝中拉出来时，他脸上的表情仍然清晰地刻在我的记忆里。

他开着那辆破旧的小货车出现在圣心医院门口，打开车的侧门，让我们爬进去。我们一路上默不作声，二十分钟后到达鲁达哥。在码头，尼尔·坎贝尔探问了我们兄弟俩，唐纳德·谢默斯与他交谈了几句，但还是没有和我们说一句话。我们爬上豪恩的码头，我可以望见凯特在欧亨利家的门口看着我们，站在山坡上的一个小小蓝色身影。她向我们挥手，但是我不敢向她挥手。

唐纳德·谢默斯与我们一起回到山上的房子里，玛丽-安妮在里面等着我们。晚饭在炉子上煮着，房间里弥漫着诱人的饭菜香味。我们进屋后她转过身来，仔细打量了我们一番，但是什么也没说，转身回到烤盘旁。

我们说的第一句话是饭前祈祷，感谢主赐给盘中的食物，然后玛丽-安妮给我们奉上了一顿国王才能享用到的美餐。那时我并不是特别喜欢《圣经》，但是我记得那个浪荡子的故事，他的父亲是如何像什么事都没有发生一样欢迎他回家的。我们大口咽下浓稠的蔬菜汤，从新烤的面包上撕下一大块，擦干净盘底再吃掉。我们还吃了炖肉和煮土豆，最后吃的是面包和奶油布丁。这可能是我这辈子吃得最美味的一顿大餐了。

饭后，我换上了粗布工作服和长筒雨靴，出去喂牲畜、母鸡和小马驹。左臂打着石膏做这些活不容易，但是回来的感觉真好。也许，来这里一年半后我第一次有了家的感觉。我下到农场找莫拉格，我确定它一定很想我，虽然又有点担心它把我忘了。但是我哪里也找不到它，找了几乎半个小时后，我回到家中。

唐纳德·谢默斯坐在炉边的椅子上，默默地抽着烟斗。我推开门时他转过头来。

“莫拉格在哪里？”我问。

他眼神奇怪而呆滞，“你刚刚把它吃了，孩子。”

我并没有让唐纳德·谢默斯看出我的伤心欲绝，只是在被子底下偷偷流了一晚上的泪。但是他还和我没完。

第二天他把我带到杀死莫拉格的棚子里。老棚屋的铁皮屋顶已经锈迹斑斑，我不确定为什么，但是一走进去就能立即感知那是一个死亡之地。我以前从来没有见过宰羊，但是唐纳德·谢默斯认为该是我了解这些的时候了。“动物是用来吃的，”他说，“不是用来爱的。”

他把一只小羊拉进棚子，把它的后腿吊起来，让我抓住羊角。羊挣扎着。他拿来一只桶放在下面，然后取出一把长长的尖刀，小窗透过来的光反射在刀刃上，寒光闪闪。他眼疾手快地切断了羊的颈动脉，血汩汩地流向下面的桶中。

我以为小羊还会挣扎几下，但是它几乎即刻毙命，无望的大眼睛望着我，直到血流尽，眼中的光熄灭。

那天晚上在查理海滩，当彼得的喉咙也被割断时，我看到了一样的眼神。

这个男孩正盯着我，像是在期待我说些什么。奇怪的是，我看见了他眼中的我，我伸手握住他的手。该死的眼泪！眼泪模糊了一切。我感到他用力捏住我的手，我生命中曾经有过的一切似乎都陷入了令人绝望的黑暗中。

“对不起，彼得，”我说，“对不起。”

二十六

老公墓里已经挤满了亡灵，墓穴从覆满青苔的石墙内扩张到了外面的沙质低地，一直延伸到教堂前的山坡边。

芬把车停好，走在墓碑之间。墓穴上的十字架光秃秃地立在这个没有树的地方，显得残忍而荒凉。如此多的灵魂在这里从此岸走向彼岸。墓地笼罩在教堂的阴影下。这座教堂由渔民捐建而成，它的圣坛下有一个船头。

在栅栏的另一边矗立着一座屋后带有温室的现代化平房，俯视着海峡。但这并非一处私人寓所，固定在山墙端的红色木板，以及通往侧门坡道边的椭圆形指示牌，都显示这是一个酒吧——政治家号。一个为死者提供服务的酒吧，芬想，从教堂通往墓地必经的地方，或者至少对哀悼者来说，是一个淹没他们的悲伤的地方。

停车场有一辆粉色软顶敞篷奔驰。当他经过车旁时，车里的一只约克夏犬隔着车窗玻璃朝他吠叫。

午后的酒吧很安静，只有寥寥几个顾客在慢慢啜饮着杯中的酒水。芬向吧台后面的年轻女子点了一杯啤酒。女子主动向他解释说酒吧是以那艘叫政治家号的船命名的，战争期间，那艘船在通往加勒比海的途中沉没于这里的海峡。

“当然，”她说道，“读过康普顿·麦肯齐的小说《荒岛酒池》的人都知道，那艘船载满了两万八千万箱上好的麦芽威士忌。接下来的六个月，岛民大部分时间都在‘抢救’这些酒并私藏起来，以逃避收税官课税。”

她拿出三只据说来自沉船的瓶子，里面还装着威士忌。芬不知道她已经讲过多少遍这个故事。

他抿了一小口啤酒，换了个话题。“这座岛西边的海滩，”他说，“公墓那边。”

“怎么了？”

“为什么有人把它叫查理海滩？”

女孩耸耸肩，“我从来没有听见谁这么叫过。”她转身喊一个老妇人，“莫拉格，你听说有人把下面的海滩叫查理海滩吗？”老妇人独自坐在温室里，一边凝视着远处的海峡，一边轻摇着杯中的杜松子酒。

莫拉格转过头来，芬能看出她年轻时一定非常漂亮。她面部轮廓分明，一头染过的浓密金发，皮肤黝黑光滑，两只手腕上晃荡着金银手链，手指上戴着戒指，给人的印象是五十多岁，虽然他能看出来她差不多有七十岁了。她轻轻抿了一口杜松子酒，优雅地举着酒杯，精心修饰过的指甲上涂着紫红色的指甲油。她穿着一件白色衬衫，外面套着一件带图案的敞胸短夹克，下面是一条半透明的蓝色裙子。她一点也不像这个岛上的人。

她冲他们嫣然一笑，“我不知道，亲爱的，”她讲的是英语，但是这个“亲爱的”用的是盖尔语，“可是如果让我来猜，可能因为那里是法国护卫舰杜特雷号载着邦尼王子查理和他的七个莫伊达特同伴登陆的地方。一七四五年他们来这里招募军队发起反对英国统治的詹姆斯二世党人起义。”

“我没有听说过这些。”吧台女孩说。

莫拉格摇摇头，“现在的学校什么也不教给你们。据说查理藏身在一个叫王子谷的小峡谷里。”她把目光转向芬，“谁想知道？”

芬举起酒杯，走过去与她握手，“我是芬·麦克劳德，正在打听曾经住在你家下面的那家人。”

她惊讶地扬起眉毛，“啊，这么说你知道我是谁？”

他笑了，“来这个岛之前我并不知道，但是到这里没多久后就有人告诉我了。我只是在瞎猜，这和停车场的那辆粉色奔驰没有关系。你是演员莫拉格·麦克尤恩？”

她笑容满面，“猜得对，亲爱的，你应该去当警察。”

“我曾经是，”他咧嘴笑了，“显然我应该在电视上见过你。”

“不是每个人都是那个盒子的奴隶。”她抿了一口杜松子酒，“你曾经是一名警察？”

“现在只是普通的老芬·麦克劳德了。”

“好吧，亲爱的，我在这里长大，那时所有的小农场都还有人住，所以如果有人能告诉你你想知道的东西，那个人就是我。”她喝干了杯中酒，僵硬地站起来，突然伸出手扶住芬的胳膊以稳住自己，“该死的风湿！跟我回家去，芬·麦克劳德先生，前警察，我一边给你讲故事一边给你倒两杯酒。”她信赖地靠在他身上，但是声音一直很适度地保持在舞台耳语的水平，“那里的酒更便宜。”

来到外面，她说：“把你的车留在这里，跟我来，你可以再走回来。”她钻进粉色奔驰，约克夏犬狂喜地欢迎她，芬坐在副驾驶座位上，“这是迪诺。迪诺，这是芬。”小狗看着芬，然后跳到主人的怀里。她发动汽车，降下车顶，“它喜欢风吹在脸上。阳光灿烂的日子很难得，不把车顶打开太可惜了，你同意吗？”

“完全同意。”

她点燃一支烟。“该死的政府法令，再不能在喝酒时好好抽支烟了。你只能在家里抽。”她深深地把烟吸进肺里，然后心满意足地吐出来，“这样好多了。”

她把车挂到一挡，奔驰像袋鼠般疾速驶向大门口，出门后拐向上山的路，差点碰到了门柱。迪诺趴在她的右臂上，脑袋从打开的车窗探出去，迎着风。她玩杂耍般地用掐着烟的手换挡，加速朝小学以及教堂的方向驶去。芬很紧张，两只手紧紧抓住座位两边，露出了白色的指关节。莫拉格开车很随意，时左时右，每次都要换挡。烟灰以及她嘴中吐出的烟圈，被风吹走。

“我告诉奔驰经销商说想要粉色车时，他们说没有，”她说，“我告诉他们，这个当然有。我给他们看我的指甲，并留下一瓶指甲油，这样他们就能找对颜色了。当他们把车交付给我时，我说，你看，一切都是有可能的。”她笑了。芬希望她能好好地看路，而不是一边说话一边看他。

他们越过山顶，加速朝豪恩港口开去，在绕过小海湾的最后一刻拐向右边，到达一条通往莫拉格家的新私人车道。奔驰驶过一个牲畜栅栏，在点缀着五彩玻璃珠的花岗岩碎石路面上发出咔嗒咔嗒的声响。

“夜晚开灯时，路面会发光。”莫拉格说，抱着迪诺下了车，“就像行走在光带上。”

裸体女性的石膏雕像守卫在通往露台的台阶两边，花园里与实物一样大小的鹿或站或躺，一座美人鱼铜像趴在小池塘的石头上，管状霓虹灯沿着围栏铁丝挂着，陶瓦瓷砖铺在石楠草丛中，几枝耐寒的开花灌木似乎已经历过风雨洗礼并生存下来，房子周围的风铃叮当作响。

“跟我来。”

芬跟着莫拉格和迪诺一起走进门厅，那里铺着厚厚的格子呢地毯，一直延伸到通往二楼的宽阔楼梯下。墙上贴了一层墙纸，上面印着五月花、圣母玛利亚、帆船以及圣徒。希腊式圆柱上点缀着廉价的装饰品，一个光滑的、全尺寸的镀银猎豹伸展着身躯，从门道一直延伸到起居室。起居室很大，兼作家庭酒吧，两边都是大型观景窗，后边是通往露台的落地窗。每一个可利用的陈设空间、架子、桌子、吧台，都放满了小瓷器雕像、装有镜子的珠宝盒和灯具等。瓷砖地板擦得锃亮，几乎可以反光。

莫拉格把夹克甩到皮革躺椅上，轻飘飘地移步到吧台后面倒酒，“啤酒？威士忌？还是什么更有异国情调的？”

“来杯啤酒就可以了。”芬在酒吧的那杯啤酒才喝了不到一半。他接过她手中冒着泡沫的玻璃杯，漫步穿过各种小摆设，来到落地窗前。从那里可以眺望北面的海峡以及远处的南尤伊斯，正下面是小海湾以及小石头海港。在道路修好之前，还需要汽车码头的那些日子，通往鲁达哥的船只往来穿梭在那里。“你出生在这里吗？”

“不，但可以说我是在这里长大的。”

芬转过头，看见她喝了一大口杜松子酒，杯中冰块碰撞的声音听起来犹如外面的风铃声。“一个埃里斯凯岛的女孩是怎么变成著名演员的？”

她放声大笑起来，“是不是著名我不知道，”她说，“但是对一个埃里斯凯岛的女孩来说，无论做什么，只要不做埃里斯凯岛女孩，第一步就是离开这个该死的地方。”

“你离开时多大？”

“十七岁。我去格拉斯哥的苏格兰皇家音乐戏剧学院上学。你看，自从在教堂大厅看过一场埃里斯凯岛的电影后，我就梦想当个演员。那其实只是一部纪录片，三十年代某个德国小伙子拍摄的。但是看到那些人出现在大银幕上，我深感震撼。这部纪录片使他们永生，我于是知道，那就是我想要的。”她咯咯地笑起来，从吧台后面走出来，坐到长沙发上，迪诺立即跳到她的膝上，“一次，岛上的一位老师告诉孩子们他要在家放电影，我十分兴奋。那时岛上刚刚通电，大家都挤进他家的起居室看电影。他收我们每人一便士，然后放映他在因弗内斯度假的幻灯片。想象一下！”她再次放声大笑起来。迪诺抬起头，汪汪叫了两声。

芬笑了，“你回来探过亲吗？”

她连连摇头，“不，从来没有。我在格拉斯哥和爱丁堡的剧院工作了许多年，还在苏格兰各地演哑剧。后来苏格兰电视台的罗伯特·洛夫给了我一次上电视的机会，我从此再也没有回过头。我去了伦敦，参加演员海选活动，得到了一些角色，空闲时间就做服务员。我想我干得不错，但是从来没有取得巨大成功。”她又满满喝了一口酒，沉思片刻，“直到，有一天，我得到了《街道》的一个角色。虽然这个时刻来得有点迟，但它却让我一夜成名。不知道为什么，人们喜欢我的角色。”她咯咯笑了，“我变成了你所说的家喻户晓的人物。这个角色给我带来了二十年的声名和不可思议的财富，为我得到了这一切。”她在她的王国里挥挥手，“非常舒适的退休生活。”

芬若有所思地凝视着她，“是什么让你又回到了这个地方？”

她看着他，“你是一个岛民，不是吗？”

“是的，我来自路易斯岛。”

“那么你知道为什么，这些岛上有种东西，亲爱的，到最后总是会把你带回来。我已经在山上的墓地预订了我的安身之所。”

“你结过婚吗？”

她的笑容中有一丝悲哀，“曾经恋过爱，但是从没有结过婚。”

芬走到侧窗前，看着外面的山，“那么你认识住在下面的那家人？”

“是的，我认识。我是个孩子时老寡妇欧亨利曾经和一个叫凯特的小姑娘住在那里。凯特是我的同班同学，一个 homer。”

芬皱起眉头，“一个 homer？什么意思？”

“寄养在别人家的男孩和女孩，亲爱的，有几百个孩子被议会和天主教会从孤儿院和地方当局的收容所接出来，送到这个岛上，交到陌生人手中。那时候没有什么审查，孩子们被扔在洛赫博伊斯代尔的码头，脖子上挂着寄养家庭的名字，等着被认领。山上的小学里全是这样的孩子，一度有近一百人。”

芬极度震惊，“我一点也不知道。”

莫拉格点燃一支烟，深吸一口，吐着烟圈，“是的，主要集中在六十年代。我曾经听牧师说，在一代代近亲繁殖后，为岛上注入新鲜血液是件好事。我想这是人们的初衷。虽然孩子们并不都是孤儿，你知道，有一些来自破碎的家庭。但是没有回头路，一旦被送到这里，你与过去所有的联系就都被切断了。他们禁止你与家人联系，可怜的孩子们，有一些受到了可怕的虐待，被鞭打甚至更糟。大多数被当作奴隶对待，少数比较幸运，比如我。”

芬扬起眉毛，“你也是一个 homer？”

“是的，麦克劳德先生，我被寄养在帕克斯的一个家庭，在岛的另一边。当然，现在一切都不在了，你要知道，当地人没有孩子。但是与许多人不同的是，我在这里有快乐的记忆，这也是我回来的原因。”她喝干酒，“我还要再加点，你呢？”

“不用，谢谢。”芬几乎没碰过杯中的啤酒。

莫拉格把膝上的迪诺抱到一边，起身去吧台给自己又倒了一杯，“当然，不光是本地人让那些孩子的日子难过，还有一些新移民，大多数是英格兰人，比如说达利堡学校的校长。”她笑了，“他以为自己到这里来是教化我们的，亲爱的，禁止 Gillean Cullaig。”

“那是什么？”

“传统的除夕活动。在除夕夜，男孩们成群结队地来到每户人家门前，献上祝福的诗歌，以此得到面包、烤饼、蛋糕和水果的奖赏。他们把这些东西装进随身携带的白色面粉袋里。这是一个延续了几个世纪的传统，但是毕古德先生认为这种行为有点像乞讨，于是下令禁止任何学生参加这种活动。”

“所有人都遵守？”

“嗯，大多数吧。但是我们班有一个男孩，叫唐纳德·约翰，一个 homer，住在吉利斯兄妹家，就在山那边，他藐视这项禁令，与一些大孩子们一起去了。毕古德发现后，用皮鞭狠狠抽了他一顿。”

芬摇摇头，“校长没有权利那么做。”

“但那个时候，他们有权为所欲为。可是唐纳德·谢默斯——唐纳德·约翰寄居的那家主人——跑到学校，把校长揍得屁滚尿流。请原谅我说粗话。那天他把唐纳德·约翰从学校带走了，那个孩子再也没有回来过。”她笑着说，“毕古德不出一个月就夹着尾巴回英格兰去了。”她又笑了，“那个时候我们的生活真是丰富多彩。”

芬环顾四周，心想，她仍然过着多彩的生活。“你知道凯特后来的情况吗？”

莫拉格耸耸肩，又喝了一口酒，“不，我恐怕一无所知，亲爱的，在我走前不久她就离开了这座岛。我只知道她再也没有回来过。”

又一个死胡同。

芬要离开了，云朵不祥地聚集在西部海湾，风更猛了，带着零星的雨点。西面更远的地方，云的另一边，太阳渐渐沉入海平面，在海面上洒下了一片细碎的金光。

莫拉格说："我还是开车送你回山那边吧，亲爱的，看起来可能会下一场倾盆大雨。我把车库门开着，这样我回来时可以直接开进去。"

她在门边的控制板上输入一组密码，车库门慢慢升起，平折进屋顶。他们上车时，芬看到了车库后面的一架老纺车。"你还纺织？"他问。

她大笑起来，"上帝啊，不，从来没有，永远也不会。"迪诺跳进她的怀里，她关上车门，但是这次没有降下软篷车顶。迪诺嗅着，汪汪叫着，湿鼻子在车窗上摩擦着，直到她把车窗降下来。迪诺习惯性地趴在她的胳膊上，头伸到窗外的风中。她一边沿着私家车道向下开去，一边说："那是一辆老纺车，我打算把它修好后放在餐厅里。它让我想起过去的时光。我还是个小女孩时，这里所有的妇女都纺线。她们把线在油中浸染后，织进毛毯、袜子以及给男人们穿的毛线衫里。那时候大多数男人都是渔民，一周有五天在海上。埃里斯凯岛这种用油浸染过的毛线衫具有很好的防水性，他们全都穿着这样的毛线衫。"

她在车道尽头转弯时吸了一口烟，车差点碰到了栅栏柱。

"你知道，每个女人都有自己的图案，通常由母亲传给女儿。每个人编织的图案都是与众不同的，所以当一个男人的尸体从大海里捞起来后，即使腐烂到面目全非，也可以通过他毛线衫的图案识别出来，像指纹一样可靠。”

她向早些时候与芬讲过话的老人以及他的狗挥挥手，奔驰差点开进了沟里，但是莫拉格似乎根本就不在意。

“岛上一位退休老牧师有点像历史学家，”她笑道，“一个独身男人在漫长的冬日夜晚能做些什么呢。”她淘气地对芬做了个鬼脸，“不管怎样，他可以说是关于老埃里斯凯岛编织图案的专家。我听说他收藏了许多照片和图案，据说可以上溯到一百多年前。”

他们到达山顶时，她很好奇地瞥了一眼芬，“你不怎么说话，麦克劳德先生。”

事实上芬觉得自己根本插不上嘴，但他只是说道：“我很喜欢听你讲故事，莫拉格。”

过了一会儿，她问：“你为什么对欧亨利家的人感兴趣？”

“我感兴趣的并不是欧亨利家的女主人本人，莫拉格，有一位现在住在路易斯岛的老人，我在帮他寻根。我想他可能来自埃里斯凯岛。”

“嗯，也许我认识他。他叫什么？”

“哦，你不太可能知道。他自称托尔莫德·麦克唐纳，但这不是他的真名。”

“那他的真名叫什么？”

“我也不知道。”

芬驱车从鲁达哥向北驶去，雨开始下起来，从辽阔的大海横扫沙质低地向西飘洒，豆大的雨点一开始还是零零落落的，很快就如瓢泼了，迫使他双倍加速雨刷。他在达利堡转弯，驶入洛赫博伊斯代尔路，脑中仍然充满了莫拉格关于埃里斯凯岛编织图案的故事。这也许是他查清马萨丽父亲身份的最后机会，非常非常渺茫的机会。

洛赫博伊斯代尔酒店坐落在海港上面的山上，位于比格·肯尼思山的背面。这是一座传统风格的古老建筑，粉刷了一层白灰，扩建部分则很现代，餐厅向外眺望着海湾。大厅的黑色前台边，一个穿着格子呢裙子的姑娘给了他一间单人房的钥匙，并确认这里有一台传真机。芬记下号码后朝楼上的房间走去。

他透过房间的老虎窗向下面的码头看去。风雨中从奥本开来的卡尔麦克号渡轮在坡道上缓缓放下汽车甲板，穿着黄色油布雨衣的调度员指挥着汽车下船。芬不知道，当那些茫然无措的可怜孩子离开熟知的一切，被扔在这个陌生的码头，面对未知的命运时，是怎样的心情。芬对那些做出这种毫无人性决策的人充满了愤怒。

当时除了那些当事人，谁还知道这些？为什么媒体从来没有报道过？如果发生在今天肯定会被曝光。如果人们知道这些事，会有怎样的反应？他确定自己的父母会很愤怒。他一想起这事就悲愤满怀。一个父亲的愤怒，一个孤儿的伤痛。他的心在为那些可怜的孩子滴血，直想举起鞭子发泄一下。

雨像眼泪一样顺着窗户流下来，为那些迷失的可怜灵魂而流的眼泪。

他穿过房间，身着睡衣在床沿坐下。打开床头灯时，沮丧感像裹尸布一样向他袭来。从手机的通讯录中他找到乔治·甘恩家里的号码并拨打过去，甘恩的妻子接了电话。芬想起乔治不止一次请他过去与他们夫妇一起吃野生三文鱼，他还从来没有见过她。

“你好，甘恩夫人，我是芬·麦克劳德，乔治在家吗？”

“嘿，你好，麦克劳德先生，”她像老朋友一样说道，“稍等一下，我去喊他。”

过了一会儿，他听到了甘恩的声音，“你在哪里，麦克劳德先生？”

“洛赫博伊斯代尔，乔治。”

芬听出了甘恩声音中的惊讶，“你跑到那个地方干什么去了？”

“我很确定马萨丽的父亲来自埃里斯凯岛，而且我想也许有一个办法能搞清楚他曾经是谁，或者说他到底是谁。但是结果还是个未知数，我得赌一把，乔治，我需要你的帮助。”

对方沉默良久后才说：“怎么帮？”

“印在尸体上的毯子图案画下来了吗？”

甘恩更加惊讶了，“是的，事实上画师今天还在我这里。”他停顿了下，“你要让我插手这事吗？”

“是的，乔治，我很确定。”

电话那头传来一声叹息，“你在考验我的耐心，麦克劳德先生。”芬等待着，甘恩停顿了一下后继续说，“你想让我做什么？”

“我想让你把那些图案传真到洛赫博伊斯代尔酒店来。”

二十七

又是可恶的黑暗！总是黑暗。我刚做了个梦，梦境中有样东西很清晰。真是见鬼了，到底是什么，我现在竟然一点也想不起来了，但我肯定是它把我惊醒的。

几点了？哦，玛丽把床头钟拿走了，但现在一定是挤牛奶的时间了。我希望雨已经停了。我拉开窗帘，看到雨水仍然在玻璃上流淌。真见鬼！

我很快穿好了衣服。我最喜欢的旧帽子就搁在椅子上。这顶帽子跟随我多年了，它使我温暖，无论什么天气，我的头发都是干的，虽然它也被风吹走过几次。

门厅里的灯亮着，但是不见玛丽的影子。也许她在厨房里为我做早饭，我就坐在桌边等着好了。我不记得昨晚我们吃过晚饭没有，但是我现在很饿。

啊，上帝！我突然想起来了，那个可恶的梦。我在什么地方的海滩上，和一个年轻人一起散步。他给了我一枚硬币般的小像章，系在一条银链上。我握住它，把它扔到了海里。直到看见它消失的那一瞬间我才想起它是什么。是圣克里斯托弗像章，凯特给我的，我记得很清楚。只是一切都是黑暗的，我的状态可怕极了。

在鲁达哥码头，唐纳德·谢默斯的小货车里，彼得裹在一件旧针织被罩里，死了，血腥而混乱。我几乎不能控制我的感情。

我们用唐纳德·谢默斯泊在海湾的小船从豪恩穿过海峡把他带到了这里。那是一个地狱般的夜晚。我在风中感到了上帝的愤怒，还有母亲责备的声音。谢天谢地，要不是海湾这一边的房子有灯光，我们永远也划不回来了。那夜伸手不见五指，小船像软木塞一样弹跳着，我简直无法把船桨插回水里。

小船被用缆绳系在码头的尽头，在黑暗中猛烈地起伏摇摆。我知道凯特必须独自把船划回去。我知道她不想那么做。我永远也不会忘记她的眼神。她用双手抓住我的衣领。

“不要走，约翰尼。”

“我必须走。”

“你不必！我们能告诉他们发生了什么事。”

但是我摇摇头，“不，我们不能。”我抓住她的双肩，紧紧按着，“你不能告诉任何人，凯特，永远也不要。你向我保证。”她什么也不说，我摇晃着她，“你保证！”

她低头看着地，“我保证。”她的声音几乎在我听到之前就被风吹走了。我把她紧紧地搂在怀里，都快要把她压碎了。

“没有办法对任何人解释，”我说，“有一些事情我必须要做。”我已经让我的母亲失望了。我知道在做好这些事情之前，我不会原谅自己。

她抬头看着我，我看到了她脸上的恐惧，“算了吧，约翰尼，随它去吧。”

但是我不能，她也知道。她从我的怀中挣脱出来，从脖子上解下圣克里斯托弗像章的银链，举向我，像章在风中旋转着，“我要你收下这个。”

我摇摇头，“我不能。自从我认识你，这个东西就一直陪伴着你。”

“收起来！”这是一种我知道的不容商量的语气，“它会保佑你平安，约翰尼。我要你每次看见它就会想起我，用它来记住我。”

我不情愿地接过像章，紧紧地握在手中。我会把这个象征凯特的像章永远带在身边。她抬起手，抚摸我的脸，就像我们第一次在一起时一样，然后她吻我，那样温柔、甜蜜的吻，充满了爱和悲伤。

那是我最后一次见到她。尽管我后来结婚了，有两个很棒的女儿，但我再也没有爱上过其他人。

啊，上帝！是什么魔鬼借我的手把它扔进了大海？那只是一个梦，还是我真的扔了它？为什么？我为什么要那么做？可怜的凯特，从此永远地失去了。

灯亮了，刺目的灯光让我睁不开眼睛。一个女士盯着我，仿佛我有两颗脑袋似的，“你坐在黑暗中做什么，麦克唐纳先生？还穿好了衣服。”

“挤牛奶的时间到了。”我告诉她，“我在等玛丽给我送早饭。”

“现在吃早饭还太早了，麦克唐纳先生，来吧，我带你回到床上去。”

疯了！我已经起床了，那些奶牛会等不及的。

她伸手扶住我的胳膊，帮我站起来，盯着我的脸。我可以看出来她在担心什么。

“啊，麦克唐纳先生……你一直在哭。”

是吗？我伸手摸摸自己的脸，看看有多湿。

二十八

老牧师的房子坐落在山上，俯瞰着查理海滩，通往帕克斯和阿卡塞莫儿的单行道恰好在这里拐弯。牧师骨瘦如柴，岁月和风雨使他弯下了腰，然而却有一头漂亮的银发，敏锐的蓝眼睛仍然闪着智慧之光。

从他的房子门前可以看见正下方新建的防波堤，以及巴拉海峡对面优美的景色。

芬上午十点钟左右就到了，他站在门口的台阶前，敲了敲门，一边眺望着远方，一边等待着老人来开门。波光粼粼的海水涌向清澈透明的蓝色海湾，风拉扯着他的裤子和夹克。

“我无法想象这个世界上还有什么更好的安度晚年的地方。”牧师的声音吓了芬一跳，他转过头，看见老人正凝视着远方的峡湾，“我每天看着来自巴拉的滚装船来来去去，不断地向自己承诺，我也要坐船去对面，来一趟小小的旅行，在老朋友去世之前去看看他们。那是一座美丽的小岛，巴拉，你知道吗？”

芬摇摇头。

“那你也应该去一趟，不要像我一样做个拖延症患者。进屋说吧。”

他俯身站在起居室的餐桌旁，照片、草图以及相册铺满了桌子，相册里满是剪贴画、影印件和手写的清单。他接到芬的电话后就立即拿出了这一切，在桌子上铺开。他并没有多少这种炫耀收藏的机会。他的绿色开襟羊毛衫紧扣着，里面是一件白色衬衫，领口敞开着，灰色法兰绒裤子在棕色拖鞋上面卷起来。芬注意到他的指甲缝里有泥，大概有两天没有刮过胡子了，松弛的脸上是漂亮的银色胡子茬。

“埃里斯凯毛衫是现在能在苏格兰找到的最珍贵的手工艺品之一。”他说。

芬很惊讶，“还有人在织吗？”

“是的，在一个手工艺品合作社里，有几个女人还在编织这种毛衫。过去这些毛衫都是单色的海军蓝，但是现在她们用上了奶油色，这很可惜。不过，单色并不能真正显示图案的复杂性。”

他从地上的一只手提袋里取出一件毛衫样品，平摊在桌子上，芬明白了老牧师的意思。图案非常精美，一排排横向、竖向、斜向的条纹相互交织，有些是菱形的，有些是Z字形的。老人轻轻抚摸着这件蓝色菱纹羊毛衫。

“她们使用非常好的针，织得非常紧。你可以看见，这件羊毛衫是没有缝的，既保暖又防水，大约需要两个星期才能织一件。”

“每个家庭的图案都是独特的吗？”

“是的，的确如此。它是一代代传下来的，这个传统一度在整个赫布里底群岛区域都很盛行，但是现在只有埃里斯凯岛了，毫无疑问最终它会在这里消失。年轻人没有多少兴趣把它传承下去，因为太费时间了。现今的女孩只想要今天的一切，最多加上昨天的。”他悲伤地苦笑了一下，冲着芬摇摇头，“这就是为什么我认为让这样一种精美的手工艺消失在历史的长河中而不留下痕迹是一种遗憾。”

“你有岛上每个家庭的样品吗？”

“差不多吧，大概涵盖过去的七十年。你想喝点什么吗？或许来点威士忌？”

芬婉谢了，“现在还早着呢。”

“哦，喝一小口威士忌永远也不太早，麦克劳德先生，我可不是通过等着喝一小口酒或牛奶才活到这把年纪的。”他咧嘴笑了，朝一张旧书桌走去，桌子的下拉门开着，露出了不少藏酒，他挑了一瓶，给自己倒了一小杯，“你确定这些不能吊起你的胃口？”

芬笑了，“不，谢谢。”

老牧师回到餐桌边，轻轻抿了一小口酒，“你有要找的东西的样品吗？”

“有。”芬从包中取出甘恩的传真，放在桌上的羊毛衫上，把它抚平。

老人凝视着它，“啊，是的，肯定是埃里斯凯岛的图案，”他说，“你从哪里搞到的？”

芬犹豫了一下，“这是根据一条毛毯留下的压痕画出来的，或者是小地毯，反正是某种织物。”

牧师点点头，“嗯，把它与我所有的样品对比要花些时间。如果我不能引诱你喝一点酒，你给自己来杯茶吧。”他朝炉子那边点点头，“坐在炉火边，我给你一本《圣经》读读。”他调皮地笑了一下，“但是对于那样重口味的东西，现在的确有点太早。”

芬坐在炉火边，喝着一杯浓郁的甜红茶，透过嵌壁式的小窗凝视着外面，以及下面的海滩。他全部的直觉告诉他，他正俯视着一个犯罪现场，就是那个在路易斯的泥炭沼泽中挖出来的年轻人被谋杀的地方。他仍然不知道那个年轻人是谁，然而，如果屏住呼吸，仔细聆听，他几乎可以听见风的低语，仿佛是在告诉他，真相已经触手可及。

“麦克劳德先生？”

芬转头朝餐桌看过去。

老牧师微笑道：“我想我可能已经知道是谁织的了。”

芬站起来，紧走几步，来到牧师身旁，看着桌上的一张黑白老照片。上面是一件埃里斯凯羊毛衫，十分清晰，完全可以与甘恩传真过来的画做对比。他的眼睛在二者之间来回眨着。老人指出了所有的关联点，太多的迹象表明这两样东西是同一双手织出来的。实际上，它们完全相同。

芬指着传真说：“但这不是一件羊毛衫。”

“没错，”牧师若有所思地摇摇头，“我想这是一种被子，几个方块缝在一起，非常暖和。”他找到了其中一个方块模糊的直角轮廓。芬想，一个死人是不需要温暖的。“你还没有告诉我你是从哪里搞到这个的。”

“很遗憾，”芬说，“我还不能告诉你。”

老人点点头。这位虔诚的牧师是个凡事顺其自然的宿命论者。

但是芬再也掩饰不住自己的好奇心，“这是谁织的图案？”

牧师把照片翻过来，已褪色的墨迹，端正的字体，写着“玛丽-安妮·吉利斯，1949”。

废墟坐落在山坡的高处，几乎被随风摇摆的荒草掩埋。房子的上半部几年前就坍塌了，前门只剩下两堵破墙之间的一个口子。深深嵌入墙体的小窗户仍然完整，只是所有的木框和玻璃早就没有了。每面山形墙上的烟囱还在，其中一个顶上甚至还覆盖着一只黄色陶瓷盆，摇摇欲坠的样子。房子四周的杂草中还能看见其他建筑物地基：一间小屋，毫无疑问是牲口棚；一个谷仓，用来贮藏过冬的干草。曾经耕种过的一块地沿着山坡一直延伸到下面的马路边。在路的另一边，阳光洒在小海湾和更远处的峡湾上，波光粼粼。一片片云朵竞相飘过湛蓝的天空，追赶着它们投在山坡上的影子。路边的一所白房子有一个任风肆虐的小花园，春天的花朵五彩斑斓，在风中摇曳。

从这里可以清楚地看见，对面的山顶上，矗立着一座花岗岩教堂。它是渔民用一晚上的所得集资而建的，一个多世纪来支配着岛民的生活。

芬小心地在房子里面穿行，坍塌的墙体凌乱地埋藏在荒草和荆棘中。这是吉利斯的家，莫拉格·麦克尤恩昨天指给他看的。

这也是那个叫唐纳德·约翰的男孩的家，他因为违背达利堡学校校长的旨意而遭鞭笞。这还是那个叫玛丽-安妮·吉利斯的女人的家，是她织的毛毯。从这里出发向北，四小时车程外的路易斯岛，一个年轻人的尸体在泥炭沼泽地里被发现，上面印着她织的毛毯的图案。还有，芬沉思着，在尸体被埋的那个年代，道路条件要差很多，即使有堤道也是寥寥无几，通过渡轮要花更长时间。对于那个时候生活在埃里斯凯的人来说，路易斯岛是个无比遥远的地方。

风中传来汽车的喇叭声，他从废墟中走出来，分泌黏液的植物和黄色花朵深及他的膝盖。他看见莫拉格的粉色奔驰在山脚下紧挨着他的车子停下来，车顶已收起。她在向他挥手。

他朝山下走去，一块块沼泽地在脚底下嘎吱作响。他小心穿行，来到车边。迪诺在它最惯常待的地方——主人的膝上，向他汪汪叫着，以示友好。“早上好。”芬说。

“你在那里做什么，亲爱的？”

“你昨天告诉我那里是吉利斯的家。”

“是的，没错。”

“那个叫唐纳德·约翰·吉利斯的男孩住在那里。”

“是的，与老唐纳德·谢默斯及其妹妹玛丽-安妮住在一起。”

芬若有所思地点点头，“只有他们三个吗？”

“不，唐纳德·约翰有个弟弟，”莫拉格避风点燃一支烟，“让我想想他的名字……”她深吸一口烟，悠长地吐出来，烟圈旋即消失在风中，“彼得，”她终于想起来了，“唐纳德·彼得，这是他的名字。”她笑了起来，“这里每个人都叫唐纳德，中间名才最重要，”然后她又悲伤地摇摇头，“可怜的彼得，一个可爱的男孩，但不太正常，如果你明白我的意思。”

此时此刻，芬知道，他终于弄清楚了马萨丽的父亲来自什么地方，以及在希亚德的沼泽地挖出的那具尸体是谁。

二十九

路易斯岛整个北半部被一种奇怪的平静氛围笼罩着。在驱车向北的漫漫长路中，芬的脑子里一片混乱，与这种平静形成了鲜明对比。

他一次也没有停下来过，除了在斯托诺韦停留了大约半个小时，向乔治·甘恩简要介绍了下他的发现。甘恩在事故调查室默默倾听，时而凝视窗外对面房子的屋顶、卢斯城堡以及山上的树木，夕阳斜照在树枝之间，在山坡上铺下了长长的粉色丝带。他说："如此看来这个死去的男孩是马萨丽父亲的弟弟。"

"唐纳德·彼得·吉利斯。"

"其实他们并不真的姓吉利斯，那只是他们寄居家庭的姓氏。"

芬点点头。

"我们不知道他们来自哪里，原名是什么？"

离开斯托诺韦后，在汽车穿越布满沼泽的巴弗斯荒野和西海岸的一座座村庄时，芬还在想这个问题。

他不知道教会是否还保留着那些背井离乡的可怜孩子的档案。如果有，都会记下什么？他不确定地方政府是否更愿意配合。都过去了这么久，谁还会在乎这些失败的家庭琐碎的过去？谁会在乎这些孤儿的权利？自己的同胞竟然能做出这样的事，而且距离今天也就几十年的时间，芬感到一种深重的耻辱。

要搞清楚唐纳德·约翰·吉利斯和唐纳德·彼得·吉利斯的真实身份，最大的难题其实是没有人知道他们来自哪里。他们是无名的乘客，在洛赫博伊斯代尔的码头下船，脖子上挂着卡片。他们的过去被彻底抹去。现在，彼得已经死去，他的哥哥迷失在老年痴呆的阴霾里。谁还能记得？谁能证明他们到底是谁？那些孩子永远地丢失了，杀死彼得的凶手和动机也可能永远成谜。

内斯海角的灯光在昏暗中闪耀，犹如天上的繁星。芬开车一路向北，在穿越尤伊斯岛时，狂风停息，大自然进入一种反常的寂静状态。从后视镜中他仍然能看见阴云在它们惯常聚集的地方——哈里斯的山峰周围徘徊，远离西部镜面般的大海，白日的最后一缕光芒已逝，黑夜来临。

马萨丽家后面的碎石路上停着三辆车，芬利克斯的Mini、马萨丽的雅特和唐纳德·默里的SUV。

芬敲敲门，走了进去。唐纳德和马萨丽一起坐在厨房的餐桌边，有一片刻，芬涌起一种强烈的嫉妒感。毕竟，许多年前，是唐纳德·默里夺去了马萨丽的童贞。但那就像另一世的生活，那时的他们与现在是如此不同。

唐纳德向他点头致意，“芬。”

好像是想让芬立即知道没有嫉妒的必要似的，马萨丽迅速开口说：“唐纳德过来和我商量芬利克斯和唐娜的事。”

芬对唐纳德说：“芬利克斯去见过你了？”

“他今天早上去过。”

“然后呢？”

唐纳德揶揄道：“他真是他爹的儿子。”

芬忍不住也笑了。

马萨丽说：“他们已经搬到一起来了，不走了，还有孩子，在楼上。”她不确定地瞥了一眼唐纳德，“唐纳德建议和我一起分担照顾孩子的责任，让芬利克斯和唐娜完成学业。这意味着，他们中有一个或两个要离开这座岛，去上大学。我的意思是，我们都知道当你年轻时不要抛弃生活赋予的机会有多么重要，否则你将悔恨终身。”

她的声音除了苦涩，芬不知道是不是还有对他的指责。

“听起来像一个计划。”

马萨丽垂下眼睛看着桌子，“我只是不太确定我能不能负担得起。我的意思是，芬利克斯上大学和养孩子的钱。我一直靠阿泰尔的人寿保险生存，并希望能支撑到我完成大学学业，如果我能考上的话。我猜我得延迟拿学位的时间，在学习期间找一份工作。”

“那样很可惜。”芬说。

她耸耸肩，“没有什么选择了。”

“还可能有。”

她疑惑地看着他，“比如说？”

“比如说我帮你分担，”他笑了，“毕竟，我是伊丽的爷爷。也许我们不能阻止孩子犯我们犯过的错误，但是至少我们可以帮他们收拾残局。”

唐纳德的目光在他们两人之间流转，辨别和理解着言外之意，然后站了起来，“好了，我该走了，让你们俩好好聊聊。”他犹豫了一下，向芬伸出了手。他们的手握在了一起。

唐纳德走后，厨房陷入了奇怪的寂静之中，头顶炫目的灯光摇曳，一切都显得那样不真实，像是一场梦。他们可以听见从房子深处传来的芬利克斯播放的音乐声。

马萨丽终于开口：“你怎么能负担得起？”

芬耸耸肩，“我有一点积蓄，我也不会永远没有工作。”

沉默再次降临。充满了遗憾的沉默，遗憾他们的失败，既是各自的，又是共同的。

芬说：“你考得怎么样？”

“不要问。”

他点点头，“我猜你并没有准备好。”

“是的。”

他深吸一口气，“马萨丽，我有一些消息要告诉你，关于你父亲。”她的蓝眸盯着他，充满了好奇。“我们为什么不出去呼吸点新鲜空气？今晚的夜色很美，海滩上不会有什么人。”

夜空中充满了大海的呢喃。它叹息着，就好像因为终于不用保持愤怒的样子而感到如释重负似的。大半个月亮升上天空，向大海和沙滩洒下一片光芒，制造阴影的光芒，模糊事实的光芒。空气很温和，带着夏天即将到来的气息，仿佛夜晚的一首诗，随着浅波荡漾，像冒泡的灵泉之水，沿着海滩涌动。

芬和马萨丽走得很近，近得能感觉到彼此的体温，在无人涉足的沙滩上留下了两串脚印。

“曾经有一段时光，”芬说，“我牵着你的手，像这样在海滩漫步。”

马萨丽惊讶地转过头，“你现在能读心吗？”

芬想，这在过去原本是完全自然的事，现在却变得多么令人难堪。他笑道：“还记得我在你们几个女孩晒日光浴时从崖顶上放下螃蟹吗？”

“我记得狠狠地扇了你一巴掌，手都打疼了。”

芬伤感地笑了，“我也记得。我记得那时你没有穿上衣。”

“该死的偷窥狂！”

他笑了，“我还记得我们在后面的岩石间做爱，然后在大海里裸泳。”她没有回应。他转过头去看她，看到了她眼中的淡然，思绪已经把她带向了遥远的时空。

前方的舢板棚在黑暗中若隐若现，仿佛是对过去和未来痛苦的重现和预见。他把手轻轻放在她的肩上，让她转身沿来路返回。海浪已经冲刷掉他们的脚印，擦去了一切痕迹。他的手臂留在她的肩上，轻轻把她向岸上带了带，使她远离海水。他感到她朝自己靠得更近了。

他们默默地走了约一半的回程路，然后心有灵犀地停了下来。他把她的身体转向自己，用一根手指轻轻抬起她的下巴，让月光洒在她的脸上。她第一次不愿迎接他的目光。

“我记得第一天上学时那个拉我手的小姑娘，”他说，“她陪我一起去克罗伯商店，告诉我她的名字叫玛乔丽，但是她更喜欢自己的盖尔语名字马萨丽。那个小姑娘认为我的英语名字也很难听，决定把它缩短成芬，从此以后所有人都那样叫我。”

她伤感地笑了笑，终于迎向他的目光，“我记得我曾经那样爱你，芬·麦克劳德。”月光在她噙满泪水的眼中闪烁，“我不确定是否停止过对你的爱。”

他俯过身来，直到他们的双唇相触，温暖的、试探性的、不确定的触碰，然后他们终于接吻了。温柔、甜蜜的吻，充满了他们曾经拥有的一切，曾经失去的一切。他双眼紧闭，压抑一生的懊悔和激情迸发，淹没了他。

然后，结束了，她后退一步，挣脱了芬的怀抱，在黑暗中看着他，眼中充满了恐惧和怀疑。她转身朝岩石那边走去，他站了一会儿，看着她离去，然后又不得不跑过去追上她。她没有停下脚步，一边走一边说：“有关我父亲，你发现了什么信息？”

“我发现他不是托尔莫德·麦克唐纳。”

她突然停下来，紧蹙眉头看着他，“你什么意思？”

“我的意思是，他从哈里斯一个死去的男孩那里借来或偷来身份。他实际叫唐纳德·约翰·吉利斯，来自埃里斯凯岛。那个从沼泽中挖出的年轻人是他的弟弟，唐纳德·彼得。”

马萨丽惊讶地张大了嘴巴。

“但是唐纳德·约翰也不是他的真名。”他看到了她眼中的痛苦，仿佛整个世界分崩离析，她生命中确定的一切就像脚下的沙一样移位了。

“我不明白……”

他告诉了马萨丽自己了解到的一切，以及怎样了解到的。她默默地听着，脸色比月光还要苍白，最后不得不把手搭在他的胳膊上以稳住自己。

“我父亲是一个 homer？”

芬点点头，“很可能是孤儿，或者监护机构的孩子。他和弟弟一起被天主教会送到了岛上。”

她重重地跌坐在沙滩上，盘腿而坐，脸埋进双手里。开始他以为她在哭，但是当她的脸从手上抬起来时，脸上没有泪水。震惊已经使她的感情迟钝了。芬在她旁边坐下来。她凝视着大海，此时的大海是平静而仁慈的，稍纵即逝的仁慈。她说：“很奇怪，你以为你知道你是谁，因为你知道你的父母是谁，有些事情只是……”她寻找着合适的措辞，“理所当然的，毫无疑问的。”她摇摇头，“然后突然间，你得知你的整个人生都建立在一个谎言之上，你不再知道你是谁。”她转头看着他，眼中充满了失望和痛楚，“我父亲杀了他弟弟吗？”

芬此时意识到，她父亲的真实身份以及谁杀了他弟弟可能永远是个谜。这个事实对他而言是可以接受的，但是马萨丽在搞清楚真相之前却永远不会安心。“我不知道。”他伸出胳膊搂住她，她把头靠在他的肩上。

他们就那样坐了很久，沐浴在月光下，聆听大海缓慢而平稳的脉搏声，直至他感到她冷得发抖，但是她还不想走。“在去格拉斯哥之前，我去看望他，发现他坐在雨中。他以为自己在一艘船上，他称之为‘大剑号’，从大陆来的。”她转头看着芬，眼神黯然而悲伤，“我以为他只是在说胡话，把一些从电视或书上看到的东西混为一谈了。他一开始叫我凯瑟琳，然后又叫我凯特，就像我不是他的女儿，而是他认识的某个人一样。他还提到一个叫比格·肯尼思的人。”

“比格·肯尼思，那是洛赫博伊斯代尔海港上面的山名，从码头上可以看见。”他伸手捋去垂到她眼睛上的头发，“他还说了什么，马萨丽？”

“至少在当时看来，没有什么有意义的话。他在和凯特说话，而不是我。他说他永远也不会忘记在迪恩孤儿院的日子，或者在丹尼塔楼上，诸如此类的话。回忆他们在这个世界上共同待过的地方。”她看着他，痛苦刻在脸上的每一条皱纹里，“还有一些别的，现在看来意思完全不同了。”她闭上眼睛努力回忆，然后睁大眼睛，“他说，对于一对流浪的孤儿，我们混得还不是太糟。”

芬的眼中一定有异样的光，因为她皱起了眉头，歪着头，盯着他，“怎么了？”

如果她看见了光，那一定是启示之光。他说：“马萨丽，我想，也许我知道他提到的迪恩孤儿院以及丹尼塔楼是什么意思。这一定意味着凯特，那个寄居在寡妇欧亨利家的女孩，是和他们乘同一艘船来的。”他想，也许还有人仍然知道真相。他站起身，伸手把马萨丽拉了起来，“如果还有票，我想乘坐明天第一趟飞往爱丁堡的航班。”

房间里唯一的光源来自他的笔记本屏幕，那是种淡蓝色的光。他一个人坐在书桌边，黑暗中，寂静从四面涌来将他包围。其他房子以及其他人的存在，似乎只是增加了他的孤独感。

正是在这间房里，他度过那么多时光，接受阿泰尔父亲的辅导。他和阿泰尔，单独或一起，坐在这里聆听漫长的赫布里底群岛历史课，或苦苦解答数学方程式。在这里，他度过了令人窒息的童年和少年时代，只有向窗外偷看时，才能感觉到片刻的自由。马萨丽说他可以在她家的折叠沙发上过夜，但是这里有太多的记忆。他们曾经用过的牌桌上有一块像塞浦路斯地图的咖啡污渍。一排排书仍然摆放在书架上，充满异国情调的书名仍然醒目。空气中仿佛有蓝色的烟丝在缓缓飘动，阿泰尔父亲的烟斗的味道仍然弥漫在寂静的空气中。虽然这种味道只存在于记忆中，他仍然深深地吸了一口。

脆弱而疲惫不堪的马萨丽已经去睡了。她告诉他可以想待多久就待多久，可以使用芬利克斯的无线网络。屏幕上的光标在一个标题为“苏格兰国家美术馆”的网页上闪烁，标题下面是一个蓝色窗口，飘着棉绒般的云朵，列表显示“另一个世界”“达利、玛格里特、米罗和超现实主义者”。但是他早就不看了。他几乎没花什么时间就确定了他的怀疑，马上为他们订好了早上的航班。接下来差不多一个小时，他一直在做深度调查。

他很累，眼睛酸痛，身体像被人拳打脚踢过，大脑几乎短路了。他不想回爱丁堡，回到他没有能力放下的痛苦的过去。他能取得的最好的成绩是保持一点距离。现在命运竟然连这点成绩都剥夺了。对马萨丽来说，事情还没有结束，对他而言，这只会重新撕开旧伤口。

有个念头一闪而过。他不知道，如果他轻轻地穿过大厅，悄悄钻进她的被窝，躺在她身边，她会是什么反应。不是为了性，甚至不是为了爱，只是为了舒适，为了另一个人的温暖。

但是他知道他不会那么做。他合上笔记本，默默地穿过屋子，轻轻关上厨房的门。他朝山坡上走去，他的帐篷在那里等着他。月光洒在静静的海面上，明亮得刺眼，头顶的星星宛如十亿枚炽热的尖针，刺进整个宇宙。在那顶等待他的没有灵魂的帐篷里只有一只冰冷的睡袋，一个软皮文件夹中几份描述他儿子死亡的文件。他知道在黎明到来之前，他必须忍受一个不眠之夜。

三十

爱丁堡要更加暖和些，微风从彭特兰丘陵吹过来，太阳在泡沫般的云朵间时隐时现，把光芒和色彩洒在这个花岗岩和砂岩组成的灰色城市上。

尽管除了马萨丽的父亲提到过的地方，芬并不确定是否还能找到别的东西，他们还是买好了睡袋，以防止需要在这里过夜。如果只是去看看那些地方连一个小时也用不了。他们从机场出来乘坐出租车，靠近干草市场时司机向左拐进了马格达拉新月大街，芬对他说："不是这条路。"

"这是近路，哥们儿。"

"我不在乎，朝帕默斯顿教堂那边开。"

司机耸耸肩，"反正是你付钱。"

芬感到马萨丽在看着他，他没有迎过去，只是说："当帕德里克·麦克比恩用他的老拖网渔船带我去安斯格尔岛时，他告诉我他曾经在明奇海峡失去了他父亲崭新的船，差点连命都丢了。"他转过头，看见她的眼睛仍然盯着他，充满了好奇，"虽然没有什么能标志那艘船下沉的地方，帕德里克说他每次开船经过那里时都能感觉得到。"

“你儿子是在马格达拉新月大街出的车祸？”

“隔着一条街。”

“你愿意和我说说吗？”

他专注的目光越过司机，透过前挡风玻璃和梅特兰西街的车流，终于说道：“不，我不想说。”

出租车拐向帕默斯顿大街，经过被烟熏黑的凸窗公寓房，一个吐露春芽的公园，庄严的哥特式圣玛丽天主教大教堂，沿着坡道向下驶去。拐角处的红砂岩教堂已经变成了一家青年旅社，门前立着一只红色邮筒。

然后又是一段上坡路，进入贝尔福德路，在一家旅馆前的空地上停下来。一条石子路通向对面一栋建筑，楼顶上蓝白色旗帜在微风中飘动。

“迪恩美术馆。”他们下了出租车，马萨丽读道。芬付完车钱，转头看着一脸疑惑的她。“迪恩孤儿院是一个美术馆？”

芬点点头，“现在是。”他挽起她的胳膊，穿过车流穿梭的马路，通过一扇黑色铁门，进入一条窄窄的通往山上的鹅卵石小路。在一排高高的树篱和石墙之间，小路渐渐宽广起来，弯弯曲曲穿越开阔的草地。高大的栗子树枝繁叶茂，修剪整齐的草地上矗立着石质底座的铜雕。“在成为福利国家之前，”他说，“苏格兰有一项法令叫《济贫法》。那是一种提供给最贫困阶层的社会保障，大多数是由教会负担，在有缺口的地方，有时候私人慈善机构也会介入。爱丁堡孤儿医院由传播基督教知识联合会创建于十八世纪早期，目的就是填补那些缺口。”

“这是你昨晚在网上查到的吗？”

“是的，”他们经过一座已失去光泽的《阿尔萨斯的圣母》雕像——圣母玛利亚托举着一个孩子，“一八三三年，医院搬到了迪恩庄园的一栋新楼里，变成了著名的迪恩孤儿院。”一个不确定多大年纪的爱丁堡女人，留着短短的银发，身穿海军蓝裙子，带着一阵花香匆匆走过，让芬突然想起了马萨丽的母亲。

他们绕过山顶的弯道，迪恩孤儿院出现在视野中，高耸的砂岩建筑，壮丽而宏伟：柱廊，拱形窗户，四边形的塔和石质栏杆。芬和马萨丽驻足凝视着眼前的一切。这样一栋建筑，建在山顶，隐藏在篱笆和树木后面，突然像敞开的历史之门一样出现在他们眼前，让他们看见国家的历史、个人的历史，使他们产生了一种奇怪的命运感。这个命运之圈开始于马萨丽父亲的离开，现在她的到来画完了这个圈。

因为敬畏，她的声音很低，“这是个孤儿院？”

“很明显。”

“我的上帝，这是一栋了不起的建筑，芬，但绝不是养育孤儿的地方。”

芬想起了姨妈家，那里也绝不是养育孤儿的地方。他说：“我昨晚在网上获悉，最初孩子们吃的是粥和蔬菜汤，女孩们必须为所有孩子做衣服。我猜五十年代情况一定非常不同，”他停顿了一下，“但是很难想象你父亲在这里待过。”

马萨丽转头看着他，“你确定他是指这里吗？”

他带着她朝山上又走了一段路，指着迪恩孤儿院的另一侧，下面山谷中另一栋醒目的建筑有一对双子塔。“斯图尔特梅尔维尔学院，”他说，“是一所私立院校，你父亲在这里时叫丹尼·斯图尔特学院。”

“富人家孩子学习的地方。”

芬点点头，“你父亲注意到一件极具讽刺意味的事：他那一代最穷困最无助的孩子与最富有的特权阶层紧挨着。他说什么？丹尼塔楼总是在提醒他们在这个世界上的位置。”

“是的，”马萨丽说，“他们处在社会底层，”她转头看着芬，“我想进去看看。”

他们沿车道来到入口处的门廊，柱子间的台阶从这里通往一扇锈红色的大门，左边的石阶朝下通往一片开阔的绿地，可能曾经是花园。在穿过铺着瓷砖的门廊，进入纵贯整栋楼的主走廊时，芬看了一眼马萨丽的脸。走廊两边是一个个装饰华丽的房间，里面挂着油画或摆放着雕塑，还有一间商店和一间自助餐厅。光线从两侧附楼的楼梯间窗户照下来，你几乎可以听见那些迷失的孩子们遥远的回声。

马萨丽心潮起伏。她是谁，她来自哪里，她父亲孩提时曾经忍受过怎样可怕的生活。他从来没有与任何人分享过的事情，他孤独的秘密。

一个穿着制服的保安问他们是否需要帮助。

芬说：“这地方曾经是个孤儿院？”

“是的，很难相信。”保安朝走廊尽头扬扬头，“很明显男孩们住在那个附楼里，女孩们住在另一侧。那里左边的展厅曾经是主管的办公室。”

“我想走了。”马萨丽突然说，芬看见她脸上的泪光。他挽起她的胳膊，带她返回到入口处。保安哑然地看着他们离去，不知道自己说错了什么。她站在台阶顶部深呼吸了几乎一分钟，“我们可以从档案中查出来，是不是？我的意思是他到底是谁？他的家人在哪里？”

芬摇摇头，“我昨晚在网上查过，档案要被尘封一百年，只有孩子本人有权查看。”他耸耸肩，“我猜这是为了保护他们。但是我猜法庭可能授权警察查看，这毕竟是一起谋杀案。”

她泪眼模糊地看着他，用手背擦干脸颊，他看见她脸上露出昨夜在海滩上他回答不了的同样疑问。她的父亲杀死了他的弟弟吗？芬想他们可能永远也不会知道答案，除非出现奇迹，他们能够找到那个叫凯特的女孩。

他们默默地沿着鹅卵石小路返回，来到贝尔福德路，迪恩公墓出现在阴影中，一面高大的石墙后面。他们到达门口时，芬的手机响了一声，提示有新邮件。他用手指滚动菜单，点开邮件。马萨丽看见他眉头紧锁，读了好一会儿，于是问："有什么要紧的事吗？"

他先回复了邮件，然后回答："昨晚在网上查找迪恩孤儿院的信息时，我发现了一个论坛，是由过去迪恩孤儿院的孤儿们组织的，在上面交换照片和回忆。我猜他们一定还记得当初的点点滴滴，即使他们在迪恩孤儿院时并不都相互认识。"

“像一个家庭。”

他看着她，“是的，犹如他们从来没有拥有过的家庭。与某个完全陌生的人相比，一个你从来没有见过的堂表兄弟姐妹也会让你感觉更亲切。”他把手深深地插进兜里，“他们中许多人似乎移民国外了，大多数在澳大利亚。”

“离开迪恩孤儿院，越远越好。”

“我猜对他们而言，那是一个全新的开始。在你和你的童年之间放下整个世界，把过去清零。”他吐出的每个字都产生了强烈的共振，芬觉得自己几乎激动得说不出话来了，毕竟，如果换成他，他一定会这么做。他感到马萨丽的手放在了他的手臂中，这样轻轻的触摸比她能说出的任何话都更有深意，“不管怎样，还有一个叫汤米·杰克的人仍然住在爱丁堡。他在迪恩孤儿院的时间段可能与你父亲大致相同。我有他的电子邮箱，已经给他发了邮件。”他耸耸肩，“我差点就错过了，最后时刻突然想起来该发封邮件问问。”

“刚刚是他给你的回复吗？”

“是的。”

“怎么说的？”

“他发来了地址，说很高兴我们今天晚上能去他家谈谈。”

三十一

窗户敞开着，窗帘没有拉开，随风舞动，下午的阳光从窗帘四周渗透进来。车流的噪声，遥远而不真实，伴随着下面利斯河大坝的瀑布声，一起传来。

他们的房间在最顶层，俯视着下面的河流和迪恩村，但是一进入房间，芬就拉下了窗帘。他们需要在黑暗中找到自己。

没有讨论，没有计划。旅馆就在美术馆正对面，他们需要一个地方过夜。芬不太确定为什么他们谁也没有去纠正前台的误解，以为他们是一对想要双人间的夫妻。其实机会一直很多。

电梯非常小，他们站在里面，一言不发。芬的心中蝴蝶乱舞。他们谁也不去面对对方的目光。

然而，在黑暗中脱衣服要容易得多，尽管曾经有一段时间，他们对彼此的身体非常熟悉，每一个曲线，每一寸肌肤，每一种温柔。

现在，他们在凉爽的床单上，重新找到了那种亲密。突然一切都是那样的舒服、熟悉，仿佛自从上一次在一起，时间没有流动过。她又一次激起了芬内心深处的激情，就和第一次一样。强烈的、让人颤抖的、消耗一切的欲望。他的双手抚摸着她的脸，她所有清晰的轮廓，她的脖子，她的双肩，她的乳房以及臀部温柔隆起的曲线。

他们的嘴唇就像失联多年的老朋友重新找到了彼此，搜寻着、探索着彼此，好像不能相信什么都没有变。

他们的身体像一个整体一样起伏，粗重地喘息着，无意识地呻吟着，没有语言，失去控制，欲望、激情、饥饿、贪婪，汗水、炽热、完全的投入。芬感到自己属于岛民的血液沸腾了，那被风肆虐的无尽荒野，那狂怒地拍打海岸的浪潮。祖先的声音响起，用盖尔语吟唱着部落的圣歌。

突然一切都结束了，就像第一次一样。闸门打开，水流出来，多年以来他们因为愤怒和误解筑起的情感大坝决堤了。在一瞬间，倾泻而尽，冲走了他们生命中浪费掉的全部时间。

他们躺在床上，相拥在一起，迷失在万千思绪中。过了一会儿，芬注意到马萨丽呼吸缓慢、轻浅起来，她埋在他胸膛上的头却似乎更沉重了。他不知道，他们究竟要走向哪里。

三十二

汤米·杰克住在布劳顿街一套两室一厅的公寓里，楼下有一家酒馆和一个报刊亭。芬和马萨丽从出租车中下来，沿着山坡向下，慢慢走在温柔的夜色中，呼吸着这个城市陌生的味道。废气、啤酒、咖喱，一切与岛上的感觉都不一样。芬在这个城市生活过十五年，回归岛上的生活也不过几天，现在却感觉自己是个外来者，甚至有一种不可思议的幽闭恐惧感。

入口在奥尔巴尼街胡同，他们拐进去时，芬看见一辆小货车经过，朝山上开去。那是一家儿童慈善机构的车，车身上印着标语：把孩子们的未来还给他们。他不知道，怎么可以把已毁的一切还回来。

汤米个子很矮，光溜溜的脑袋下是一张神采奕奕的圆脸。他的衬衫领口已经磨损，灰色套衫前面还有鸡蛋的污渍，下摆塞进裤子里，因为太大，裤腰高高地提起，皮带几乎束到了胸前。

他领着他们走进一个贴着黑色墙纸的狭窄门厅。前面的房间可能在白天能够照到足够的阳光，但是现在，在即将消失的暮色中，显得无比昏暗。陈腐的烹调的油烟味弥漫在公寓里，伴随着不太好闻的人的体味。

但是汤米性格非常豪爽，无框眼镜后面是一双敏锐的黑眼睛，芬猜他大概有六七十岁了。“想喝茶吗？”

“那再好不过了。”马萨丽说。厨房很小，透过敞开的厨房门，他一边烧茶一边和他们说话，带出了杯子、茶碟和茶袋。

“自从太太八年前去世后，我一直一个人过。在一起生活了三十年，我现在仍然不习惯没有她的日子。”

芬不禁想到，生命开始和结束时都是一个人，真是令人悲哀的讽刺。

马萨丽说：“没有孩子？”

他出现在门口，笑了，充满了遗憾的笑，“很遗憾没有，我人生最大的遗憾之一。从来都没有孩子，不能给他们我所渴望过的那种童年。”他转身回到厨房，“当然，用一个银行职员的工资，我也不能给他们太多。”他笑出了声，“想象一生都在数钱的生活，而这些钱却都属于别人。”

他用瓷杯沏好了茶，然后陪客人一起在已有磨损的旧扶手椅上坐下。壁炉台上摆放着一张镶框的黑白照片，是汤米和妻子的合影，摄影师捕捉到了他们眼中浓浓的爱意。想到汤米这一生至少曾经找到过某种幸福，芬很感动，“你是什么时候待在迪恩孤儿院的，汤米？”

他摇摇头，“无法说出准确的日期了，但我记得是五十年代。我在孤儿院的那几年，主管是一个叫安德森的残酷男人。作为一个应该为孤儿们提供舒适和庇护的机构负责人，他却不怎么喜欢孩子，脾气非常暴躁。我记得有一次他把我们所有人的东西拿走，在中央加热炉里烧掉了，只是为了得到报复的快感。”讲起这段往事，他轻声笑了。

芬惊叹于汤米在苦难的往事中找到幽默的能力，心生无限感慨：一切都是为了生存，如果你屈服，即使是片刻，你也会被拽进无边的黑暗中。

“当然，我并不只是待在迪恩孤儿院，这里的孩子们流动频繁。很难有长久的友谊，所以你就懒得再交朋友了。你不要幻想能离开孤儿院，虽然时有一两个孩子被人领回家收养。”他笑了，“他们现在不这么做了，但是那时我们会被擦洗干净，穿上最好的衣服，站成一排，让那些散发着法国香水味的女人和雪茄味的男人审视挑选，就像是市场上的羊群。当然，他们总是会挑女孩，像我这样的小男孩是没有机会的。”他俯身向前，“要我给你们再倒杯茶吗？”

“不用了，谢谢。”马萨丽伸出一只手盖在还有半杯茶的杯子上。芬也摇摇头。

汤米站起来，“我给自己再倒一杯，如果我不得不在夜晚起床，我最好还是给自己贮藏点水。”他返回厨房的水槽处，把壶加满继续烧，然后提高嗓门以确保他们能够听见，“有一个我待过的地方，罗伊·罗杰斯去过。记得他吗？影视剧中的著名牛仔。他骑着马在苏格兰旅游，顺道在我们的孤儿院停留了一下，在那些小姑娘中挑选了一个，把她带回美国收养。想象一下！前一分钟你还是苏格兰孤儿院一个可怜的孤儿，下一分钟你就变成了这个世界上最富有的国家一个富人的女儿，”他端着一杯茶回来，

“这样的事情真像做梦一样，不是吗？”他坐下来，然后又突然站起来，“我在想什么？我竟然没有拿点饼干出来。”

芬和马萨丽婉谢了他，他再次坐下来。

“到了不再适合待在孤儿院的年纪时，我被送到科林顿路的一家青年旅社。我在那里时，一个大点的男孩过来待了一段时间。他从海军部队退役回来，由于家里没有多余房间之类的原因住进了青年旅社。人们叫他大塔姆，一个英俊的大小伙子。有人听说城里的《南太平洋》大型舞台剧在招募演员，建议大塔姆过去试镜。”汤米咧嘴笑了，“你们知道发生了什么？”

芬和马萨丽都不知道。

“大塔姆就是肖恩·康纳利，”汤米笑道，“大明星。我竟然和他同住在青年旅社！他回到苏格兰参加过苏格兰议会的开幕。近三百年来议会第一次设在爱丁堡，我也去了。历史的瞬间，不是吗？不能错过。不管怎样，他进来时我看见了他。我在人群中向他挥手，并大声喊道，‘你好吗，大塔姆？’”汤米笑了，“当然，他没有认出我来。”

芬俯身向前，“迪恩孤儿院是一个天主教孤儿院吗，汤米？”

汤米惊讶地瞪大了眼睛，“不！天哪！那个安德森先生讨厌天主教。不过回想起来，他什么都讨厌。”

马萨丽说：“孤儿院里有天主教徒吗？”

“啊，是的，但是他们从来不会待太久。牧师会过来把他们带走，带到某个天主教的地方。我记得曾经有三个，在一个男孩坠桥而亡后被立马赶走了。”

“什么桥？”芬问，眼前一亮。

“迪恩桥，在迪恩村，横穿利斯河，足有一百英尺高。”

“发生了什么事？”

“哦，没人知道到底发生了什么。当然，有许多谣言和猜测。有人打赌或挑战，在桥栏杆外面的壁架上走，类似于这样的事。迪恩孤儿院有孩子参与了，在晚上偷偷溜出去。村里的一个孩子掉下去死了，两天后那三个天主教的孩子走了，据说是被一辆黑色大轿车接走的。”

芬感到心脏停止了跳动，真相如此之近，伸手可及了，“你记得他们的名字吗？”

“哦，”汤米摇摇头，“那是很久以前的事了，麦克劳德先生。有一个女孩，我记得好像叫凯茜，或凯瑟琳，还有两兄弟，其中一个可能叫约翰，也许是约翰尼。”他停顿了下，努力回忆着，“我倒记得很清楚那个死去男孩的名字，帕特里克·凯利。当然，每个人都认识凯利三兄弟。他们住在迪恩村，父亲是某个犯罪团伙的成员，据说坐过牢。那三兄弟可谓土霸王，人人都离他们远远的。”他歪着头，沉浸在回忆中，“他们一群人几天后来过迪恩孤儿院，找那个傻瓜。”

马萨丽皱起眉头，“傻瓜？”

“是的，那个弟弟，他的名字叫……”他的眼睛突然一亮，像破晓的晨光，“彼得！对了，约翰的弟弟，很善良的孩子，但是脑子有点不好使。”

他们离开汤米家来到街上时天差不多已经黑了，这要比岛上早一些。街灯从头顶倾泻下来，冰冷的灯光滤去了世界的颜色，一切都显得有点不真实。

“看来父亲和他弟弟就是约翰和彼得，”马萨丽说，好像知道他们的名字在某种程度上使他们更加真实了，“但是我们怎么才能知道他们的姓？”

芬若有所思地说：“与认识他们的人谈谈。”

“比如谁？”

“比如凯利家的人。”

她轻蹙眉头，“我们怎么才能找到他们？”

“嗯，如果我还是一名警察，我会告诉你答案，因为他们很出名。”

“我不明白。”

一对年轻情侣走出酒馆，酒瓶在纸袋中当啷作响。他们手挽着手，轻声燕语，爱意浓浓。

芬说：“凯利家是爱丁堡众所周知的犯罪家庭，作恶多年了。他们从迪恩村的陋巷起家，从事毒品和卖淫交易，与许多黑社会团伙杀人事件有牵连，但没有一件被证实过。”

“你认识他们？”马萨丽的声音中透着怀疑。

“不，我从来没有和他们打过交道，但是我知道我的老总督察有过。他是我刚加入警局时的上司，杰克·沃克，现在已经退休了。”他取出手机，“也许他很高兴和我们喝一杯。”

似乎是有人把爱丁堡所有的商店、酒吧和餐馆都漆成了原色，文化艺术破坏者错位的公民自豪感。利斯步行街尽头的温莎自助餐厅是一种炫目的绿色，隔壁的前苏格兰电视台则是极具冲击力的蓝色。从街头至街尾黄红二色贯穿始终，绿色和蓝色点缀其间。那些浅褐色的砂岩公寓，有一些像石头一样清洁光亮，有一些则沾染上了岁月的污迹，犹如大笑时露出的坏牙齿。

温莎自助餐厅几乎客满了，但是杰克·沃克为他们在后面预订了位子。当他们介绍自己时，他好奇地看着马萨丽，但是并没有问什么。他为芬和自己点了两杯啤酒，为马萨丽要了一杯白葡萄酒。他是一个虎背熊腰的大块头，一头钢丝球般的凌乱白发，经受充足日光沐浴的深褐色的脸，一双淡绿色的眼睛并不能与嘴角时常涌现的嘲讽笑容一样让人感到温暖。尽管已经七十多岁了，他却不是那种你敢挑衅的人。

他很严肃地摇摇头，“你可不要惹凯利家的人，芬，他们都是人渣。”

“我毫不怀疑，长官，我也不想招惹他们，”他意识到自己还在称前上司为“长官”，老习惯难以改掉，“我只是想和他们中任何一个人谈谈，任何一个可能在五十年代生活在迪恩村的人。”

沃克挑起一侧眉毛，他的兴趣被激起来了，但是几十年的警察生涯教会他，有时候有些问题最好还是不要问。“经过那个年代至今还活着的人只有保罗·凯利了。他那时只是个孩子，还有两个哥哥，但是早在五十年前，他们就在自己的家门口被人枪杀了，我们猜是以牙还牙的仇杀。那个时候有一些非常激烈的地盘争夺战，我只是一个刚刚上道的年轻警察，对于那些黑社会间的谋杀，我们从来没有太深入地追查过，所以也没有人能破了那些案子。这些年我看着年轻的保罗·凯利势力不断扩大，掌控大局，基于别人的痛苦之上，为自己建立了一个血腥帝国。”他做了一个鬼脸，掩饰许多被压抑的愤怒和挫折感，“我们从来都不能动他一根指头。”

“他至今仍然是老大吗？”

“现在有点上年纪了，芬，但是没错，还是老大。毫无疑问，他喜欢自认为是教父，来自贫民区，但是住在他妈的莫宁赛德的豪宅里。”他看了一眼马萨丽，并没有为粗口道歉，“他现在有了儿辈和孙辈，把他们全都送到私立学校，而像你这样诚实的人却仍然在挣扎着，甚至支付不起取暖费。他是人渣，芬，只是人渣，我不想为他浪费时间。”

在旅馆黑暗的房间里，他们默默地躺在床上，好像就希望这样天荒地老下去。伴随呼吸的只有下面河水的潺潺流动声。迪恩桥下流淌的是同样的河水。离开温莎餐厅后芬和马萨丽来到迪恩桥上。在桥中央，他们俯视迪恩村以及一百英尺下的利斯河。马萨丽的父亲和弟弟曾经来过这里。在这座桥上发生过什么事，一个男孩在这里死去。

黑暗中马萨丽的声音似乎非常响亮，把他从深思中惊醒，“今晚看到你和那个警察一起，感觉很奇怪。”

芬扭过头，虽然看不见她，“为什么奇怪？”

"因为我感觉看到的是一个我不认识的人，不是那个和我一起上学的芬·麦克劳德，或者那个和我在海滩做爱的芬，甚至不是那个在格拉斯哥对我薄情寡义的芬。"

他闭上眼睛，想起了两人曾经在一起的日子。在格拉斯哥大学，他们短暂地同居过，但他毫不珍惜，把一切的不顺和痛苦都发泄到马萨丽身上。他想，为什么最亲近的人反而被我们伤害得最深？

"就像看着一个陌生人。那是一个这些年来我不了解的芬·麦克劳德，娶了别人，抚育了孩子，做了警察。"

她突然伸手触摸他的脸，他吓了一跳。

"我不确定我真的了解你，不再确定了。"

昨天下午他们还曾疯狂地做爱，重温了短暂的激情时光，而现在，这样的情景已恍如隔世。

三十三

保罗·凯利住在一栋独立的黄色砂岩楼房里，三层高，山形墙和老虎窗，精致的入口门廊，后面是一个温室，延伸至一个养护良好的花园。

一个半圆形的车道从帝柏林路一直通往前门，两端都是锻铁电子大门。阳光斜照在盛开的杜鹃花和新发的山毛榉绿叶间，斑驳陆离。

出租车把芬和马萨丽送到南门口，芬让司机等着，但是他摇摇头，“不，你还是现在付我钱吧，我可不想在这里逗留。”看起来他知道这个地方，急切地想快点离开。他们站在那里，看着出租车远去，拐进莫宁赛德路。

芬转向石头门柱的对讲机，按下蜂鸣器，过了一会儿，一个声音说:“你想干什么？”

“我叫芬·麦克劳德，曾经是名警察。我想和保罗·凯利谈谈。”

“没有预约，凯利先生不和任何人谈话。”

“告诉他是关于五十多年前发生在迪恩桥上的事。”

“他不会见你的。”

“你只需告诉他。”芬带着命令的语气，不容置疑和争辩。

对讲机陷入了死寂，芬有些难堪地看了一眼马萨丽，他再次变成了那个她不了解的芬·麦克劳德。他也不知道如何弥补这两者之间的差距。

他们似乎等了很长一段时间，对讲机才又开始发出声音，“好吧。”只有一句话，大门马上敞开了。

他们沿着车道向上走去，芬注意到房子四周安装了不少应急灯和监控摄像头，很明显保罗·凯利不欢迎不速之客。他们到达入口门廊，前门打开，一个年轻人用警惕的眼光打量着他们。他身穿白衬衫，折痕清晰的灰色裤子，意大利皮鞋，一头黑色短发。芬从六英尺以外就能闻到他身上散发的须后水味道。

“需要搜身检查。”

芬二话没说，向前一步，两腿分开，双臂伸展。年轻人把他从上到下，从前到后，每条胳膊每条腿，仔细摸了个遍。

“女人也需要检查。”

芬说：“她什么也没有。”

“我需要看看。”

“相信我。”

年轻人盯着他，“我会丢掉饭碗的，老兄。”

“没关系。”马萨丽说，走上前让他搜查。

芬带着燃烧的怒火看着他向她伸出双手，前面，后面，臀部，腿部，但是没有在不必要停留的地方停留，很职业。马萨丽一直面无表情，虽然也稍微有些脸红。

“好了，”年轻人说，“跟我来。”

他带他们穿过一个华丽的走廊，上面铺着厚厚的红地毯，迈上通往二楼的木制楼梯。

保罗·凯利躺在后面温室的白色皮沙发上，抽着一支硕大的哈瓦那雪茄。尽管外面花园里树叶在春风中沙沙作响，凯利吐出的烟圈却静静地在原地缭绕，阳光斜穿过树枝，照在蓝灰色的烟丝上。在这里你几乎感觉和坐在花园里一样，虽然你既闻不到花香也听不到风声。拉丝不锈钢桌子四周摆着红色的豪华扶手椅，明媚的阳光反射在锃亮的木地板上。

凯利站了起来，年轻人把来访者带了进去。凯利身材魁梧，有六英尺多高。尽管稍微有点发福，但是对于一个将近七十岁的人来说，还是显得相当健康。他的气色很好，圆脸刮得非常干净，青灰色的头发剪得很短，像钢毛一样直立着，硬挺的粉色衬衫拉直了，有点过紧地罩在微微隆起的肚腩上，牛仔裤被熨烫出了一条不太协调的折痕。

他微笑着，稍显疑惑地歪着头，向他们轮流伸出大手，“一个前警察和迪恩桥的故事，我必须承认，你们激发了我的好奇心。”他挥手指向红色扶手椅，“请坐。想喝些什么吗？茶还是咖啡？”

芬摇摇头，“不用，谢谢。”他和马萨丽不自在地坐在扶手椅的边缘，“我们想搞清楚一名男子的身份。他现居路易斯岛，曾在迪恩孤儿院待过，大概是五十年代中期。”

凯利笑了，“你确定你不是警察了吗？你听起来并不像一个前警察。”他向后坐回到白沙发里。

“我可以向你保证我不再是了。”

“好吧，我相信你。”他若有所思地抽了一口雪茄，“是什么使你认为我能帮助你？”

“那时你们一家住在迪恩村的老工人公寓里。”

凯利点点头，“没错，”他微微一笑，“不过现在已经认不出那个地方了。那些日子是雅皮士的天堂。”他停顿了一下，“为什么你会认为我认识迪恩孤儿院的某个男孩？”

“因为我相信他与一件发生在迪恩桥上的事故有关，一件影响到你家庭的事故。”

凯利的眼中有某种东西一闪而过，脸色稍微有些变化。芬不知道那是不是痛苦。

“他叫什么名字？”凯利问。

马萨丽说：“托尔莫德·麦克唐纳。”

芬瞟了她一眼，迅速加了一句，“但是你可能不知道这个名字。”

凯利的目光转向马萨丽，“他是你什么人，这个男人？”

“他是我父亲。”

接下来的沉默沉重地悬停在空气中，宛如凯利呼出的烟圈，因为停留的时间过长而让人不舒服。终于，凯利说道：“很抱歉，这件事我终生难忘。那么小就失去一个哥哥，是让人无法接受的，尤其是这个哥哥还是你心目中的英雄，”他摇摇头，“帕特里克是我的世界。”

芬点点头，“我们认为那个男孩的名字叫约翰。我们想搞清楚他姓什么。”

凯利深吸了一口雪茄，让烟从鼻孔和嘴角溢出来，形成一条灰色流线，飘进温室沉重的氛围中。“约翰·麦克布莱德。”他终于说。

芬试图控制自己的呼吸，“你认识他？”

“我本人不认识，那天晚上我不在桥上，但是我的三个哥哥在。”

“帕特里克坠桥的那天晚上？”马萨丽问。

凯利把注意力从芬转向马萨丽，声音轻得几乎听不见，“是的，”他又吸了几口烟，芬惊讶地看到他的眼中似乎渗出了泪水，“但是我差不多有五十多年没有提起过这件事了，我不确定我现在是不是想说。”

马萨丽点点头，“很抱歉，我能理解。”

他们默默地走在帝柏林路上，石砌别墅隐藏在高墙和大树后面，经过斯特布尔巷的老马车房，来到铺有鹅卵石的艾伯特平台，沿着山坡向上，右边一片葱绿。

终于，马萨丽忍不住说话了，“你认为那天晚上迪恩桥上发生了什么？”

芬摇摇头，“不可能知道。每个在场的人都死了，除了你父亲，也许还有凯特，但是我们完全不知道她是否还活着。”

“至少我们现在知道我的父亲是谁，或者说曾经是谁。”

芬看着她，“你要是没有告诉他你父亲的名字就好了。”

血一下子涌到她的脸上，“为什么？”

他深深地叹了一口气，“我不知道，马萨丽，我只是希望你没有说过。”

三十四

芬俯视着午后的明奇海峡，海浪拍打在犬牙交错的岩石上，溅出白色水花。泥炭沼泽延伸进岛内，伤痕累累的表面诉说着百年的风霜。图阿斯湖映照出聚集在头顶的不祥阴云，英国航空公司的小飞机勇敢地迎风穿越乌云，平稳地降落在斯托诺韦机场的短跑道上。停车场上也是狂风肆虐，芬和马萨丽把旅行袋扔进汽车后备厢，钻进汽车，躲避从西部横扫而来的第一场大雨。

芬发动汽车，打开雨刷。他们几乎没花什么时间就在苏格兰国家档案馆苏格兰人中心找到了约翰·威廉·麦克布莱德和彼得·安格斯·麦克布莱德的档案，分别生于一九四〇年和一九四一年，出生地是爱丁堡市斯莱特福德区，母亲玛丽·伊丽莎白·拉弗蒂，父亲约翰·安东尼·麦克布莱德。约翰·安东尼生前服役于皇家海军，一九四四年牺牲。玛丽·伊丽莎白十一年后死于心力衰竭，具体原因不明。马萨丽付费提取了全家人的出生和死亡证明，装入一枚浅黄色信封，塞进手提包。现在她坐在汽车里，把手提包抱在怀里。

芬并不确定这一切对她产生了怎样的影响。飞回岛上的整个航程她一句话也没说。他只能猜测她是在重新评估自己的人生。

她突然发现，虽然在路易斯岛出生、成长，但她身上没有一滴岛上的血。事实的真相是，母亲来自英格兰，父亲来自大陆，爱丁堡的一个天主教家庭，他伪造了自己的一生。

他看了她一眼，肤色苍白，眼圈带着暗影，被风吹乱的头发毫无光泽。她看起来像被压垮了，软弱无力，尽管他全部的本能驱使他想伸出双臂抱住她，但他感到他们之间有一堵墙。爱丁堡之行，似乎在一瞬间，他们重新发现了过去的一切。紧接着一切都逝去了，像风中的烟。

探索她父亲真实身份的过程改变了她。他所认识的那个马萨丽消失在历史与身份的迷雾中。芬担心他们谁都不能再找回她，或者即使找到了她，改变已经不可挽回。

他也知道，虽然发现了她父亲及其弟弟的真实身份，仍然不能解释许多年前发生在埃里斯凯岛的彼得·麦克布莱德的死因。

这样过了很久，他们只是坐在车里，发动机运转着，任凭风吹雨打，雨刷在挡风玻璃上左右摆动。马萨丽终于转向他，“带我回家，芬。”

但是芬并没有换挡把车倒出车位，而是两只手抓住方向盘一动不动，脑海中突然闪过一个念头，说道：“我想去你妈妈家。”

她叹了口气，“为什么？”

“我想看看你父亲的东西。”

“找什么？”

“在找到之前，我不确定。”

“要点是什么，芬？”

“要点是，马萨丽，有人谋杀了彼得·麦克布莱德，需要调查。一个高级警官下周会到，除非我们找到证据，否则你父亲会是第一嫌疑犯。”

她疲惫地耸耸肩，“我应该在乎吗？”

“是的，你应该，他还是你父亲。我们了解的任何事情都不能改变这一事实。他还是那个温和的巨人，那个背着你去割泥炭的人，那个帮你拉好被子、睡前亲吻你额头的人，那个一直守护在你身边的人，从你第一天上学起到你嫁人的那天。现在你需要在他身边。”

她困惑地看向他，“我不知道该怎么面对他了，芬。”

芬点头表示理解，“我打赌，如果可以，他愿意告诉你一切，马萨丽，这些年他藏在内心的一切，他没有和任何人分享过。我无法想象这有多么艰难。”他伸手抚摸她金色的鬈发，沮丧而又充满了悲悯，谁能猜出表面背后的真相呢？“走进护理院，我们看到的不过是许多老人坐在那里，空洞的眼神，悲伤的笑容。我们不理睬他们，认为他们只是……老了，没有用了，几乎不值得我们费心了。然而，在那些眼睛后面，每个人都曾有一生，有一个能告诉或不能告诉你的故事。关于痛苦、爱、绝望，所有这一切我们也能感受到。变老了并不意味着他们不再有用了或不再真实了。我们有一天也会老去，坐在那里看着年轻人忽视我们……哦，老了。那会是一种什么样的感受？”

她的眼中满是内疚，“我从来没有停止爱他。”

“那么相信他，相信无论发生了什么，无论他做过什么，他有他的理由。”

路易斯岛西北角的能见度几乎为零，海面上吹来的细雨遮挡了一切，像一层迷雾。越过沿岸的沙质低地，只能模糊地看见白浪拍打着黑色的片麻岩，即使是巴特灯塔发射出的最强灯光也只是隐约可见。

他们的到来让马萨丽的母亲吓了一跳。他们缩成一团，躲在芬的外套下面，只是从汽车跑到厨房的这一小截路就让他们湿透了。

“你去哪儿了？”她说，“芬利克斯说你去爱丁堡了。”

“那你为什么还要问？”

麦克唐纳夫人强压怒火，“你明白我的意思。”

“这是我的私事，妈妈。”马萨丽和芬在开往内斯的路上就达成了一致意见。他们了解到的有关她父亲的事，先不要告诉她妈妈。虽然，毫无疑问，有一天她终究会知道，但是此时告诉她一点用处也没有。

芬说：“如果可能的话，我们想看看托尔莫德的东西，麦克唐纳夫人。”

她的脸颊泛起红晕，“为什么？”

“我们就是想看看，妈妈。”马萨丽径直穿过房子朝父亲的老书房走去，她母亲紧紧尾随过来。

“那里没有什么有用的东西，马萨丽，那些东西对你我都没有什么用处。”

马萨丽在门口停下，环顾着空荡荡的书房。墙上的画已经撤下，书桌上被清理一空。她走过去拉开抽屉，空的，文件柜也空了，装满了他的小古董的旧箱子也不见了。这个地方空空如也，消过毒，好像她的父亲是一种病毒，所有有关他的痕迹都被清除了。她难以相信眼前的一切，转身面对母亲，“你都做了些什么？”

“他不再住在这里了，”她心虚地辩解道，“我可不想让我的房子里塞满了他乱七八糟的垃圾。”

但是马萨丽指责的语气显而易见，“妈妈，你嫁给他差不多五十年了。看在上帝的分上！你爱他，难道不是吗？”

“他不是那个我嫁的人。”

“这不是他的错，他有老年痴呆症，妈妈，这是一种病。”

芬说：“你把所有的东西都扔出去了？”

“还没到收垃圾的日子，所有的东西都装在前厅的纸箱里。”

愤慨让马萨丽两颊潮红，她冲着母亲的脸伸出一根手指，“不准把那些东西扔了！你听见了吗？那是我父亲的东西，如果你不想让它们放在这里，我可以拿走。”

“那你拿走！”现在她的内疚中增添了愤怒的情绪，“把这些倒霉的东西拿走。我不要！你可以全都烧掉！”她推开芬，冲下了楼。

马萨丽站在那里气得喘不过气来，眼中充满了怒火，瞪着芬。他想，至少她重新发现了对父亲的爱。他说：“我去把后座放下，把那些东西搬到车上去。”

马萨丽家的厨房窗户上满是蒸汽凝结的水珠。纸箱在从房子搬到车上再搬到马萨丽家的过程中被淋湿了，好在芬把里面的物品都装进了塑料垃圾袋，没有受潮，只是芬和马萨丽都成了落汤鸡。芬一进屋就脱掉了湿夹克，马萨丽仍在用一条大毛巾用力擦着头发。

芬打开第一个纸箱，芬利克斯站在一边看着。除了一些相册和老账簿，还有杂物、工具、装钉子的马口铁罐、一枚放大镜、几盒从未用过的水笔、一个坏掉的订书机、几盒回形针。

芬利克斯说："我与默里牧师差不多达成了和解。"

芬抬起头，"他说你去看过他。"

"好几次。"

芬和马萨丽交换了眼色，"怎么样？"

"你们知道他同意让唐娜和伊丽住在这里。"

芬点点头，"是的。"

"我告诉他我准备辍学，去阿尼什找一份工作，确保能养活一家人。"

马萨丽很惊讶，"他怎么说？"

"他差点削掉我的脑袋。"芬利克斯苦笑了一下，"他告诉我如果我不上完中学，考上大学，他会踢烂我的屁股。"

芬挑起一侧眉毛，"这是他的原话吗？"

芬利克斯咧嘴笑了，"差不多吧。我想牧师们是不应该说那样的话的。"

芬笑了，“牧师们得到了上帝的特许。如果他们愿意，可以骂人，只要是为了善事。”他停顿了一下，“那你要准备去上大学了？”

“如果我能考上。”

唐娜抱着孩子出现在门口，“是你来喂她还是我来？”

芬利克斯朝女儿粲然一笑，用指背轻抚她的脸颊，“我来喂。奶瓶在加热器里吗？”

“是的。”唐娜把孩子交到他怀中。

在跟随她出去之前，他在门厅转过身，“对了，你说得对，芬，唐娜的爸爸并没有那么坏。”

父子之间一阵短暂的沉默，然后芬笑了，“是的，他还有希望。”

芬利克斯走后，芬转向另一个纸箱，撕开封口，里面装满了书和笔记本。他拿起顶上的一本，绿色封皮精装版，是一部二十世纪的诗选，“我不知道你爸爸喜欢诗。”

“我也不知道。”马萨丽穿过厨房走过来。

芬翻开书，内封上有一行漂亮工整的字：托尔莫德·尤利姆·麦克唐纳，生日快乐！妈妈。一九七六年八月十二日。芬皱起了眉头，“妈妈？”

马萨丽用颤抖的声音说：“他们总是称呼彼此为妈妈和爸爸。”

他翻了几页，一张折叠的横格纸掉落。他拾起来，上面歪歪扭扭写满了字，标题为：索拉斯。

“那是我们那天带他去的日托中心，紧挨着护理院，”马萨丽说，“这是他的笔迹。写的是什么？”她从芬的手中接过纸，他站起身和她一起看。每隔三四个字都会被画掉，有时画几次，可以看出来他试图多次纠正错误的拼写。她用手捂住嘴，强抑着悲痛，“他一直引以为傲的是他的拼写。”然后她读道，“我在那里时大概多达二十余人，大多数人都很老。”这个“老”字他写了三次，“有一些非常虚弱，似乎不能说话，还有一些不能走路，但是试图一寸寸地往前挪，有几个能走得稍远些。”她声音哽咽，再不能读下去了。

芬接过来，大声读道：“我在写字时不能避免地犯些小错。当然，我的失落不是突然产生的，早在十一年前就开始了，只是起初几乎没有引起我的注意。然后，随着时间的推移，我开始意识到我越来越失去了记事的能力。这是很可怕的事，当我意识到时，我已处在无能的边缘。”

芬把纸放在桌上。外面仍然风狂雨急。他的手指滑过纸的边缘，从它锯齿状的边缘来看，这张纸是从笔记本上撕下来的。他想，这种知道疾病正在降临的事实一定比疾病本身更糟。你在一步步失去理性、思维、记忆以及一切。

他看了一眼马萨丽，她正在深呼吸，用手掌擦着泪。除了哭泣你还能做什么。她说：“我去沏点茶。”

她忙着去烧水，洗杯子，取茶袋。芬蹲下来打开其他纸箱。这个箱子里装满了分类账簿，是老人在农场工作时的所有收入和开支明细。他一本本取出来，在最底部发现了一本软皮大相册，里面塞满了多年从报刊上剪下来的文章。芬把相册放在身旁的纸箱上，打开。一开始剪报还是很整齐地粘贴在册页上，后面则只是简单地堆挤着，可以随意取放，因为简直太多了。

他听到了壶中水开的声音，门外的风雨声，孩子房间的音乐声，还有马萨丽的声音，“那是什么，芬？那些剪报是什么？”

芬正沉浸在自己的内心世界里，说出的话仿佛从很远的地方传来，“我想我们应该把你的父亲带回埃里斯凯，马萨丽，那是我们唯一能找到真相的地方。”

三十五

马萨丽来了！我知道她有一天一定会来接我的，还有这个小伙子。我不知道他是谁，但是他很好心地帮我收拾东西，袜子和内裤，两件衬衫，一条裤子，全都装进包里。还有许多东西留在了衣柜和抽屉里，但是我猜他们稍后还会回来再取，这不重要。我感觉想唱歌。我的马萨丽还是老样子，还那么好。我急不可耐地要回家，尽管现在我不太确定我记得家在哪里。但是他们会知道的。

我离开时每个坐在那里的人都朝我笑，我高兴地向他们挥手道别。那个总是试图让我脱掉衣服去洗澡的女士看起来并不是那么高兴，好像她在沼泽地里蹲下撒尿时被荆棘扎了屁股似的。哈哈，我想说，你活该。但是我不确定最后我说出来的是什么，听起来像“唐老鸭”。谁说的？

外面很冷，那场雨把我带了回来，带回到了在那片土地上与野兽共处的孤独日子。我曾经很喜欢那种生活，喜欢那种自由，无须伪装，只有我和脸上的雨。年轻人告诉我，如果我需要撒尿就告诉他，他可以随时在任何地方停下。我说，是的，当然，我总不可能尿在自己的裤子里吧。

我们似乎已经开车走了很久。我不太确定，也许我睡着过。我看着车窗外向后退去的土地，现在几乎找不到熟悉的感觉了。我不太确定是草推开了石头，还是石头拨开了草，只是到处都是石头和草，石头和草满山坡。

啊，现在，远远的下面，我看到了一片海滩。你不会相信一片海滩竟能有那么大，或者大海有那么蓝。我记得曾经见过那样的海滩，那是我见过的最大的海滩，比查理海滩大多了。但是因为充满了巨大的悲伤和负罪感，我几乎没有注意到。我开着唐纳德·谢默斯的破旧小货车，彼得还在后面，包在毯子里。我用从卧室拿出来的毯子包着他，背到了船上。

玛丽-安妮和唐纳德·谢默斯像死人一样。只要一躺下，这个世界上似乎没有什么能把他们从睡梦中惊醒。那天晚上也一样，虽然那天晚上我很惊慌，一直在哭泣。我想我一定弄得到处都是血，但是我完全顾不上在乎这些了。

到达鲁达哥后我稍稍能控制自己的情绪了，为了凯特我必须伪装一下。我还记得，通过小货车的后视镜，我看见她站在黑暗中的码头看着我远去。我知道，即使在那时，我已经知道，我再也不会见到她。但是我的脖子上挂着她的圣克里斯托弗像章，所以她其实将以某种形式永远和我在一起。

我很幸运地躲过了潮汐，没有等待就直接穿越了浅滩。我知道在黎明到来之前，我必须尽可能地远离小岛，越远越好。唐纳德·谢默斯要不了多久就会发现我和彼得不见了，还有他的枪、钱和小货车。他很有可能立即报警。我需要逃得远远的。

当黎明的第一缕曙光出现在哈里斯海峡的迷雾中时，我正在伯纳雷等待第一班渡轮。没有人注意到我，但是我死去的弟弟在一辆偷来的车后面，我紧张死了。当渡轮在利弗堡停下时，我虚弱到了极点。但是我试图从警察的角度来看问题。我有一杆偷来的猎枪，一些钱，还有一辆车。当然他们不知道彼得的事。他们会认为我们是共犯。我们会去哪里？我确定他们会认为我们在想办法逃回大陆。在这种情况下我们会开车去洛赫马蒂，去赶通往斯凯岛的渡轮。我们怎么会向北跑到哈里斯或路易斯呢？这是我的推测，虽然在那时我对自己的推测其实没有太大的信心。

那天早上，太阳被低沉的云遮挡了，渡轮像幽灵一样穿越海峡，犹如青灰色的大海上微微隆起的一个包。在利弗堡码头，我把车从船上开下来，再次行驶到了马路上。

那是我第一次看见那些海滩，在萨拉索塔和路斯肯特尔，我开车穿过塞乐博斯村，意识到这里应该是我的故乡。我在那里停留了几分钟，下车沿着一条通往沙质低地的小路向前走了走，凝望没有尽头的金色沙滩。我现在是托尔莫德·麦克唐纳了。这里是我成长的地方。我曾经有过很多名字，但毫无疑问我从此将是托尔莫德。我回到小货车上，一刻不停地向前开，经过斯托诺韦郊区，穿过巴弗斯沼泽，来到通往内斯的西海滨路。我几乎不能走得再远了。

在巴弗斯我拐进了一条坑坑洼洼的土路，经过几所土房子，通向一片暴露在风中的海湾。海湾像湖一样几乎完全被陆地包围，我可以看见远处海浪拍打着海岸。我坐在那里等着黑暗降临。

黑暗似乎永远也不会降临，而我已饥肠辘辘。差不多二十四小时没有吃过任何东西了，我只感觉脑袋轻飘飘的。终于，最后一抹夕阳消失在西边的地平线，我驾驶着小货车跌跌撞撞从土路回到主路上，向北开去。

在希亚德，我发现了一条通往海边的小路，于是拐进去，熄掉车灯，缓慢而艰难地朝悬崖边前进，仅仅依靠时隐时现的月光引路。大海近在眼前，在黑暗中发着磷光。我关掉发动机，下了车。四周没有一丝光，我从车上取出铁锹。

虽然泥炭沼泽地很软很湿，我却花了几乎一小时才挖出一个足够大的坑，以作为彼得最后的安息之地。首先我切掉上面的草皮，放在一边，然后开始挖啊挖，挖到足够深，深到即使有水渗进坑里，也能把尸体掩埋，深到当我填满它，把草皮盖回去，也没有人会发现这里被人翻动过，即使还有些痕迹，也会被认为是失败的切泥炭行为。我知道大地的裂隙很快就会缝合，把他封锁起来，把他揽进怀里，永远拥抱着他。

终于挖好了，我打开包着弟弟的毯子，小心翼翼地把他放进墓穴里。我在他的头边跪下，亲吻他，为他的灵魂祈祷，尽管我不再确定上帝是否存在。我是那样的悲伤和愧疚，几乎都没有力气挥动铁锹。我把最后一块草皮盖好后，在那里站了十分钟或者更久，直至汗水被风吹干。然后，我拿起那条血淋淋的毯子，步履艰难地穿越沼泽，经过一片杂乱的岩石，来到一个多沙的小水湾。

我蜷缩在沙地上，挡住风，点燃毯子，迎风坐着，看着火光在黑暗中舞动，把火花和烟灰送进黑夜中。一场象征性的火葬，弟弟的血回到了大地上。

我坐在海滩上直到差点冻僵。最后，我四肢僵硬地走回沼泽地，上车发动引擎，沿着小路回到主路上。小货车向南穿过巴弗斯，在阿诺附近的什么地方向东拐向一条狭窄的小路。这条路弯弯曲曲穿越沼泽，通往一片隆起的山丘。我原本打算一把火烧掉小货车的，但是又担心被人看到，无论我所处的位置多么偏僻遥远。就在这时，我看到了月光下，在我的下方，是一片波光粼粼的海湾。于是我把物品从车上取下来，把车开到边缘，关掉引擎，跳到柔软的草皮上，用力助推几步，小货车按惯性继续前进，沿着山坡滑进了黑暗中。我听见它砸进水里的声音。

接下来的一小时，在微弱的月光中，我坐在山上，看见车顶还露出水面。我以为自己犯了一个可怕的错误，但到天明时车顶也不见了。

坐在黑暗中时，我把唐纳德·谢默斯用来打兔子的猎枪拆卸开装进包里。然后，在黎明的第一缕曙光出现时，我步行穿过沼泽，回到主路上。我只朝巴弗斯的方向走了大约五分钟，就有一个去斯托诺韦的老农停下来让我搭便车。他不停地说话，车中的暖气渐渐让我的四肢恢复了知觉。大约穿越了巴弗斯沼泽一半的时候，他说："你说的盖尔语好奇怪，孩子，你不是当地人。"

"是的，"我说，"我从哈里斯来。"我伸出手和他握手，"托尔莫德·麦克唐纳。"这是我此后一直使用的名字。

“你去斯托诺韦做什么？”

“我准备乘船去大陆。”

老农咧嘴笑了，“祝你好运，孩子，一路上会很辛苦。”

那时我还根本不知道，当一切结束后我还会回来。也许这是要回到弟弟身边的驱使，好像这样可以在某种程度上弥补我未能履行对母亲的承诺的遗憾。

“我们现在在哪里？”我问。

“这里是利弗堡，爸爸，我们要坐船去北尤伊斯。”

北尤伊斯？我确定我不住在那里。我挠着头，“为什么？”

“我们要带你回家，爸爸。”

三十六

马萨丽和芬不知道这一走要多久才能回来，为了能随时联系上儿子，她把手机留给了芬利克斯。那天早上晚些时候，芬利克斯开车去了克罗伯商店，为接下来的几天储备食物。

那个上午天气十分恶劣，狂风横扫海角，带来阵阵细雨，把春天的嫩草压倒在地，但是芬利克斯并不介意。他生长在这片土地上，对恶劣天气早习以为常。他喜欢雨打在脸上的感觉，也喜欢天空中突然光芒万丈。寒冷而刺目的阳光时而洒在海面上，如水银般闪亮。这样的时刻有时持续几分钟，有时则只有几秒。

一层层乌云缓慢地移动，几乎压到了地面上，让人感觉伸手可及。芬利克斯开车回家时，山顶已消失在云雾中。唐娜之前说过她会做好午餐等他回来吃，简单的培根炒鸡蛋沙拉。他很惊讶地发现房子上面的碎石路上，一辆白色路虎揽胜停在他平常停放 Mini 车的地方。他不认识那个车牌号。在路易斯岛，如果有车开过来，人们会习惯性地看看车牌，如果认识就朝其挥挥手。因为刺目的阳光或雨水，挡风玻璃后面驾驶者的脸一般是很难看清的。这个车牌号不是岛上的。

他把车停在路虎旁边，下车时看到路虎的后座上有一份《爱丁堡晚报》。他从自己的车后座上抓起食品袋，冲进雨中，朝厨房飞奔而去。他没有放下手中的食品袋，直接弯腰扭开门把手，推开门。唐娜站在通往门厅的门口，屋里有一股陌生的味道。唐娜紧紧抱着伊丽，仿佛一松手孩子就会飞走。她脸色苍白，眼睛因为瞪得过大而显得很黑。他立即知道大事不好。

“怎么了，唐娜？”

她的眼睛如受惊的兔子般迅速扫视着厨房，芬利克斯扭头看见一个男人坐在餐桌旁边。男人身材高大，银灰色的短发，上穿一件白色衬衫，领口敞开着，外面套着一件夹克，下穿牛仔裤，脚蹬黑色皮靴。被尼古丁熏黄的指关节处夹着一支硕大的雪茄，已经差不多燃掉了一半。

与此同时，唐娜被人推搡着进入厨房。她歪歪扭扭地走了两三步后才稳住身子，一个男人出现在她后面。这人比餐桌边的那个年轻多了，浓密的黑发梳了个亮闪闪的大背头，显然是喷了发胶。他的穿着比较随意，蓝色衬衫，木炭色的裤子，外面是一件长长的棕色雨衣。芬利克斯注意到他精致的黑色意大利皮鞋上结了一层泥巴，但更让人震惊和难以置信的是，他右手举着一杆短管霰弹猎枪。

“干什么？”他说出这句话后立即意识到自己听起来有多么愚蠢。他的第一反应是这一定是某种玩笑，但是这情形似乎一点也不好笑。他看见唐娜的脸上布满了真实的恐惧。他站在那里，双手提满了刚买回的东西，风雨通过敞开的门道吹过来，在他的双腿间盘旋。他不知道该怎么办。

坐在餐桌边的男人靠在椅子上若有所思地看着他，轻轻地把玩着湿湿的雪茄嘴，“你的外祖父在哪里？”

芬利克斯惊愕地看向他，“我不知道。”

“我想你知道，你母亲和她的朋友今天一大早就把他从疗养院接了出来。他们去哪里了？”

芬利克斯感到脊背上汗毛倒竖，“我不知道。”他希望自己听起来很蔑视对方。

“不要和我耍小聪明，小家伙，”抽雪茄的人语气始终很平稳，从容不迫的样子，目光投向唐娜和婴儿，“那是你的孩子，是吗？老托尔莫德的曾外孙女？”

恐惧侵入芬利克斯的骨髓，“你胆敢碰她们一根指头！”

“要是碰了呢？你会怎样，小家伙？告诉我。”

芬利克斯朝持枪的男人看了一眼。那人面无表情，但是眼神在警告他不要做蠢事。

“你只需要告诉我他们把你外祖父带到哪里去了，就这么简单。”

“如果我不告诉你呢？”

年长的男人轻轻摇了摇头，深吸一口雪茄，微笑着吐出长长的烟圈，“你难道不想知道我会对你的女朋友和女儿做什么吗？”

一开始芬利克斯不能呼吸，非常惊慌。接着他意识到这是一场梦，一定是场梦。他在深深的海底，那里又黑又冷。他意识到如果吸一口气，双肺就会充满水，所以他拼命想游出水面。在上面很远的地方，他可以看见渗进来的光。渐渐地，他觉得这束光越来越亮，但是水面似乎还很遥远，他的肺要炸开了。他更加用力地划，全部的注意力都集中在这束光上，直到突然冲出水面，冲进炫目的光芒中。疼痛把他全部的意识撕成了碎片。

他头痛欲裂，但能听见自己粗重的喘息声。他翻了个身，不知道四肢为何不听使唤了。他眼睛盯着光，直到厨房在周围现出原形。但是他的思想仍然无法集中，仍然混乱，清醒的意识和回忆恢复得过于缓慢。

他静静地躺着，控制着呼吸，试图忽略头痛，强迫自己回忆从商店回来后发生的事：白色路虎车；举枪的年轻人；抽雪茄的老家伙威胁他如果不说出母亲和芬把托尔莫德带到哪里去了，就会伤害唐娜和伊丽。但是无论怎样努力，除此以外他什么也想不起来了。就在这时他意识到自己为什么不能动。

他躺在地板上，脚踝被绑了起来，双手被反捆在背后。地板上有血，他慌了神，大声叫道："唐娜！"声嘶力竭的呼喊声在空旷的厨房回响，回应他的是死一般的寂静。恐惧和惊慌几乎让他瘫痪，完全是肾上腺素刺激他疯狂般地想坐起来。

终于成功坐起来后，他发现自己的双脚是用一块干抹布绑起来的，拧了一个笨拙的结。又费了九牛二虎之力，他才跪下来，双脚抵在屁股上，反捆在背后的手能碰到抹布了。他花了几分钟解开抹布结，挣扎着站起来，然后再次呼喊唐娜的名字。没有任何回应，唐娜和婴儿已不见踪影。他在卧室的镜子里看到了自己的样子，血从头上的伤口流到脸上。他由此得到的唯一安慰是：厨房地板上的血是他自己的，而不是唐娜和伊丽的。

但是她们去了哪里？苍天在上，这些人到底把她们带到哪里去了？

他跑回厨房，疯狂地搜寻。案板的刀架上有几把餐刀，但是他的手被捆在背后，只能干着急。他必须找人帮忙。

他背对着厨房门，手指摸索着门闩，艰难地打开了它。他冲进雨中，穿越长长的草坡，朝上面的马路跑去。跑到马路上时他绊了一跤，重重地摔倒，脸颊擦在碎石路面上。他摇摇晃晃地站起来，继续迎着风雨，沿着马路朝通往教堂和牧师住宅的方向跑。

哪里也见不到一个人影。没有哪个头脑正常的人会在这种天气里跑出来，除非万不得已。

他跑上山，奔向停车场，越发感到力不从心。他绕过大门，选择穿越拦牛木栅的那条路，疾速奔向通往牧师住宅的台阶。他一步两个台阶冲到大门口，根本顾不上按门铃或敲门了，一边用脚踢，一边大声呼喊。眼泪和鲜血让他的视线一片模糊。

门开了，唐纳德·默里站在那里，惊愕地瞪大了眼睛。片刻之后，他的惊愕变成了恐惧，芬利克斯看到他脸色大变。

三十七

他们已把坏天气远远地甩在了后面，风雨从西北方追赶着他们，终于在北尤伊斯的山区被拦截了。他们继续向南，越往南天气越温和，大雨退却，风沉入大海，午后的金色阳光在大地上投下长长的影子。

直到他们在本贝丘拉岛的一个茶社停下时，芬才意识到自己的手机关机了。接连几夜都在旅馆和帐篷中度过，好几天没有顾上充电了。回到车里，他把手机放在座椅之间的杯托上，通过点烟器给手机充电。一个小时后，他们在东基尔布赖德绕过海岬，看到了鲁达哥的小码头，对面的埃里斯凯岛沐浴在阳光中。

微风吹皱了海峡清澈的蓝色水面，他们开车沿着笔直的堤道来到一处弯曲的坡道上。在路的尽头，芬拐弯向下，朝豪恩的小海湾和港口驶去。

他从后视镜中观察托尔莫德，老人凝视着窗外，呆滞的眼神中没有认出什么来的迹象。沿着这座长岛的脊背一路开下去，是一趟让人疲惫的旅程，加上乘渡轮以及停下吃午饭和喝咖啡的时间，已经花去了将近五个小时。老人很疲惫，昏昏欲睡的样子。

单行道绕过海湾顶端，芬转向一条碎石车道，朝山上的一所大白房子开去。汽车咔嗒越过拦牛木栅，他把车停在粉色奔驰旁。他和马萨丽帮助坐在后面的托尔莫德下车，在这场漫长的旅行中，他的身体已经僵硬，几乎很难移动了，直到踏上脚下的土地。他挺直身子环顾四周，凉爽的微风吹在脸上，他呼吸着咸湿的空气，精神似乎振奋起来。他的双眼更加明亮了，但是凝视山坡以及下面的海港时，他还是没有认出这个地方来。

“我们在哪里？”他问。

“回到了一切开始的地方，麦克唐纳先生。”芬看了一眼马萨丽，但是她正忧心忡忡地盯着父亲，“来吧，我想让你见个人。”

他们迈上通向露天平台和前门的台阶，当芬按响门铃时，他们听到从房子深处传来《苏格兰勇士》的乐声。等了一会儿，门开了，莫拉格站在那里，手中拿着一杯杜松子酒和一支香烟，迪诺在她的脚踝处汪汪叫。她把三个站在门口的访客带进屋，脸上掠过一丝阴影，对芬说：“我有一种有趣的预感，你还会回来。”

“你好，凯特。”芬说。

一种奇怪的感情在她的黑色眼眸中燃烧了片刻，“很久没有人这么叫我了，亲爱的。”

“约翰·麦克布莱德也许是最后一个这么叫你的人。”芬把头转向托尔莫德。凯特张大了嘴巴看着他。

“啊，上帝，”她屏住呼吸，“约翰尼？”

他茫然地看着她。

芬说：“他患有老年痴呆症，凯特，基本意识不到周围的事情。”

凯特伸出手，穿越半个多世纪，触摸在另一生一个暴风雨的夜晚永远失去的一份爱，手指轻轻地抚过他的脸颊。他好奇地看着她，似乎是在问，你为什么要摸我？然而，他没有认出她来。她缩回手，看着马萨丽。

“我是他的女儿。”马萨丽说。

凯特把酒和烟放在门厅的桌子上，双手捧起马萨丽的手，“噢，亲爱的，如果事情的结局只是有一点点的不同，你可能也是我的孩子。”她再次看着托尔莫德，“我整整一生都在想，可怜的约翰尼过得怎么样。”

芬说：“或者托尔莫德·麦克唐纳，你应该知道这是他最后的名字。”他停顿了一下，“是你偷的出生证明吗？”

她看了他一眼，“你们最好进来。”她放开马萨丽的手，拿起酒和香烟，他们跟随她和迪诺穿过能够俯瞰山坡和海湾全景的起居室，“你怎么知道我是凯特的？”

芬从包里取出托尔莫德存放剪报的相册，摊开放在桌子上。当意识到那些全是有关她的媒体报道时，她的呼吸变得急促起来。这些从报刊上撕下或剪下的照片和文章，记录了她凭《街道》中的角色出名后二十多年的演艺生涯。“你可能不知道托尔莫德变成了什么样，凯特，但是他肯定知道你变成了什么样子。”

托尔莫德向前一步走到桌边，低头看着剪报。

芬说：“你还记得这些吗，麦克唐纳先生？你还记得把它们剪下来贴在这本相册里吗？关于演员莫拉格·麦克尤恩的报道。”

老人久久地盯着这些东西，嘴唇嗫嚅着。“凯特，”他终于说出了口，抬起头看着莫拉格，“你是凯特？”

显然她已经说不出话来，只是点点头。

托尔莫德笑了，“你好，凯特，好久不见。”

泪水顺着她的脸颊流下来。“是的，约翰尼，好久不见。”她似乎就要失去控制，迅速喝了一大口杜松子酒，快步走到吧台后面，“你们谁需要喝点什么吗？”

“不用，谢谢。”马萨丽说。

芬说：“你还没有告诉我们出生证明的事。”

她用颤抖的手把自己的酒杯重新倒满，又点燃了一支烟，开口之前饮下一杯烈酒，深吸一口烟。“那时我和约翰尼正在热恋中，”她望着这个站在眼前的老人，“我们常常夜里溜出来在老码头边约会，然后翻过山去查理海滩。那里有一片废墟，面朝大海，我们经常在那里做爱。”她不自然地看着马萨丽，“总之，我们经常谈到一起私奔。当然，他永远也不会丢下彼得。在母亲病床边，他向她承诺过，他会照顾好弟弟。彼得好像出过什么事故，头受过伤，有点傻。”

她把杯子放在吧台上，扶着它，好像觉得如果松开手她可能会跌倒似的，然后她再次看向托尔莫德。

“我愿意和你一起走到天边，约翰尼。”她说。托尔莫德一脸茫然，于是她又看向芬，“寡妇欧亨利去哈里斯与她的表妹佩吉一起度假时常常带着我，比如在复活节、暑假和圣诞节。佩吉的儿子在海湾因船难淹死了，她带我去参加葬礼。我见过那孩子几次，他是一个好小伙。来参加葬礼的亲朋好友特别多，我只能睡在他房间的地板上。那一晚上我根本无法入睡。有人，也许是他父母，把他的出生证明放在了梳妆台上。我觉得大家都忙着办葬礼，没有人会马上注意到。等到发现时，他们也不会想到是我拿走了它。”

“但是你为什么要拿走它？”马萨丽问。

“如果我们要私奔，我和约翰尼，我以为也许他需要一个新身份。没有出生证明你什么也做不了。”她沉吟片刻，又深吸了一口烟，“当我拿走它时，我完全不知道会在什么样的情形下用到它。肯定与我最初的打算不一样。”她笑了，微笑中带着苦涩和嘲讽，“结果是，要改变我自己的名字要容易得多，只需要在演员协会登记，我就不再是凯特了。我是女演员莫拉格·麦克尤恩，可以扮演我想要的任何角色，无论是在台上还是台下。没有人知道我只是某个被抛弃的可怜孤儿，被运到岛上成为一个寡妇的奴隶。”

房间里陷入沉默，所有的问题和答案已经不言而喻。最终是托尔默德打破了沉默。“我们现在能回家吗？”他问。

“过一会儿，爸爸。”

芬看着凯特，“彼得在查理海滩被人杀害了，是吗？”

凯特咬着下嘴唇，点点头。

“那么我觉得现在是揭示真相的时候了。我们所有人都应该知道到底发生了什么。”

“他让我承诺永远也不要告诉任何人。我做到了。”

“这是很久以前的事了，凯特，如果他能自己告诉我们，我肯定他会说的。彼得已经找到，在路易斯岛的泥炭沼泽里被挖了出来。现在正在进行谋杀调查，我们必须知道真相。”他犹豫了一下，“不是约翰尼杀的，是吧？”

“哦，上帝，不！”这个想法似乎吓了凯特一大跳，“他宁愿自己死也不会动弟弟一下，哪怕是一根头发。”

“那么是谁？”

沉思良久后，凯特掐灭了香烟，“我最好还是带你们去查理海滩吧。在那里说，你们会更容易想象当时的情景。”

马萨丽为父亲重新戴上帽子，跟随莫拉格走进门厅。在那里她从衣架上取下一件夹克，又弯腰把迪诺抱在怀里，“我们都坐奔驰过去。”

芬迅速钻进自己的车里取手机。电已经充满，屏幕显示有四条信息，芬想可以稍后再看。他关上车门，向等着他的粉色奔驰跑过去。

凯特降下软顶敞篷，加速朝山上开去，迪诺趴在她的右手臂上。赫布里底群岛的傍晚，春风吹拂在每个人的脸上，温暖而惬意。托尔莫德兴高采烈，笑声朗朗，紧紧按住头上的帽子，迪诺汪汪叫着，回应他的兴奋。芬不知道山上的教堂、小学或者老公墓，是否会激起托尔莫德深藏的记忆，但是老人似乎完全忘却了周边的环境。

凯特在一段能够俯视查理海滩的公路上停下，正好对着海滩上的老房子废墟。

“我们到了。”她说。他们全都下了车，在荒草间小心择路，朝废墟走去。风更大了些，但仍然很柔和，太阳挂在西边的海平面上，为蠢蠢欲动的大海洒了一层金光。

“那天晚上就像这样。”凯特说，“或者，至少，比现在还早点。我到达这里时天快黑了，暴风云在远处的林格和富德那边聚集。我知道乌云席卷海湾只是时间问题，但那时头顶的天空依然祥和，犹如暴雨来临之前的平静。”

她靠在山墙端残余的墙体上，稳住身子，看着迪诺在海滩上欢蹦乱跳，身后是飞舞的沙子。

“就像我说的，首先我们总是在豪恩的码头相见，然后一起翻山。但是这很危险，有两次我们差点被人看见。后来我们决定在这里相会，在山上各走各的。”

迪诺在浪花中跑进跑出，与潮汐嬉戏，对着夕阳欢叫。

“那天晚上我迟到了。寡妇欧亨利不太舒服，比平常晚很久才睡着，所以我匆匆忙忙，到达那里时已经上气不接下气了。让我失望的是，我到了那里才发现根本没有约翰尼的影子。”她停顿了一下，沉浸在回忆中，“就在那时我听到从下面海滩传来的声音，即使伴随着海浪声和风声，我仍然能听见。这些声音中的异常让我立即警觉起来，我在墙后面蹲下来，朝沙滩那边看过去。”

芬凝视着她的脸，仿佛从她的眼中看见了当时海滩上发生的一切。

“我能看见四个人影。一开始我不知道他们是谁，也看不出发生了什么，然后天空中出现了一道口子，月光照在海滩上。在那一刻，我唯一能做的是不要叫出声来。”

她用颤抖的手指摸索出一支香烟来，用手挡住风，点燃。当她吸烟时，芬听到了她呼吸中的颤抖。这时他兜里的手机响了起来，他掏出手机，看到是芬利克斯的号码。无论是什么事，都可以等会儿再说。他把手机关掉，放回兜里。

“他们就在海水边，”凯特说，“彼得一丝不挂，双手反捆在背后，双脚也被绑了起来。两个年轻人用一根绳子系在他的脖子上，在沙滩拖曳。他们每走一段都要停下来，踢打他，直到他再次站起来，然后又拉着他前进直到他跌倒。约翰尼也在那里，一开始我不明白为什么他不去施救，直到我看见他的双手也被绑在胸前，十八英寸长的绳子缠在他的脚踝处，难以动弹。他跟在他们后面跛行，哀求他们住手。我可以听见，他的声音盖过了所有人。”

芬看了一眼马萨丽，她的脸上刻着专注和恐惧。凯特描述的这个人是她的父亲，无助而绝望，为弟弟的生命苦苦哀求。芬意识到，你永远也不知道别人可能经历过怎样的人生，即使你认为你非常了解他们。

凯特的声音很低，因为激动而变得沙哑，在海浪与风声中他们勉强能听见。“他们走了三四十码后突然停下来，发出喃喃的吆喝和嘲笑声，命令彼得跪在潮湿的沙滩上。涨起的潮水冲刷着他的腿，我看到了月光下寒光闪闪的刀刃。”她转过头看着他们，再次体验了一遍她那个夜晚所目睹的每个残忍的时刻，“我简直不敢相信眼前的情景。我不断地想，也许约翰尼和我实际已经相会了，做过爱，我躺在草地上睡着了，这一切不过是一个可怕的噩梦。我看见约翰尼试图阻止他们，但是其中一个打了他，他跌进水中，然后那个人开始用刀从前面刺彼得，另一个人从后面按住他。我看见那把刀忽上忽下，每一次都滴着血。我想大声尖叫，不得不用手捂住嘴以防发出声来。”

她再次把目光移向远方，越过沙滩，看着大海，沉浸在这段令她撕心裂肺的痛苦往事中。

“然后在后面的那个人拿起刀朝彼得的喉咙划过去，顿时，我看见鲜血从他的脖子上喷涌而出。约翰尼跪在水中尖叫。彼得跪倒在地，头朝后耷拉着，呼出了最后一口气。这个过程并没有花多长时间。他们把他推倒，脸朝下，栽进海水里。即使从这里，我也可以看见溅起的浪花变成了猩红色。而凶手们只是转身走开，好像什么也没有发生。”

芬说：“你认识他们？”

凯特点点头，“是凯利两兄弟。那个可怕的夜晚，他们也在迪恩桥上。”她看着芬，“你知道这件事吗？”

芬歪着头，“知道一部分。”

“老大帕特里克掉下去淹死了，丹尼尔和托马斯怪罪彼得，认为是他把大哥推下去的。”她绝望地摇摇头，“上帝知道他们是怎么知道我们的下落的，但是他们的确找到了我们，过来为死去的哥哥复仇。”她凝视着大海。

此时，夕阳已有一半沉入海平面，大海一片血色，仿佛给凯特的故事加入了一个生动的背景。

“他们走后，我跑了过去。约翰尼跪在彼得的尸体旁，潮汐包围着他们，血溅在沙滩上，浪花仍然是红色的。就是在那个时候我知道了，当一个人为死去的亲人哀号时，会发出怎样的声音。那是动物般的号叫。约翰尼根本无法安慰，我从来没有见过一个成年人如此伤心欲绝。他甚至不让我碰他。我告诉他说我要去喊人帮忙，他立即站起来，抓住我的肩膀。我害怕极了。”她看着托尔莫德，“我看到的不是约翰尼的脸。他像着魔了一般，几乎让我认不出来了。他要我发誓永远也不要把这件事告诉任何人。我不明白。这些人刚刚杀害了他的弟弟。我几乎疯了。但是他用力摇晃着我，打我的脸，告诉我他们已经说得很清楚，如果他胆敢告诉任何人，他们会回来找我。”

她转向芬和马萨丽。

“这就是为什么他打算按他们说的做。他们叫他自己处理尸体，永远也不要向任何人吐露一个字，否则他们会杀了我。”她困惑地摊开双手，“那个时候我像疯了一样。我不能不管，一心想去报警，但是他断然拒绝了我。他说他会自己把彼得埋在一个没人找到的地方，然后他必须去做件事。他不肯说是什么事，只是说他让母亲失望了，他要去偿还对母亲的亏欠。”

芬朝废墟那边看过去，老托尔莫德已经去了那里，坐在前墙残存的基座上，神情茫然地看着查理海滩。太阳已从海平面消失，星星开始出现在淡蓝色的天空上。

三十八

要记住一些事情好难。我知道他们在那里，有时候我可以感觉得到，但是我看不见，也摸不着他们。我好累。这趟旅行让我好累，他们说的那些莫名其妙的话，让我厌倦。我还以为他们要带我回家。

但是这个海滩很美，和哈里斯的那些海滩不同，犹如一弯银色的新月。

啊，那是月亮吗？沙子几乎在它的照耀下闪着光，像是从底下被照亮一样。我觉得我曾经来过这里，无论这是什么地方，我确定我来过，看起来这样熟悉。我和凯特一起，还有彼得。可怜的彼得，我仍然能看见他。他死前的眼神像极了唐纳德·谢默斯刀下那只小羊的绝望眼神。

我时常做噩梦，有时候，是关于愤怒，愤怒变成寒冷，愤怒源于悲痛和内疚。我记得那种愤怒，它啃噬我的心，把我撕成碎片，蚕食我的全部。我看着梦中的自己，就像是观看一部忽隐忽现的老电影，黑白的或棕色的，等着，等着。

那晚的空气是温暖的，但我一直不停地颤抖。城市的声音是如此不同。我已经习惯了岛上的生活，一下子回到高楼大厦和来往车流中，我感到无所适从。

我已经等了差不多一个小时。我藏在灌木丛中，蹲得双腿麻木。但是愤怒赋予你耐心，就像是延迟高潮到来的欲望使快感更加强烈一样。愤怒还使你盲目，对于可能性和后果的盲目。愤怒使想象力变得迟钝，使你降低对某一个点的注意力，使你忘掉其他一切。

终于，走廊里出现了一道光，我全身的警觉性霎时提高了。我听到门闩拉开的声音，铰链的声音，只见他们走进光中，一前一后。丹尼尔停下来点了一支烟，托马斯正要侧身去关门。

我就是在这时开始行动的。我冲到路中央，走进灯光中。我要确保他们看见我。我要让他们知道我是谁，我想做什么。我不在乎还有谁可能看见我，只要这两人知道就行。

火柴在丹尼尔的烟头处闪烁，借助这束光我看到了他眼中的内容：他知道我要杀他。托马斯此时转过身，也看见了我。

我等着。

我想让他明白。

他的确明白。

我举起猎枪，打出了第一枪，正好击中丹尼尔的胸部。冲击力使他后仰，倒在了门上。我永远也忘不了当我准备再次发射时，托马斯眼中深深的恐惧和绝望。我有一点失去平衡，但是足够准确地打掉他半个脑袋。

完事后我转身走开。无须奔跑。彼得已经死了，我做了我必须做的事。让后果见鬼去吧！我不再颤抖了。

我不记得那个梦做过多少次了，以至于我怀疑它是否真的发生过。但是无论梦过多少次，什么也没有改变。彼得还是死了。没有什么能把他带回来。我向母亲承诺过，我让她失望了。

“走吧，爸爸，天变冷了。”

我扭头看见马萨丽俯下身，挽起我的胳膊，扶我站起来，还帮我戴好帽子。我站在那里看着月光下的她，微笑着抚摸她的脸，“我好高兴你在这里。”我告诉她，“你知道我爱你，不是吗？我真的、真的很爱你。”

三十九

奔驰车快开到屋前时，凯特皱起了眉头，“怎么黑灯瞎火的？若是往常灯早就开了。”直到驶过拦牛木栅，他们才发现一辆白色路虎揽胜挨着芬的车停在那里。

芬看了一眼凯特，“看来你家来客人了。你认识这辆车吗？”凯特摇摇头。

他们全都下了车，迪诺吠叫着向大门跑去。他们摸黑向露天平台走去，芬感到玻璃在脚下嘎吱作响。屋外的照明灯被人打碎了。

他用不容置疑的语气对凯特说：“把狗抱起来！”随即缓步走到门口，抓住门把手。

凯特低声说：“没有锁。从来不会这样的。”

他扭开门把手，推开门，里面漆黑一片。他把手伸到背后示意其他人不要跟进，然后小心地走进门厅。更多的玻璃碎片被踩进脚下的格子呢地毯中，门厅的灯泡也被打碎了。

他停下来，屏住呼吸聆听。但是除了外面露台上凯特怀中迪诺的叫声，他什么也听不见。通向起居室的门半掩着，他可以看见从落地窗透进来的月光照在猎豹雕塑上投下的阴影。他走进房间，立即感到里面有人，随即听到黑暗中一个婴儿被捂住嘴发出的哭声。

一根火柴划着了，通过火光芬看见了保罗·凯利被照亮的脸。他坐在房间东侧靠窗的一把椅子上。他吸了好几口雪茄，直到末端变红，然后伸手打开身边的落地灯。芬看见他的膝上有一杆短管猎枪。

在他正对面，唐娜坐在沙发沿上，紧紧抱着孩子。凯利的那个年轻手下站在她旁边，用一杆短管猎枪指着她的头。唐娜像个幽灵，缩成一团，很明显在颤抖。

芬听到了后面踩踏碎玻璃的声音，还有莫拉格的喘息声。狗已经不叫了，但是莫拉格的一声“啊，我的上帝”，似乎震耳欲聋。

房间里随即陷入死一般的寂静，芬觉得形势非常不妙。凯利这么大老远赶来，肯定不是只为了吓吓他们的。

凯利的声音很冷静，“我始终认为是约翰·麦克布莱德杀害了我两个哥哥，”他说，“但是当初我找到他住的地方时，他已经消失得无影无踪，仿佛从来没有存在过一样，”他停下来吸了一口雪茄，“直到现在。”他举起膝上的猎枪，站起来，“现在我要让他看着他的后代死去，就像我看着两个哥哥在我怀中死去一样。”他的嘴角扭曲着，丑陋而凶狠，“那天晚上他们被人用枪打倒，死在台阶上，当时我就在他们身后的门厅里。你要是知道我当时的感受，就应该明白我现在的感受。为了这一天我等待了一生。”

芬说：“如果你要杀死一个，你必须杀死我们全部。”

保罗·凯利笑了，眼睛眯成了一条缝，“不见得吧。”

“你不可能一下子把我们全都打死。我不会坐视你向那个女孩开枪。”

凯利举起猎枪，转向芬，“那我就先干掉你。”

“这真是疯了！”马萨丽不知什么时候也进来了，“我父亲得了严重的老年痴呆症。你在他面前杀人报复一点意义也没有。”

凯利的眼神冰冷，“对我有意义。最终，一报还一报，对我而言就够了。”

凯特向前一步，迪诺仍然趴在她怀里，“但这并非一报还一报，凯利先生，这只是一场赤裸裸的血腥谋杀。那天晚上你不在桥上，但是我在。彼得·麦克布莱德从来没有推过你哥哥。警察出现后帕特里克在惊慌中失去了平衡，摇摇欲坠，是彼得冒着生命危险爬到栏杆上想拉他一把。你的两个哥哥杀害了一个无辜的人，一个可怜的从来没有伤害过任何人的傻孩子。他们得到了应有的惩罚。现在结束了！两清了。”

但是凯利只是摇摇头，“我的三个哥哥都因为麦克布莱德兄弟俩而死，现在是偿还的时候了。”他侧身转向唐娜，猎枪对准了婴儿。顾不了太多，孤注一掷的芬跃起扑向凯利，他眼睛的余光瞥见年轻人立即把枪转向了自己。

在封闭的起居室，枪声震耳欲聋，被震碎的玻璃四处飞溅。芬感到脸被割伤了，他抬起手保护自己时手也被割伤了。他感到热血溅在面颊和肚子上，到处都是血腥的味道。他只是模糊地意识到保罗·凯利的大块头随着爆炸的无比威力摇晃着向后退去，但是完全不知是怎么一回事。身材高大的凯利撞在了起居室尽头的窗户上，胸口出现了一个大洞，血洒一地。他瘫倒在地板上，极度惊讶的神情凝固在脸上。女人的尖叫声，迪诺的狂吠声，伊丽的啼哭声，同时响起。芬感到有风吹在脸上，只见唐纳德·默里站在他用猎枪击碎的窗户另一侧，静静地举着枪，对准凯利的保镖。年轻人惊呆了，丢下手中的武器，迅速举起手来。

芬冲上前拾起猎枪，扔出房间。唐纳德这时才放下武器。在他后面，黑暗中，芬看见了脸色苍白、眼睛圆睁的芬利克斯。

“他不让我报警，他不让。”男孩儿近歇斯底里，“他说警方只会把事情弄得一团糟。我打你电话了，芬，我打你电话了。你为什么不接？”

唐纳德的脸上没有一丝血色，绝望的眼睛看向唐娜和孩子，低声道：“你们还好吧？”

唐娜只是点点头，说不出一句话来，婴儿哭哭啼啼地紧紧依偎在她怀里。唐纳德迅速瞥了一眼芬，一切尽在不言中。那个夜晚，他们因为芬利克斯和唐娜的事在雨中扭打，然后又在一起喝得酩酊大醉，谈论人生和信仰，第二天早上来到悬崖上回忆往事。最后就是眼前这一幕了，他及时赶来阻止了凯利的复仇计划。凯利躺在玻璃碎片和装饰品中，浑身是血。唐纳德上前为他合上眼睛。

“上帝原谅我。”他说。

四十

我不知道接下来发生了什么事。我的耳朵仍然在轰鸣，几乎什么也听不到。我只知道，事情闹大了。他们让我坐在这里，在厨房里，免得挡住他们的路。隔壁房间里人来人往，那只讨厌的狗叫个不停。

黑暗中有蓝光和橙光闪烁。我刚才听到了直升机的声音。这辈子我还从来没有见过这么多警察，其中有一位在索拉斯日托中心找我谈过话。我只记得他是因为他额头上的V形发尖，让我想起了迪恩孤儿院的一个男孩。

我不知道牧师在这里做什么。我早些时候见过他。他似乎病了，不像一个健康的人。我为他感到难过。他没有他父亲的进取心，是一个善良的害怕上帝的人。该死的，我竟然想不起他的名字来了。那个女人现在到厨房来了。我知道我在什么地方见过她，只是想不起来是哪里。她身上有种东西让我想起了凯特，说不出是什么。

她拉过一把椅子，在我对面坐下来，倾身握住我的两只手。我喜欢她的抚摸。她的手非常细腻柔软，如此可爱的黑眼睛看着我。

“你还记得圣心医院吗，约翰尼？”她说，但是我不懂她的意思，“那个夜晚，你和彼得掉进了岩缝里。你摔断了胳膊，还记得吗？彼得得了肺炎。你们被救出后送到了圣心医院。”

“那里有修女。”我说。奇怪，但是在病房昏黄的灯光下我可以看见她们，黑色的裙子，白色的头巾。

她笑脸盈盈，紧握着我的手，“你说得没错。那里现在成了护理院，约翰尼，我准备去问马萨丽是否愿意让你待在那里。我会每天去看你，把你带回这里来吃午饭。我们可以一起去查理海滩散步，谈论迪恩孤儿院，还有我们所认识的岛民。”她的眼睛是如此美丽，笑容也那样美，“你愿意吗，约翰尼？你愿意吗？”

我也紧紧握着她的手，报以微笑。我想起那个夜晚，我看见她在迪恩孤儿院的屋顶哭泣。

“我愿意。”我说。